AF482598

Rudolf Stratz

Die ewige Burg: Historischer Roman

e-artnow 2018

Henryk Sienkiewicz
Sintflut (Historischer Roman)

Ernst Wichert
Heinrich von Plauen (Ritterroman)

Oskar Meding
Held und Kaiser

Charles Dickens
Eine Geschichte aus zwei Städten (Historischer Roman) - Illustrierte Ausgabe: Klassiker der Weltliteratur - Die Geschichte aus den Wirren der Französischen Revolution

Franz Werfel
Die vierzig Tage des Musa Dagh (Historischer Roman)

Rudolf Stratz

Die ewige Burg: Historischer Roman

e-artnow, 2018
Kontakt: info@e-artnow.org

ISBN 978-80-273-1306-8

Inhaltsverzeichnis

I

Ein leiser, sonderbarer unnachahmlicher Ton ... allenfalls wie wenn der Schnitter an dem Wetz-
stein seine Sense schärft – wie wenn zwei dünne Messer sich aneinander schleifen – und doch
wieder ganz anders, rätselhaft in der nächtlichen Stille der Odenwaldberge, über denen fern
im Osten der erste fahle Lichtstreifen des Morgengrauens emporwuchs und zwischen den eilig
treibenden Regenwolken Mondsichel und Sterngeblinzel langsam verblaßten.

Jetzt war das Wetzen verstummt. Ein anderes, schnalzendes, taktmäßig immer rascher wer-
dendes Geräusch folgte ihm. Es endete mit einem Triller und einem kurzen »Klack!« und wieder
schärfte irgendwo da oben in den Tannenwipfeln der unsichtbare Schnitter leise seine Sense.

»Da owwe hockt er, Frau Gräfin!« flüsterte der Büchsenspanner, sich dicht an seine Herrin
drängend. »Könne Se 'n sehe?«

Sie verneinte. Beide liefen, das wenige Sekunden lange Balzen des Auerhahns benutzend, bis
zu den Wurzeln der Tanne, auf die der Jäger gewiesen. Der Stamm des mannsdicken Baumes
zitterte, wie sie ihn mit der Hand berührten, unter den Tänzen und Sprüngen des erregten,
oben in seiner Krone hausenden Gastes.

»Da owwe, Frau Gräfin! Besser links ... noch mehr ... so ... sell is er ...«

Ja – jetzt erkannte sie den Vogel! Gerade über ihr, durch eine kahle Stelle im Gezweige sich
undeutlich vom Himmel abzeichnend, trippelte mit vorgestrecktem Kopf und halbausgebrei-
teten Flügeln die dunkle, gesträubte Federmasse und drehte sich schußgerecht auf dem Aste
herum. Sie hörte durch das Gebalze oben das Hämmern ihres Herzens, während sie langsam die
Flinte hob und zielte. In das Sensenschleifen knallte kurz und scharf der Schuß. Es ward still.
Ein schwerer Klumpen begann durch die splitternden Zweige herabzurauschen, er kam näher,
er schlug mit einem dumpfen Klatsch am Boden auf und blieb krampfhaft zitternd liegen.

»Alleweil hawwe m'r dich, Alterle!« sagte der Büchsenspanner trocken und beifällig zu dem
verendenden Auerhahn, schnitt von der nächsten Hecke ein Tannenreis und überreichte feierlich
auf dem Deckel seiner abgenommenen Mütze nach Weidmannsbrauch den Bruch seiner Herrin,
deren Wangen die Aufregung gerötet hatte.

Sie nahm lachend den Ehrenpreis von dem hübschen schwarzäugigen Burschen entgegen.
»Diesmal hab' ich's doch recht gemacht, Wegmann?« forschte sie triumphierend.

»Und ob, Frau Gräfin! Do kann sich jeder Wilderer dagege verschtecke! Do leuchte Sie dem
Herrn Oberförschter selbst heim!«

Sie lachte laut auf über das Kompliment des Waldläufers und breitete, die Flinte über die
Schulter werfend, die Arme weit hinaus in den dämmernden Frühlingsmorgen. »Jetzt bin ich
wirklich froh, Wegmann!« sagte sie mit einem Siegerblick auf das schwarzgrüne, metallisch glän-
zende Gefieder des stolzen Vogels, dessen rotumränderte Augen nun ganz erloschen waren. »Das
war doch einmal ein Schuß! Sie haben mich ausgezeichnet herangebracht! Ich will Ihnen auch
eine Freude machen! Wünschen Sie sich etwas von mir! Es ist bewilligt!«

Der schwarze Jäger schaute, am Boden neben dem erlegten Auerhahn hingekniet, zögernd
zu seiner Gebieterin empor, wie sie da schlank und hochgewachsen in dem knappen Jagdloden
vor ihm stand. Trotz seines deutschen Mutternamens und seiner Odenwälder Sprache trug er in
dem sehnig mageren Körperbau, dem dunklen Kraushaar und dem feurigen Blick unverkennbar
die Zeichen seiner neapolitanischen Abstammung zur Schau, als ein lediges Kind aus jener Zeit,
da beim ersten Eisenbahnbau durch den Odenwald viele Italiener als Erdarbeiter und Steinhauer
in den Tunnels beschäftigt gewesen und später wieder in ihre Heimat zurückgekehrt waren.

»Nun, Wegmann?« fragte sie etwas ungeduldig, und rüstete sich zum Gehen.

Er zauderte noch immer, aus Angst, seine Herrin zu erzürnen. »Ja – Frau Gräfin!« murmelte
er endlich. »Frau Gräfin wisse ja, wie's zwischen mir und der Elis' is!«

»Das heißt: Ihr wollt euch heiraten!«

»... ja ... wenn ich darf, Frau Gräfin ... und wenn die Elis' weg kann. Denn Frau Gräfin müsse
doch erscht e anner Kindermädche hawwe ...«

»Nun – ich will mich danach umsehen oder mich sonstwie behelfen. Meinetwegen können Sie die Elise schon nächsten Monat heiraten.«

Der Jäger war aufgestanden. »Dees is mir awwer arg lieb, zu höre, Frau Gräfin!« sagte er, die Mütze in den Händen drehend, und lachte, daß die weißen Zähne unter dem dunklen Schnurrbart blitzten. »Do dank' ich untertänigscht un...«

Sie unterbrach ihn. »Keine Volksreden, Wegmann! Ich muß übrigens auch noch mit meinem Mann sprechen, ob er nichts dagegen hat! Und nun nehmen Sie den Auerhahn und kommen Sie!«

Es war inzwischen schon ziemlich hell geworden. Das Dämmergrau eines stürmischen Frühlingsmorgens ließ weithin das einsame, mit Eichendickicht und einzelnen alten Fichten bestandene Hochtal überschauen. Das erste Leben regte sich in seiner Stille, je lichter es drüben zwischen den sanft gewellten Kuppen des Odenwalds am Wolkengetriebe des Osthimmels wurde. Die Schwarzamsel, die Frühaufsteherin der Wälder, flötete in ihren ersten verschlafenen Tönen aus dem Gestrüpp, ein Hase schnellte entsetzt aus seinem Lager hart an dem Rain, und in der Ferne zeichneten sich zarte lichtbraune Körper mit hochgespitzten Ohren von dem welken Winterlaub des Niederholzes ab – äsendes Rehwild, das jetzt bei Tagesanbruch sich, nach allen Seiten sichernd, in seine verborgensten Gründe zurückzog.

Sie schritten rasch den schmalen Saum zwischen Gestrüpp und Tannenforst dahin – voraus der schwarze Jäger mit der Beute – hinter ihm, ihn wohl um Kopfhöhe überragend, die junge Herrin des weiten Waldgebiets, elastisch, mit federndem Gange, das mit dem grünen Ehrenreis geschmückte Haupt weit zurückgebogen, als wolle sie aus tiefster Brust den Hauch des Frühlings schlürfen.

Rings um sie her im Brausen des Bergwinds, im Sprühen des warmen Regens und dem Wolkenflug am Himmel, in dem weiß und würzig der feuchten Erde entquellenden Brodem lebte der Frühling. Nicht jener liebliche Lenz, von dem die Lieder singen, mit Blaublümelein und Lämmergehüpfe auf grünen Wiesen – nein, als das unheimliche, gewaltige Rätsel, das jedes Jahr sich erneut, wenn die Erde ihre Opfer zurückgibt, wenn der Tod lebendig wird, wenn überall ein unbegreifliches Leben, eine grimme, rücksichtslose Daseinsfreude sich lachend aus dem Schoß der Tiefen nach Luft und Licht emporringt.

Der Sturm, der da donnernd durch den Bergwald ging, hier eine Rieseneiche vor sich niederkrachen ließ, dort einen Abhang von Stangenholz gleichgültig wie ein Spielzeug umwarf, das Schäumen der Wildwasser, die in langen Silberstreifen niederschossen und da und dort in milchig kochenden Strudeln wie zurückgebliebene Schneeflecken durch das laublose Geäst des Hochwalds blinkten, die eilends am Himmel fliegenden Wolken, klagender Raubvogelschrei aus unbekannten Höhen – das alles war ein einziges brünstiges Aufschauern der Natur, ein Wehen und Werden, ein Drängen und Treiben zu neuem Leben und zu neuem Tode.

Sie atmete tief auf. In ihrer Seele schwang das alles mit, Sturm, Bangen und Ringen der erwachenden Erde.

»Welchen Tag haben wir heute, Wegmann?« fragte sie plötzlich.

»Den einundzwanzigsten März, Frau Gräfin!«

Die Tag- und Nachtgleiche! Frühlings Anfang! Sie blieb einen Augenblick stehen und schaute um sich. Es war jetzt, während sie auf einem beschwerlichen Holzpfad langsam bergabwärts stiegen, voller Tag geworden. Grau und warm. Der Regen sprühte unregelmäßig, wie der Südwest ihn trieb, über den rauschenden Wald. Rings dampfte alles von Feuchtigkeit und spann sich in weißem Spinngewebe von einem kahlen Baum zum anderen. Auf jedem Zweig, auf jedem Grashalm perlte das befruchtende Naß und immer neue Wolken zogen fern von der unsichtbaren Rheinebene her, um neue Fluten auszugießen.

»Was hat denn mein Mann heute mit Ihnen vor?«

»Ich denk', der Herr Graf geht uff'n Mittag mit mir 'naus, 's Damwild und die Karpfe im Park zu füttere! Sell macht dem Herrn Grafe so viel Bläsier!«

»Sagen Sie 'mal: schießt er denn wirklich niemals auf ein Tier?«

»Ah bah, Frau Gräfin! Dees widersteht dem Herrn Grafen. M'r hawwe ja die Gewehre mit, damit wir net ausgelacht werre, aber gelade sin sie net. Der Herr Graf hot's verbotte! Wie oft hawwe m'r uns scho an e Hersch angebürscht oder die Rehböck' beim Blatte anschpringe lasse und hawwe se uns angeschaut und nach 'ere Weil' in die Händ' geklatscht. Do hawwe se gemacht, daß se wegkumme sind. Awwer ich mein', sie kenne uns bald schon und bleibe stehe und denke sich: ›Du klatschst mir lang gut!‹...«

Sie ging weiter und betrachtete mit verstohlenem Triumph den Auerhahn, der auf dem Rücken des vorausschreitenden Jägers schaukelte. »Glauben sie denn auch, Wegmann,« fragte sie, »daß es nicht recht ist, solch einen Vogel zu schießen?«

Der schwarze Jäger räusperte sich. »Do möcht' ich net dischkoriere, Frau Gräfin!« sagte er nach kurzem Überlegen diplomatisch. »Ich schieß' und ich schieß' net, wie mir's geheiße wird.«

»Und wenn Sie die Wahl hätten?«

Da drehte er den Kopf herum und zeigte die Zähne. »Zehn Auerhähn' tät' ich schieße, Frau Gräfin, fuffzig. Soviel 's 'ere hot. Dazu sind die Schoote da!«

Sie stimmte unwillkürlich in seine Heiterkeit ein, mit einem hellen kraftvollen Lachen, das gut zu den kühnen Linien ihres Gesichtes stand. Aber dann fiel ihr ein, daß sie sich ja eigentlich mit dem Büchsenspanner gegen die Meinung ihres eigenen Gatten verbündete, und sie wurde wieder ernst, wenn es auch zuweilen noch um ihre Mundwinkel zuckte.

»Ja, wir sind nun einmal die einzigen Mörder hier im Walde, Wegmann!« sagte sie nach längerem Schweigen in zerknirschtem Ton.

»Ja, wenn dees wär', Frau Gräfin! Awwer 's is net. Die Wilderer treibe 's bees. Do möcht' m'r zehn Füß' hawwe, um hinner dene herzusein.«

»Da sind natürlich wieder die Leute vom Grenzhof an der Spitze?«

»Dees sind die Aergschte, Frau Gräfin. Besonders der hergeloffene Franzos, der Bazaine! Die denke: ›Wenn der Herr Graf net schießt, no schieße wir!‹ Ich haww's dem Herrn Grafe schon oft gesagt. Heut will er jetzt 'mal hin uff den Grenzhof und mit 'em Stabhalter redde. Awwer ob's helfe werd...?«

»Selber muß man sich helfen, Wegmann!« sagte die junge Jägerin, warf mit einem energischen Ruck das Gewehr auf die andere Schulter und verdoppelte, sich wohlig im Regen schüttelnd, ihren Schritt. »Wenn ich ein Mann wäre, ...Herrgott ...ich legte denen am Grenzhof das Handwerk. Und überhaupt...«

»Jo ...überhaupt...« sprach der schwarze Jäger vor sich hin. Aber er wagte den Satz nicht zu vollenden.

Wieder gingen sie eine Weile stumm durch den immer stärker strömenden Regen.

»Also morgen wird die Eisenbahn unten eröffnet?« fragte sie endlich, um die Langeweile des Wegs zu kürzen.

»Morge um zehn Uhr, Frau Gräfin! 's is e großes Fescht! Die Fawrik gibt auch frei.«

»Die Eisenbahn ist von Nutzen für die Fabrik – was?«

»Dees will ich meine, Frau Gräfin. Die Fawrik is ja norr desweege hierher gebaut worre. Und dees rentiert sich, Frau Gräfin. Dees sieht m'r jetzt schon!«

»Und sagen Sie mal – ich verstehe davon nichts – könnten nicht auch wir – ich meine die Gutsverwaltung auf dem Schloß, das doch jetzt dicht an der Eisenbahn liegt, daraus Nutzen ziehen?«

»Aus der Eisebahn? – Sell wohl, Frau Gräfin! Ich hör' ja, was so die Leut' hin und her redde – im Wirtshaus oder annerswo ...M'r muß bloß die Holzhändler höre, Frau Gräfin! Was schteckt e Geld in dene Wälder – sage die. Wann m'r jetzt den Hochwald schlägt und Eichenschälung anpflanzt – für die Gerbereien, ...awwer's gehört halt Lust dazu. Wann ich jetzt mit dem Herrn Grafe ginge, do derft' ich gar net von so was zu redde anfange. Der Herr Graf und die alte Herre – die möge von der Fawrik und von der Eisenbahn nix höre und sehe.«

»Ja – ich weiß«, sagte sie kurz, und nach einer Weile setzte sie, als bereue sie es, über diese geschäftlichen Fragen mit dem Büchsenspanner gesprochen zu haben, hinzu: »Und die Herren haben ganz recht. Das alles mag anderswo passen! Aber hier bei uns nicht!«

»Jo, Frau Gräfin!« Der Jäger wechselte sofort seine Meinung. »Dees macht bloß Schmutz und Arweit – m'r sieht's ja do unne in der Fawrik – und die Auerhähn' – die sagte bald Adje, wann 'emol die Wirtschaft im Wald losgehn tät'.«

Sie erwiderte nichts. Die beiden waren jetzt aus dem Forst getreten. Vor ihnen öffnete sich das Tal mit seinen zerstreuten, weithingestreckten Hütten und Häusern des Dorfes und an dessen Endpunkt dem Sandsteinbau der Fabrik, die als ein rotleuchtender, ganz unwahrscheinlicher Riesenkasten funkelnagelneu in dem verlorenen Waldwinkel stand. Ihr hoher Schlot dünstete und ließ eine schwarze qualmende Rauchwolke sich schwer durch die Luft hinwälzen, dem ebenfalls wie aus der Schachtel gepackten blitzblanken Stationsgebäude zu, dem vorläufigen Endpunkte der Seitenbahn durch den Odenwald, deren Weiterführung durch einen Tunnel neben der Burg erst beginnen konnte, wenn der schwebende Prozeß mit dem Schloßherrn entschieden war.

Starr und ungefüg, ein grauer Riese, mit seinem verwetterten Turmgewirr der Zeit trotzend, mit seinen zerbröckelnden Mauern wie mit langen Spinnenarmen den Raum weithin umklammernd, stand da oben hoch über dem Tal und seinem Treiben Schloß Wodenstein.

Der Efeu umstrickte es von unten bis oben. Sein Zischeln und Surren im Winde war die ewige Musik für die Insassen wie für die Bewohner einer Insel das Rauschen der Wellen. Er war der bleibende Herr der Burg. Ihre Besitzer, die Grafen von Wodenstein, kamen und gingen. Oben in der Kapelle taufte man beim zitternden Klang des Glöckchens den Neugeborenen, unten in der Gruft bettete man bei dem gleichen, frommen Klagen vom Turm den müden Kämpen zur letzten Ruhe in den Steinsarg und meißelte immer wieder auf die Grabplatte: »Hic jacet Pius ab Wodenstein miles.« Der Efeu aber wucherte weiter. Mit seinen knotigen, haarigen Armen klammerte er sich von einer Fuge der altersmorschen Quadern in die andere und kroch immer höher empor, bis sein finsteres Grün alles umher, Türme, Zinnen und Mauern, umkleidete.

So war er das ewige Gewand für die ewige Burg in der Waldeinsamkeit. So hatte in der Erinnerung der jetzt Lebenden die Burg gestanden von alters her. Sie war immer dagewesen! Längst war das Gedächtnis an jene Zeit geschwunden, da hier flachsmähnige riesige Germanen zum erstenmal ihren ungeschlachten Ringwall aus Feldsteinen auftürmten, da später die siegreichen römischen Legionen daraus eines ihrer festen Kastelle geschaffen hatten – Wunderwerke in Sumpf und Wald, vor denen die Barbaren in düsterem Grauen standen. Dann waren die Mannen des Cäsar im Staub verweht, die Völker wanderten, wieder hausten in dem verwüsteten Gemäuer gleich gierigen Wölfen alemannische Edelinge, die sich der Abstammung von Wodan, dem Herrn des Wodenwaldes, rühmten. Und mählich entstanden neue Türme und Mauern. Welsche Männer in härenen Kutten wiesen dem Häuptling Plan und Maß und führten ihn eines Tages hinab zum Bach, daß er sich taufen lasse und dem Kloster Lorsch an der Bergstraße für immer Treue und Lehnspflicht gelobe.

Und weiter rollten die Zeiten. Sie sahen die Herren von Wodenstein aus dem immer fester gediehenen Schlosse mit andächtig erhobenen Armen zum Kreuzzug in das gelobte Land reiten und ihre Nachkommen in endlosem Schädelspalten mit ihresgleichen und den Städtern mit Trunk und Sauhatz ihre Tage vertun, sie sahen das Geschlecht sich immer über neue Schlösser und Burgen im Odenwald ausbreiten, bis der Schrecken des Dreißigjährigen Krieges alles zu Asche brannte und seine Kraft und Größe für immer brach; sie sahen es seitdem immer matter und schlaffer werden und endlich still und wunschlos dahinträumen, von einem Jahrhundert in das andere, im gleichgültigen Rollen der Generationen durch den efeuumsponnenen, weltverlorenen Bergsitz.

Bis dann endlich doch die neue Zeit kam...

Erst wenige Männer in Wasserstiefeln und Schlapphüten, von lattentragenden Gehilfen begleitet, die an den Hängen auf und nieder stiegen und maßen und rechneten, daß die Hirschkühe in dröhnenden Sprüngen bergaufwärts flohen und die Wildkatze sich mißtrauisch im Buchenwipfel verbarg – dann Arbeiter zu Dutzenden und zu Hunderten, derbe, rauflustige Bayern, kauderwelschende Italiener, selbst Polen und anderes Volk, das man nie in diesem Erdenwinkel geschaut. Da ward es lebendig in der stillen Waldwelt. Die Axt krachte und würgte unter den

Baumriesen, Schutt und Geröll häuften sich auf dem sammetgrünen Grund des Wiesentals, es dröhnte dumpf in den Eingeweiden der Berge, und Pulverdampf quoll aus ihrem geöffneten Schlund. Allüberall begann es zu hämmern und zu pochen. Zwei schmale Eisenstreifen auf einem endlos sich schlängelnden Erdkörper, um den, wie um eine tote Natter die Ameisen, geschäftig das schwarze Gewimmel der Arbeiter wogte, drangen unerbittlich vor. Sie glitten durch die Wälder hin, sie wühlten sich wie Maulwürfe durch das Innere des Sandsteins, sie flogen auf Steinpfeilern frei über die Schluchten. Nun waren sie bis dicht unter das Schloß gekommen, und von unten her sandte im Pfiff der Lokomotive das zwanzigste Jahrhundert seinen Gruß zu der ewigen Burg empor...

Der schrille Laut weckte die Jägerin aus ihrem Nachdenken. Sie richtete sich auf und schritt weiter, aber langsamer und weniger elastisch wie bisher. Sie wußte selbst nicht, warum seit einiger Zeit der Anblick des vermorschten Gemäuers von Wodenstein in ihr eine seltsame Schwermut erzeugte, ein Gefühl von Altern und Sterben und dann wieder eine Schwalbensehnsucht: Hinaus – hinaus in blaue Weite – solang' es Zeit ist! Hinaus in ein Land, wo die Sonne scheint, und die Menschen lachen und jung sind und leben!

Von den Erkerzimmern da oben hatten wohl schon viele Schloßfrauen vor ihr hinuntergeschaut in das Tal, ob nicht endlich um die Ecke das Glück geritten kam – junge Edeldamen in schweren altdeutschen Gewändern, blasse Nonnen unter schwarzem Kopftuch, müde Greisinnen in der Witwenhaube; sie alle hatten nun, wenn nicht das Glück, doch den Frieden gefunden und lagen still in der Gruft unter steinernen Platten, auf denen die Fußtritte späterer Geschlechter schon halb die eingemeißelten Wappenzeichen, die verschnörkelten Tiere, die Balken und Streifen, die Sterne und Schwerter verwischt hatten.

Wera war ernst geworden. Das immer gewaltiger aufsteigende Schloß kam ihr wie ein Kerker vor, der mit seinen dicken Quadern im Leben wie im Tod alles, was darin war, festhielt. Mit gesenktem Kopf eilte sie zwischen den alten Ulmen des Parks hin der Eingangspforte zu und trat in die dämmerige, mit Hirschgeweihen und verdunkelten Bildern geschmückte Treppenhalle.

Und da verklärte plötzlich ein sonniges Mutterlächeln ihre Züge. »Wulfi!« jauchzte sie dem kleinen Blondkopf zu, der oben auf den Stufen stand, und stürmte hinauf, um ihn zu umfangen. »Wulfi, was machst du denn, mein Herz?«

Der Kleine antwortete nichts und nahm auch nur wenig Anteil an den Liebkosungen seiner Mutter, die, in ihren nassen Jagdkleidern neben ihm kniend, die Flinte noch über der Schulter, nicht müde wurde, das blasse Gesichtchen zu küssen und die langen goldseidenen Locken zu streicheln. Seines stillen Wesens gewohnt, war sie eine Weile ganz in die Bewunderung ihres zweiten Selbst vertieft. Aber dann wurde sie doch etwas unruhig.

»Was hat denn Wulfi heute?« fragte sie vom Boden aus das hinter ihr stehende Kinderfräulein. »Ich finde, Elise, er ist heute ganz besonders in sich gekehrt. Es fehlt ihm doch nichts?«

Die Bonne, eine zarte hübsche Person mit feinen Zügen, fühlte sich, aus einem Lehrerhause stammend und von den Nonnen drüben im Taubergrund sorgfältig erzogen, als etwas »Besseres« und sprach im Verkehr mit ihrer Herrschaft immer ein leidliches Hochdeutsch. »Ich weiß nicht, Frau Gräfin!« sagte sie. »Mir gefällt der Kleine heute auch gar nicht.«

»Hat er denn Appetit gehabt?«

»Nein, Frau Gräfin. Er hat nicht einmal seine Milch trinken wollen. Und spielen auch nicht. Ich fürchte, er fiebert ein wenig.«

Wera sprang auf und legte ihre Hand wie schützend um das Kind. »Ist schon nach dem Doktor geschickt?« fragte sie rasch.

»Nein, Frau Gräfin.«

»Aber, Elise – wie können Sie das unterlassen?«

»Ich hab' ja schicken wollen, Frau Gräfin. Aber der Herr Graf hat gesagt: Nein! Man brauche den Doktor nicht immer für nichts und wieder nichts heraufholen zu lassen. Er liebe das nicht!«

»So – das hat mein Mann gesagt?« Sie wandte sich ab, um vor der Dienerin den Ausdruck von Trotz und Hohn zu verbergen, der rasch wie eine Wolke über ihre Züge flog.

»Ja – und dann hat der Herr Graf noch gesagt: Er glaube gar nicht, daß der Herr Doktor überhaupt was verstände. So ein Kassenarzt aus der Fabrik bringe höchstens die Leute um, und wenn es nötig sei, müsse man lieber anspannen lassen und über den Neckar herüber den Kreisphysikus aus der Stadt holen! – Jetzt, Frau Gräfin, wenn ich reden darf – ich meine, daß der Doktor unten viel mehr versteht wie der alte Physikus. Das meint jeder hier. Es kommt jeder zu ihm. Er hat doch eben erst ausgelernt, und der andere ist schon seit vierzig Jahren aus der Lehr' und sitzt im Wirtshaus und trinkt einen Schoppen übern andern aus...«

Ihre Herrin unterbrach den Redeschwall. Sie war wieder ganz ruhig. »Ich werde selbst mit meinem Manne reden!« sagte sie. »Ist er schon beim Frühstück?«

»Jawohl! Auch die drei alten Herren sind da. Aber wissen denn Frau Gräfin schon von gestern abend – unten in der Fabrik?«

»Hat es da wieder ein Unglück gegeben?«

»Ja – die Frau von dem Maschinenmonteur ist in eine Luke gefallen...«

»Meine frühere Kammerjungfer?«

»Jawohl, Frau Gräfin – und hat sich innerlich verletzt. Man hat sie gleich nach Hause gebracht, und der Doktor ist zu ihr.«

»Und was sagt er denn?«

»Es wäre nicht lebensgefährlich – aber fest liegen müsse sie ein paar Wochen.«

Sie zog ihr Kind an sich und schüttelte mißmutig den Kopf. »Das kommt nun von den Liebesheiraten...« sagte sie. »Eine Kammerjungfer bei mir hat es doch gut genug. Nein – da muß sie diesen Menschen, den Irion, heiraten – einen Menschen, der sicher noch im Gefängnis enden wird...«

»Ach ja, Frau Gräfin – das ist einer von den ganz Roten. Mit dem ist's ein Kreuz! Aus dem Kriegerverein hat er auch herausgemußt. Jedesmal, wenn der Gendarm ins Dorf kommt, fragt er zuerst nach dem Irion...«

»Nun eben! Und die arme Frau muß den ganzen Tag in der Fabrik an irgendeiner Maschine stehen! Das kommt davon! Übrigens, Elise – da fällt mir ein –« sie drehte sich um, um zu sehen, ob der Jäger mit ihrer Beute schon verschwunden sei. »...ich hab' Wegmann gesagt: Meinetwegen könnt ihr nächsten Monat heiraten!«

»Ach, Frau Gräfin...«

»Ist's Ihnen recht?«

»Ach, Frau Gräfin – da wäre ich so froh...«

»Ich auch!« sagte die junge Frau ziemlich nachdrücklich. »Und bis dahin, Elise...wenn Sie meinen Rat hören wollen – ich habe die Empfindung, als ob jemand hier im Schlosse Sie mit besonderen Augen ansieht...«

Das hübsche Kinderfräulein hielt unbefangen ihren prüfenden Blick aus, aber ihre blassen Wangen röteten sich doch merklich. »Ich habe nichts bemerkt, Frau Gräfin«, flüsterte sie, anscheinend ganz erschrocken.

»Nun – um so besser! Denn Wegmann hat ein hitziges Blut in den Adern. Er ist jähzornig und rachsüchtig – ganz wie ein richtiger Italiener. Sie dürfen ihm auch nicht einen leisen Vorwand zur Eifersucht geben!«

»Nein, Frau Gräfin! Ich danke sehr. Soll man der Frau Irion etwas an Wein oder an Lebensmitteln schicken?«

»Richten Sie etwas. Ich will es ihr selbst nach dem Frühstück bringen und nach ihr sehen. So wie ich bin! Zu Fuß. Was meinen Sie? Ich würde noch mehr naß? Meinetwegen! Ich kann das langweilige Kutschieren im Regen nicht vertragen! Komm, Wulfi!«

Mit einem elastischen Schwung hob sie den Kleinen auf den Arm und sprang mit ihm die Treppe hinab. Die feuchten Kleider rauschten in schweren Falten um ihre schlanke Gestalt, die Schuhnägel knirschten auf den Steinfliesen, und von den grauen Wänden hallten ihre festen sicheren Schritte durch das Schweigen ringsum wieder. An einer Türe blieb sie stehen und horchte. Innen rührte sich nichts als zuweilen ein leises Klappern oder das Knistern einer Zeitung. Sie saßen also wie gewöhnlich wieder stumm und matt beieinander! Wie die Mumien! Wie die Gespenster am lichten Morgen!

Sie konnte sich nicht entschließen, gleich einzutreten. Das Kind auf dem Arm, blickte sie zu der Hallenwölbung empor, wo hinter einem erblindeten Fenster eilig die Frühlingswolken vorbeistrichen, und ihr Gesicht verfinsterte sich in einem harten, feindseligen Trotz.

II

In dem großen Saal, dessen altersgeschwärztes Eichenschnitzwerk und zerschlissene Gobelins in dem grämlichen Morgenlicht verschwammen, war alles still. Die drei alten Herren, die von dem lautlos auftretenden und schweigsamen schottischen Kammerdiener versorgt, um den halb abgeräumten Frühstückstisch saßen, hatten sich nichts zu sagen.

Drei Brüder am Ende ihres Lebens. Da ist, was zu besprechen war, längst besprochen, und was nicht zur Rede kam, das bleibt auf immer ein Geheimnis des einen vor dem anderen. Ein langer Daseinslauf hatte sie einander entfremdet – von jenen fernen Tagen ab, wo die Knaben mit flatternden blonden Locken wie ein Rudel übermütiger Füllen durch den Schloßpark tollten, bis zu diesem fahlen Märzmorgen, wo die Greise stumm und fröstelnd, die Zeitung in der Hand, einander zugähnten.

Oben am Tisch der römische Priester, geistvolle Habichtszüge unter kalt forschenden Augen, um die schmalen Lippen jenes feine Lächeln, das in dem menschenergründenden Vatikan sich allmählich wie eine Maske über dem eigentlichen, inneren Antlitz versteinert.

Seine wachsartig weißen, mageren Hände blätterten in dem »Osservatore Romano« und der »Voce della Verita«, und zuweilen warf er auch bei dem Wenden der Seiten einen flüchtigen Blick hinein. Ob er wirklich darin las, war nicht zu erkennen. Und ebensowenig, woran er dachte, wenn er, die Jesuitenblätter sinken lassend und sich das schwarze Käppchen auf dem kahlen Haupte zurechtrückend, hinaus in die Wälder schaute. Es war, als sehne der verzärtelte Römling sich nach dem Süden zurück, als sei er ein Fremdling hier im Schlosse seiner Väter und dort an dem Tiber zu Hause, wo einst das Collegium Germanicum seine Pforten hinter dem Jüngling geschlossen und wo ihn jetzt aus dem tausendfach verschlungenen Treppen- und Zimmergewirr, den Kapellen, Museen, Gärten und Kasernenstuben der Papststadt jenseits der Engelsbrücke ein leichter Fieberanfall in das Mutterland gerufen hatte, das er nicht mehr kannte und nicht mehr liebte, dessen Sprache selbst nur ungelenk über seine Lippen floß.

Neben ihm, von Frivolität das ganze rötlichgedunsene, mit einem pechschwarz gefärbten und aufgedrehten Schnurbart geschmückte Antlitz strahlend, der Jüngste der drei, der berühmte Pariser Lebemann, jetzt eine gefallene, unter Kuratel befindliche Turfgröße, ein ausgebrannter Krater von Unvernunft, Leidenschaft und Leichtsinn. Seine Bewegungen waren noch von einer gewissen zitterigen Elastizität, und wenn er des Nachmittags und oft die Nächte hindurch an seiner Lieblingsbeschäftigung in dem Mönchsdasein eines freudlosen Alters, an seinen Memoiren schrieb, dann zuckte es mit tausend Schlängelchen um die Lippen des alten Elegants, und ein dankbar gerührtes Lächeln verklärte das welke Gesicht. Gott sei Dank... er hatte doch etwas vom Leben gehabt! Seine Memoiren umfaßten vielleicht einen engen Ausschnitt des Daseins, aber den wenigstens hatte er mit dem Blick des vielerfahrenen Weltmanns in allen seinen Höhen und Tiefen ausgemessen. Er hatte Epochen in seinem Dasein gehabt, wo er sich in den Sensationen des Turfs völlig in einen Engländer verwandelte, er hatte dann eine Zeitlang an dem verschwiegenen Treiben gewisser kleiner deutscher Höfe Geschmack gefunden, bis die Liliputanerhaftigkeit dieser Ausschweifungen inmitten eines friedlichen Residenzleins ihm grotesk und widerwärtig erschien, und er war endlich in dem großen Hafen der Boulevards vor Anker gegangen, Jahrzehnte hindurch, mehr und mehr sich zum spöttischen und blasierten Pariser Klubmann wandelnd, bis endlich alles, Jugend, Geld, Gesundheit, dahin war. Da hatte er, nur gezwungen und wehmütig, ein Kreuz über ein Leben am grünen Tisch und auf dem grünen Rasen geschlagen, das ihm nichts weniger als verfehlt schien, und sich im Heimatsschloß verkrochen, das all die lange Zeit hindurch im Rauschen der Wälder, fern im Odenwald geduldig auf ihn wie auf so viele vor ihm gewartet. Und dank seiner Chamäleonsnatur blieben ihm auch diese düsteren Räume nicht lange fremd. Wie vordem Brite und Pariser, wurde er jetzt plötzlich deutsch, vertiefte sich im Archiv in die Geschichte seines Stammes und arbeitete in seinen ernsteren Mußestunden, wo er keine Lust empfand, die Skandalchronik der sechziger und achtziger Jahre von Petersburg bis Madrid in seinen Lebenserinnerungen zu mumifizieren, an einer Erweiterung und Fortsetzung der von einem Heidelberger Professor um die Mitte des Jahrhunderts verfaßten Geschichte des Hauses Wodenstein.

Der ernste, strenge Mann neben ihm mit dem gefurchten Gesicht, dem weißen Schnurrbart und dem nach Art des alten Kaisers Wilhelm ausrasierten Vollbart, hatte dafür keinen Sinn. Er fühlte sich als preußischer General in allererster Linie. Im Jahre 1870, am blutigen Tage von Mars-la-Tour, als die »Todesritte« klaffende Lücken in die Reihen des deutschen Uradels rissen, und er, seiner Schwadron weit voraus, als erster in die feindliche Batterie hincinfegte, da hatte er den kriegerischen Mut seiner Ahnen glänzend bewährt und verdankte ihm eine rasche Friedenskarriere darauf. So war ihm, der mit seinem Blut und mit dem Eisen in der Faust an dem neuen Deutschen Reiche kitten geholfen, das alte Heilige Römische Reich Deutscher Nation, in dessen Dämmerschatten sein Stammbaum sich aufwärts verlor, nur noch ein leerer abgestorbener Begriff. Sein Leben gehörte der Gegenwart, seine Heimat war der Exerzierplatz, und als er gebrochenen Herzens vor einem Jahr von seiner Kavalleriebrigade Abschied genommen, weil seine Gesundheit es ihm verbot, noch weiter ein Pferd zu besteigen, da war ihm sein ferneres Leben völlig gleichgültig geworden. Er wußte, daß es nutzlos war, und wartete still in der Odenwaldburg, die so viele Krieger hatte vor ihm kommen und gehen sehen, auch das Ende seiner Tage ab.

Nach außen war er immer gleichmäßig ruhig, ernst und höflich. Aber in einsamen Abend- und Nachtstunden kam zuweilen eine tiefe Wehmut über ihn. Es dünkte ihn wie ein Traum, daß er, der eisgraue Hagestolz vor langer Zeit einmal eine Familie besessen hatte.

Vor langer, langer Zeit. Sie waren sehr glücklich miteinander gewesen. Er und seine Frau. Ein Jahr hindurch. Dann kam das Kind und starb. Zwei Tage nach ihm die Mutter.

Er hatte nicht wieder geheiratet. Er konnte es nicht. Denn er fürchtete sich jetzt vor dem Schicksal. Einmal hatte er es durchgemacht. Mit dem ewigen Grauen vor einem zweiten solchen Schlage wollte er kein neues Glück erkaufen.

Schließlich gewöhnt man sich an alles. Er saß ruhig, beinahe heiter am Tisch und studierte die Berliner »Kreuzzeitung«, wie der Roué ihm gegenüber den Pariser »Gil Blas« und der Jesuit da oben die italienische »Voce della Verita«.

Stille. Tiefe Stille. Nur die drei Zeitungen rascheln einander zornig an, draußen stöhnt der Wind, eintönig tickt die Wanduhr, und der hagere Schotte schleicht vorsichtig wie in einem Sterbezimmer am Büfett hin und her. Was sollten sich die drei Greise auch sagen – der alte Priester, der alte General, der alte Roué? Mochte sich auch der eine als Römer, der andere als Preuße, der dritte als Pariser fühlen, sie kannten sich doch zu genau und zu lange. Ja, sie wußten, daß sie sogar in diesem Augenblick des Schweigens miteinander eins waren, in einer Art Herbststimmung, einer tiefen Melancholie am Abschluß des Lebens.

Von den Wänden schauten die Toten auf die Lebenden, viele Generationen im Laufe der Jahrhunderte. Trotzige krummstabbewehrte Kirchenfürsten, langgelockte gravitätische Abenteurer des dreißigjährigen Kriegs und wohlwollend lächelnde feiste Duodeztyrannen und Wüstlinge aus der Jammerzeit des achtzehnten Jahrhunderts. Frauen dazwischen, jung und alt, schön und häßlich, viele mit einem rätselhaften Messalinalächeln trotz Reifrock und gepudertem Haarturm, dem Zeichen des unbändigen, durch alle die Jahrhunderte kochenden und siedenden Bluts.

Das Blut lebte auch noch in ihnen. Das wußte der Priester, der es in beinahe übermenschlicher Askese bezwungen, der Offizier, den es warm und rot bis zu den Sporen hinab bei Mars-la-Tour umrieselt, der Lebemann, der jetzt noch, siech und alt, plötzlich, wenn draußen der warme Frühlingssturm stöhnte, einen unbändigen Drang empfand, sich von neuem in ein Leben voll toller Genüsse und Ausschweifungen zu stürzen.

Jawohl, die Toten da oben, die Lebenden da unten waren eins. Sie kamen und gingen, immer neu und immer doch gleich, wie eine Eiche immer wieder Frühlingssprossen treibt, wenn ihre letzten Winterblätter fallen. Aber innen in der Eiche sitzt ein Wurm. Der heißt die Zeit und nagt und bohrt, bis alles Mark in Moder sich gelöst hat. Wohl steht der Baum noch starr und unversehrt. Aber plötzlich bricht er, der die Stürme der Jahrhunderte überdauert, vor einem spielenden Sommerlüftchen zusammen. Seine Zeit ist um. Er hat ausgegeben, was an Lebenskraft und Mark in ihm war.

Unten am Tisch saß Graf Pius, der Herr des Schlosses, und frühstückte, schweigsam und zerstreut lächelnd, wie das seine Art war, besonders in Gegenwart der drei Greise, in der er sich gedrückt und befangen fühlte. Er hatte die Empfindung, als sähen sie ihn zuweilen mißbilligend, mit trüben Blicken an, und war sich doch keiner Schuld bewußt. Er hatte nie jemand etwas zuleide getan, selten überhaupt das Schloß, wo Mutter und Tanten zärtlich seine Kindheit gehegt, verlassen. Hier fühlte er sich am wohlsten, in einem träumerischen Behagen, wie ein Knabe, der zur Ferienzeit durch die Wälder streift, Käfer sammelt und dem fernen Kuckucksschlage horcht. Und doch wußte er, daß er hier einsam war und die Bewohner des Schlosses ihm fremd, wie die grimmen Kriegsmänner, die schlangenklugen Priester, die gottverlassenen Abenteurer oben an den Wänden, denen er auch äußerlich nicht ähnelte. Wohlgebaut, mit kleinem Schnurrbart, offenen Zügen und freundlichem Blick, war er das Bild eines bescheidenen und dienstfertigen jungen Mannes, eher von untergeordneter Stellung als gräflicher Förster etwa oder Verwalter denn als Besitzer und Gebieter der weitausgedehnten Herrschaft.

Früher hatte er wohl mit seinen Oheimen gestritten, wenn ihm einer in leisem Vorwurf andeutete, daß er sein Leben tatenlos im Schlosse verträume. Es könne doch nicht jeder eine Eminenz im roten Kleid werden oder ein General oder ein ganz wilder, verlorener Geselle, den schließlich bei den Cowboys oder Goldgräbern eine Revolverkugel ereile, wie das alles schon in der Familiengeschichte dagewesen. Er wolle einfach seine Ruhe, wie er auch die anderen Leute in Ruhe lasse, und die finde er hier und habe keine Lust, sich im Staatsdienst abzumühen, sich auf dem Exerzierplatz schuhriegeln zu lassen oder in fremden Ländern und Meeren herumzutreiben.

Die Alten pflegten darauf wenig zu antworten. Sie lächelten nur seltsam vor sich hin. Er hätte ihre Wehmut ja doch nicht verstanden, daß dies alte Helden- und Priestergeschlecht in solch einem blassen blonden Dutzendmenschen auslief. Seit seiner Ehe war überhaupt von derlei nicht mehr die Rede. Die alte und die neue Generation gingen stumm nebeneinander her.

Stille ringsum. Nur der Roué pfiff leise vor sich hin und lächelte, ein greiser, müde gewordener Mephisto. Wozu sich auch aufregen und ärgern und sorgen? » Pas de zèle!« hatte ihm Talleyrand aus dem Herzen gesprochen. Es ging ja alles hin, die ganze Erde wie dies kleine, seit Jahrhunderten in Wodensteins Mauern absterbende und sich erneuernde Häuflein wappentragender Menschen. Draußen raschelte der Efeu, die Wanduhr tickte, und in ihren Schlägen klang dem verwelkten Boulevardier immer wieder eintönig das alte Wort: » Tout passe – tout lasse – tout casse...«

Auch dies Geschlecht! Der alte Stamm hatte seine Kräfte aufgezehrt. Was jetzt noch von ihm fiel, war taube Frucht.

Aber schließlich – noch war das Ende ja nicht da!

Es klopfte ungestüm mit dem Fuß an die Türe, der Diener flog, sie zu öffnen, und die drei Grauköpfe schauten gleichzeitig mit einem neugierigen, nachsichtigen Lächeln nach dem Eingang, der jungen Jägerin zu, die lachend, mit geröteten Wangen, ihr Kind in beiden Armen hoch emporhaltend, über die Schwelle trat.

»Guten Morgen!« rief sie. »Seid ihr wirklich schon alle auf? Ich bin seit zwei Uhr aus dem Bett und draußen in den Bergen und habe einen Auerhahn geschossen, einen Kerl von gewiß zehn Pfund...«

»Bei dem Wetter?« fragte aufstehend der General.

»Herrlich war's draußen! Ich hab' den Sturm gern. Einen schönen Gruß vom Frühling, und er wär' unterwegs!«

Sie setzte den Kleinen zu Boden und schüttelte sich, daß die Wassertropfen sprühten. Ein kalter frischer Waldhauch ging von ihr aus, und an der Stelle, wo sie stand, lagen ein paar welke Blätter und Tannennadeln am Boden.

»Da!« sagte sie herausfordernd und deutete auf den Fichtenzweig an ihrer Mütze, die sie unbekümmert auf dem Kopf behielt. »Das Siegeszeichen! Wegmann hat es mir ritterlich überreicht und behauptet, ich gäbe einen kompletten Wilderer ab! Muffig ist's bei euch im Zimmer, wenn man so von draußen kommt! Komm, Wulfi – geh herum und sag Guten Tag! Nachher wirst du gleich ins Bett spediert, mein Schatz!«

Sie führte den Kleinen herum. Der alte Roué zog ihn vorsichtig, wie einen kostbaren unbekannten Gegenstand, zu sich heran und tätschelte ihm das seidene Haar, während ein gutmütiges Lächeln um die ausgemergelten, von dem schwarzglänzenden Schnurrbart beschatteten Lippen bis hinauf zu den Krähenfüßen an den ergrauten Schläfen zwinkerte. Weib und Kind! Ihm, dem Pariser Klubmann, war das Zeit seines Lebens eine Art Schreckgespenst, das unvermeidliche Anhängsel der »guten Partie«, mit der man seine zerrütteten Finanzen schließlich ordnet. Gottlob, daß er diesem Schicksal entgangen! Aber im tiefsten Herzen regte sich in ihm doch jetzt, wo er sich und alt war, eine ärgerliche Reue, wenn durch die toten Schloßräume das zärtliche Lallen und die kosenden, kindischen Mutterworte klangen – das gähnende, öde Gefühl eines verlorenen Gebens.

Weib und Kind! – Dem alten Priester neben ihm war das ein leerer Schall. Er hatte es nie anders aus der Nähe gesehen als auf dem Bilde der Madonna mit dem Knäblein, und etwas von dieser ewigen allgegenwärtigen Schönheit schien ihm menschgeworden in der schlanken jungfräulichen Gestalt da drüben und dem Blondkopf, den ihre weißen Hände mütterlich geleiteten.

Weib und Kind – der dritte der Brüder, der General, sah stumm vor sich auf das Band des Eisernen Kreuzes in der Klappe seines schlichten schwarzen Rockes nieder. Tausende und Abertausende hatte an jenen blutigen Augusttagen von 1870 der Tod dahingerafft. Doch an ihm war er vorbeigegangen – an ihm, der ihn suchte, weil ihn nach dem Verlust seiner Lieben nichts mehr an die Welt fesselte, und hatte ihn dem langen, einsamen Leben überlassen.

Nun war Vera mit dem Kleinen bei ihrem Mann angelangt. Graf Pius strich zerstreut mit der Linken über das Haupt des Kindes. Die beiden sahen sich schweigend an. Dann stand er auf.

»Gehst du schon auf die Tigerjagd?« fragte sie, und ein kaum versteckter Spott kräuselte ihre Lippen. Der trotzige Ausdruck, den ihr Antlitz vor dem Betreten des Zimmers getragen, trat wieder kampfbereit hervor.

Er errötete leicht, wie immer, wenn sie ihn in letzter Zeit fest anschaute.

»Ich gehe das Damwild füttern,« sagte er. »Wegmann ist doch da?«

»Ja. Übrigens … du hast doch nichts dagegen … ich habe ihm vorhin mitgeteilt, daß er nächsten Monat mit Elise Hochzeit halten kann.«

Der Schloßherr ging auffällig rasch nach der Türe und nickte nur. Sie folgte ihm. »Einen Augenblick noch! … Höre, bitte! Wulfi ist nicht ganz wohl!«

»Ach – es ist nichts Besonderes!«

»Hoffentlich – aber man muß vorsichtig sein, wo unten im Dorf durch die fremden Erdarbeiter so viele Krankheiten eingeschleppt werden. Ich lasse den Doktor holen!«

»Den unten?«

»Natürlich!«

Er drehte sich um und blieb eine Weile stumm. Der Kammerdiener verließ auf einen Wink des Generals lautlos das Gemach.

»Ich mag den Kerl hier nicht!« sagte plötzlich Graf Pius ganz laut und mit einer bei ihm ungewohnten Entschiedenheit des Tons.

Sie schloß einen Augenblick die Wimpern, um sich Zeit zur Selbstbeherrschung zu lassen. »Und warum magst du den ›Kerl‹ nicht?« fragte sie dann gleichgültig.

»Du weißt es recht gut! Ich habe es dir oft genug gesagt. Er kommt ja gar nicht als Arzt. Er ist ganz einfach dein Seelenfreund! Ewig sitzt ihr beisammen. Er liest dir was vor, du singst ihm was vor – dann geht ihr zusammen spazieren und disputiert über Gott weiß was und schreibt euch schließlich noch Briefe – alle Welt spricht ja darüber.«

»Alle Welt!« Sie lachte. »Sage: wer ist denn das hier?«

»Nicht nur hier! Auch anderwo. Überall in unseren Kreisen! Frag nur deine Eltern! Sie kommen ja heute zu Besuch, um mit dir zu sprechen!«

»Auf deinen Wunsch!«

»Ja – auf meinen Wunsch – weil ich die Geschichte mit dem Doktor satt hab’. Das geht so nicht weiter! Diese wachsende Intimität seit den drei Monaten, daß er hier ist. Wo bleibe ich denn?«

»Du brauchst dich bloß zu uns zu setzen und mit uns zu gehen, statt deine Hirsche zu füttern oder stundenlang Zither zu spielen oder deine Briefmarkensammlung zu ordnen, wir haben wahrhaftig nichts vor dir zu verbergen, und du könntest viel von dem Doktor lernen!«

»Natürlich – das ist ja ein Wundermensch!«

»Gewiß – ein ganz ungewöhnlicher Mensch!« sagte sie. »Ich bin seelenfroh, daß ich den Verkehr gefunden habe. Ich war nahe daran, vor Langeweile er sterben!«

Er lächelte eigensinnig und etwas bösartig. »Ein schöner Verkehr. Der Sohn eines Butterhausierers aus der Umgegend oder was weiß ich. Solche Leute werden heutzutage Doktor.«

Da lachte sie hellauf. »Und was bin denn ich mütterlicherseits? Plebejerin vom reinsten Wasser! Aus irgend einem Steiermärker Bauernhof stamm’ ich! Mein Großvater ist hinter dem Pfluge gegangen! Frage nur meine Mutter, wenn sie heute kommt! Sie erzählt ja mit Vergnügen aus ihrer Theaterzeit!«

»Das weiß ich ja alles!« sagte Graf Pius verdrießlich.

»Und du hast mich doch geheiratet, obwohl du wußtest, daß meine Mutter früher Operettensängerin war, ehe sie Freifrau von Froningen wurde. Also was hat dir denn der arme Doktor mit seiner plebejischen Abstammung getan? Was stört dich überhaupt unser freundschaftlicher Verkehr? Ihr werdet es mit dem vielen Gerede bloß dahin bringen, daß die Unbefangenheit zwischen ihm und mir aufhört. Und das wäre schade. Bisher sind wir wie zwei gute Kameraden. Und dabei soll es bleiben! Und das lasse ich mir nicht nehmen.«

»Nenn’ es Kameradschaft! Meinetwegen! Ich denke ja auch an nichts anderes. An nichts Schlimmes. Aber ich sehe doch, wie du seither gegen mich bist.«

Wieder schloß sie, etwas betroffen, eine Sekunde die Augen, »Wieso hab’ ich mich denn verändert?« fragte sie dann.

»Ja – treibst du denn nicht Spott mit mir! Fragst mich, ob ich auf die Tigerjagd gehe? Sagst, ich solle bei deinem Doktor was lernen? Jawohl – das ist der Geist deines Doktors – sein Einfluß! Er hetzt dich auf und setzt dir allerhand Ideen in den Kopf, die...«

»Ich habe noch nie mit ihm über dich gesprochen!« sagte sie kurz.

Ihr Gatte erwiderte darauf nichts. Er blieb eine Weile reglos stehen, die Augen auf den Boden geheftet und mißmutig an der Unterlippe nagend. Endlich tat er, was seine Gewohnheit am Ende solcher Gespräche war: er ging plötzlich ärgerlich und ohne ein Wort weiter zu sagen aus dem Zimmer. Man hörte, wie er draußen nach Wegmann rief. Dann verklangen seine Schritte. Im Hofe winselten die zurückbleibenden Hunde, und alles war still.

Vera sah ihm durch das Fenster nach. »Zu dumm!« murmelte sie halb zu sich, halb zu denen im Zimmer sprechend. »Soll einem denn alles genommen werden? Auch die letzte Anregung und Unterhaltung? Ich hause ja schon ohnedies wie die Fledermaus im Turm – hier in diesem verwunschenen Schloß. Und nun kommt endlich einmal ein Mensch, mit dem man reden und streiten kann ... und lachen ... ach Gott, ihr wißt ja alle gar nicht mehr, was Lachen ist...«

Sie brach ab und drehte sich um. Nun erst sah sie, daß auch der General und der Priester, die keine Familienszenen liebten, leise den Speisesaal verlassen hatten. Nur der Pariser saß noch da, rauchte nachdenklich eine Papyros und musterte sie mit seinen immer noch stechend scharfen, von tausend Fältchen umrahmten Augen.

»Wenn du so alt bist wie wir,« sagte er trocken, »lachst du auch nicht mehr!«

»Aber ich bin jung.«

»Und er ist jung. Das ist nun einmal der Lauf der Welt.«

Sie ging gereizt auf ihn zu. »Onkel! Ihr könnt einen wirklich zur Verzweiflung bringen! Es ist ja wahrhaft beleidigend für mich, dies ewige – Bin ich denn ein Kind, das sich nicht selber hüten kann? Ich weiß doch, wer ich bin und was ich mir schuldig bin? Habe ich denn wirklich nicht das Recht, mit irgend einem Mann Freundschaft zu schließen, wenn ich fühle, daß er auf mich einen guten Einfluß ausübt? – einen erziehenden Einfluß, möcht’ ich sagen!«

Der alte Roué lächelte gutmütig. »Ach ja – Freundschaft –« sprach er. »Das ist ein schönes Wort, wie ich jung war, hab' ich es auch oft gebraucht.«

»Ja – du!« Sie lachte schon wieder und sah ihn belustigt und mitleidig an. »Mißbraucht – willst du sagen, Onkel?«

Der Klubmann erhob sich zitterig von seinem Stuhl. » Ma chère – wo sind da die Grenzen? Ich will das abgedroschene Schlagwort nicht wiederholen, daß es keine Freundschaft zwischen Mann und Weib gibt – aber wie man solch einen Seelenbund nun eigentlich nennen soll...«

Sie unterbrach ihn heiter. »Seelenbund? Wie denkst du dir das eigentlich, Onkel? Meinst du, wir gehen spazieren und schwärmen so hübsch sentimental wie der Werther und die Lotte? Wir denken nicht daran! Im Gegenteil! Unsinn machen wir! Wir lachen! Oder vielmehr: der Doktor lacht mich gewöhnlich aus! Ihr wißt gar nicht, was für ein Mephisto in ihm steckt. Er glaubt ja an nichts auf der Welt als an sich und seine Bazillen. Über alles andere macht er sich lustig.«

»Schön, Kind!« Der alte Herr zündete sich eine neue Zigarette an. »Ich bin zu alt zum Streiten. Bei mir hat jeder recht. Also tue du, was dir gefällt!«

Sie warf trotzig den Kopf zurück: »Denk einmal, das werd' ich auch! Jetzt bring' ich Wulfi zu Bett, und dann geh' ich hinunter ins Dorf, nach der Irion sehen! Und bei der Gelegenheit bestelle ich den Doktor aufs Schloß – für heute mittag. Gerade wenn meine Eltern da sind! Sie sollen ihn sich nur anschauen, vielleicht lassen sie und ihr alle uns dann endlich in Ruhe.«

Den Kleinen wieder auf den Arm nehmend, ging sie rasch aus dem Zimmer. Der Alte lächelte seltsam vor sich hin. Dann folgte auch er seinen vorausgegangenen Brüdern in den Garten.

III

Stumm und langsam wandelten die drei in beinahe gleichmäßiges Schwarz gehüllten Gestalten den noch mit moderndem Herbstlaub überschütteten, regenfeuchten Pfad unter dem kahlen Geäst der Ulmen auf und ab, der General leicht auf einen Stock gestützt, mit im Winde wehenden Bartstreifen, der Römer nachdenklich gesenkten Hauptes, die Hände auf dem Rücken, der Roué trotz seiner zitterigen Beine den anderen immer um einen Schritt voraustrippelnd.

Um sie sprühte der Regen auf die vermorschten Umfassungsmauern der Burg. Ein großer Teil des alten Schlosses lag halb oder ganz in Trümmern, seit es erst im großen Bauernaufstand, dann wieder im Dreißigjährigen Krieg zweimal eingeäschert worden war und lange Zeit hindurch der Umgegend als Steinbruch gedient hatte. War doch drüben im Grenzhof noch ein Quaderblock mit dem alten Wappen der Wodenstein, den drei grimmen Wisentköpfen, eingemauert. Und noch jetzt tönte in stürmischen Nächten, zumal bei eintretendem Tauwetter, von irgendwoher wohl ein dumpfes Poltern und Kollern und verriet, daß wieder ein Stück des ewigen Schlosses in sich niedergebrochen war. Ja, es galt schon für gefährlich, den seit undenklichen Zeiten ragenden Riesenbau des Bergfrieds zu besteigen.

Die Erben der Vergangenheit hatten auch so gut wie nichts getan, um die Zerstörung aufzuhalten. Nur der Zopfbau aus dem vorigen Jahrhundert, der jetzt, mit beiden Flügeln an die zerfallene Burgfeste sich lehnend, allein als Wohnung diente, war ihr Werk, Sonst ging ringsum langsam, unerbittlich, im Rollen der Jahre und Jahrhunderte der Zerfall seinen Gang, kein jäher Eingriff mehr durch Blitzschlag oder Feindeshand, nein, ein müdes Modern, wie das Geschlecht selbst immer schattenhafter wurde und abstarb – dies Geschlecht der kriegerischen Abenteurer, der Kirchenfürsten und messalinenhaft lächelnden gepuderten Schönheiten oben an den Wänden, dessen jetziger Vertreter seine Hauptbeschäftigung während des Tages darin fand, die Damkühe und Karpfen zu füttern, in seinem Briefmarkenalbum zu kramen und des Abends auf der Zither den letzten Straußschen Walzer zu klimpern.

Der Regen rauschte stärker. Der Roué fröstelte. Er hemmte plötzlich seinen Gang. »Genug jetzt!« sagte er. »Ich steige hinauf ins Archiv. An einem so trüben Tag wie heute muß ich zeitig anfangen. Denn sowie es dämmert, können meine alten Augen diese Krakelfüße aus dem sechzehnten Jahrhundert doch nicht mehr entziffern.«

Der Militär lächelte. Er nahm die Studien des gelangweilten Lebemannes nicht recht ernst. »Also im sechzehnten Jahrhundert bist du doch schon?« fragte er zerstreut.

»Ja. Bei dem Bericht Eitelwolfs IV. über die Erstürmung Roms durch den Connetable. Du weißt ... Eitelwolf führte einen Teil der deutschen Landsknechte und wurde dabei schwer verwundet.«

»Und kurz darauf starb er am Fieber«, brummte der General. »Beim Zuge Karls V. nach Algier.«

»Das war doch sein zweiter Sohn!« Der Lebemann wurde eifrig. »Er selbst blieb doch schließlich in Rom tot und liegt da auch begraben. Und ebenso der älteste Sohn, der schwerkrank aus Palästina zurückkam. Ich glaube, daß ich noch Näheres darüber in der Zimmernschen Chronik finden werde.«

»Lieber Gott ... wer kann das alles auseinander halten?« sagte der alte General, und ein gewisser Familienstolz klang jetzt doch durch seine hüstelnde und zitternde Stimme. »Ich glaube, es gibt überhaupt kein Schlachtfeld – von den Hohenstaufen bis Mars-la-Tour – wo nicht wenigstens ein bißchen von unserem Blut vergossen worden ist.«

Der Pariser nickte und zog die gefärbten Augenbrauen hoch. »Kannst du dir vorstellen,« fragte er leise und eindringlich, »daß allein vom fünfzehnten bis zur Mitte des achtzehnten Jahrhunderts siebzehn Wodenstein vor dem Feinde gefallen sind? Fast alles Marschälle, Landsknechtsführer, später Generale – kurz, stets in hohen Stellungen. Und zugleich haben wir in der Zeit noch zwei regierende geistliche Fürsten geliefert – einen in Speier und einen in Trier, von den Äbten und Prälaten gar nicht zu reden, und außerdem noch Gesandte des Heiligen Reichs in Venedig, Konstantinopel und Gott weiß wo.«

Die beiden anderen Brüder lächelten still. Dem Soldaten wie dem Geistlichen schien es seltsam, daß gerade in diesem verwelschten Wüstling der Boulevards neben ihnen allein noch die Erinnerung und das Sicheinsfühlen mit dem ehrwürdigen Helden- und Priestergeschlecht lebendig war.

»Du hast wohl recht!« sagte der Römer endlich, und man merkte wieder an dem weichen Tonfall und dem stockenden Fluß der Worte, wie schwer er sich, des Italienischen und Lateinischen gewohnt, in seine fremdartige Muttersprache fand. »Die Mauern hier haben ein Jahrtausend Weltgeschichte gesehen. Aber es ist vorbei. Für immer!«

»Wieso? Ist unser Geschlecht etwa schon ausgestorben? Da gehen wir doch noch zu dritt spazieren, und da drinnen...«

Der hagere Mann aus dem Vatikan blieb stehen und richtete sein geistvoll-müdes, bebrilltes Antlitz auf den Bruder. Ein Lächeln spielte um seine Lippen.

»Wir gehen hier spazieren!« sagte er halblaut, in der schmeichelnden, beinahe singenden Klangfarbe des Romanischen. »Aber wie die Gespenster am Mittag. Eigentlich leben wir – ich meine die ehemaligen Grafen von Wodenstein – nicht mehr, sondern die drei Männer hier sind eben ein Militär, ein geistlicher Herr und ein ... ein ... Privatmann, die zufällig diesen Namen führen!«

Der Lebemann überhörte absichtlich die letzte, gegen ihn gerichtete Spitze. Er war zu erregt über die allgemeine, paradoxe Behauptung seines Bruders. Die Röte stieg in seine welken Wangen ..

»Dies Geschlecht...« begann er. »Lieber Bruder ... verzeihe ... aber du leugnest da etwas, was uns allen heilig sein sollte ... Dies Geschlecht...«

Der Priester machte eine leichte Handbewegung, mit der er ihm, als sei das ganz selbstverständlich, Schweigen gebot. »Dies Geschlecht ist tot«, sagte er noch einmal. »Es hat keine Daseinsberechtigung mehr. Wir sind mit dem alten Reich zugrunde gegangen, wir von der Reichsritterschaft so gut wie die Mediatisierten, und hausen wie Mumien in der lebendigen Gegenwart. Die Generale und Priester, von denen du sprichst – die waren hier freie Herren. Sie erhoben die Steuern und Zölle und regierten ihr Land. Jetzt aber kommt in dies Schloß der Steuerbote so gut wie in die Hütte unten, der Gendarm auf der Straße kann uns arretieren wie jeden Handwerksburschen, denn wir sind vor dem Gesetze gleich. Wege-, Brücken-, Landespolizei hat man uns abgenommen, die besorgt der Kreisrat oder Oberamtmann, und unser einstiges Gebiet vertritt im neuen Reichstag zu Berlin, wie du weißt, ein antisemitischer Schneidermeister, der uns nie gesehen hat und sich den Kuckuck um uns kümmert!«

»Ja – wenn du das so auffaßt!« sagte der Lebemann. Aber der andere ließ ihn nicht zu Worte kommen. Es war, als wolle er den Anlaß benutzen, um sich vor sich selbst wegen seiner Entfremdung gegenüber dem deutschen Vaterland und der engeren Stammesheimat zu rechtfertigen.

»Wir haben keine Pflichten mehr!« fuhr er fort. »Ja, früher, wo wir Hunderte von Hörigen und Zinsbauern gegen Feinde, gegen Hungersnot und Seuchen schützen mußten –! Und weil wir keine Pflichten mehr gegen die Allgemeinheit haben, haben wir auch keine Rechte mehr, und wenn in dem Gebiet, wo wir einst Herren waren, der eben genannte Schneidermeister in den Reichstag gewählt wird, so gilt deine Stimme genau so viel oder so wenig wie die eines Stallknechts oder eines beliebigen Dorfidioten unten. Mit einem Worte: Unser Geschlecht ist ein Fossil. Es sitzt in einem Glaskasten, wie ein seltenes Geschöpf aus der Urzeit, und ist ebenso unnütz und tatenlos. Und darum,« schloß er und sah starr vor sich hin, daß die kalten Augen durch die Brillengläser funkelten ... »darum bin ich nach Rom gegangen.«

»Und ich nach Potsdam!« ergänzte kurz der General.

»Und ich nach Paris? Das gehört wohl auch noch dazu?« sagte der Lebemann frivol. Er wußte nicht recht, was er erwidern sollte. »Du ... du wirst doch nicht leugnen, daß wir immer noch eine Art Sonderstellung einnehmen...«

»Ich habe im Gefängnis gesessen«, sagte der Römer gleichgültig, und dem anderen fiel es ein, daß allerdings zur Zeit des heftigsten Kulturkampfs Gregorius Wodenstein wie andere widerspenstige Priester sechs Monate in Haft gewesen war. Der Gedanke erschreckte ihn doch, und er schwieg.

Ein Windstoß umbrauste sie, daß der Mann aus dem Vatikan sich fröstelnd in seinen schwarzen Mantel hüllte. Er hatte heute mehr geredet als sonst in Wochen. Nun versank er wieder in seine gewöhnliche Schweigsamkeit. »Es ist vorbei!« wiederholte er nur noch einmal mit einem Lächeln um die schmalen Lippen. »Es ist vorbei! Wir sind tot!«

Die anderen waren mit ihm stehen geblieben und schauten über die bröcklige Mauer hinab ins Tal. Ein heller, herrischer Laut klang von unten – die Fabrikglocke, die die Frühstücksstunde anzeigte. Das Gebäude selbst konnte man von hier nicht sehen. Ein in Trümmer gefallenes Vorwerk des Schlosses lag auf halber Berghöhe dazwischen, ein zur Flankierung etwaiger Angreifer dienender dicker, runder Turm, den die Wodensteiner bei einer der ewigen Fehden des Mainzer Kurfürsten mit der kaiserlichen Gewalt erbaut und den »Trutzkaiser« getauft hatten.

Die Franzosen hatten den Trutzkaiser ausgebrannt. Seitdem wucherten Ginster und Brombeergeranke um die geschwärzten Steine, die Schleiereulen und Fledermäuse hausten innen in den Rissen des Gemäuers, und selten nur tastete sich ein menschlicher Fuß durch Brennesseln und hohes Gras bis in die Nähe des verrufenen Ortes.

Es hieß, daß es dort spukte. Nach Einbruch der Dämmerung wagte sich insbesondere ein weibliches Wesen um keinen Preis dorthin. Es lag da eine Grabplatte zur Erinnerung an einen russischen Offizier, der während der Freiheitskriege hier mit dem Pferde gestürzt, auf der Stelle gestorben und am nächsten Tage begraben worden war. Der »Ruß« sollte jetzt noch des Nachts da umgehen. Gesehen hatte man ihn seit lange nicht mehr und glaubte auch im Volke nicht mehr so recht daran. Aber das unbestimmte Grauen blieb.

Der Roué veränderte die Richtung seines Blickes und blinzelte die in Windungen sich zu Tale ziehende Straße hinab. Dort unten schritt die schlanke Jägerin durch Regen und Wind, in einen weiten Mantel gewickelt, den Kopf zurückgeworfen und so rasch und behende den abkürzenden Fußpfad von glitschrigem Lehm niederklimmend, daß der Diener hinter ihr mit dem Korb am Arm kaum zu folgen vermochte.

»Wir sind tot ... hast du vorhin gesagt...« begann er. »Aber warum? Weil unser Blut müde und alt geworden ist! Keine Auffrischung von außerhalb. Ein ewiges Ineinanderheiraten mit anderem Uradel, der ebenso alt und müde ist wie wir. Und um uns ringt sich immer neues Leben in die Höhe und gebraucht seine Fäuste und Ellbogen und macht sich freie Bahn! Wie ich Wera da unten gehen sehe, muß ich wieder an ihre Mutter und deren Laufbahn denken! Ich hab' die alte Froningen noch in Wien als Operettensängerin gekannt, wie sie jung und mager war. Und ... schön...« Der Alte küßte verklärt seine Fingerspitzen und schaute wieder der Jägerin auf ihrem Talweg nach. »Ihre Tochter da unten ist lange nicht so schön wie sie, aber das Beste hat sie doch: Was wir nicht mehr haben! Kraft ... Gesundheit ... Feuer ... Rasse ... Eine neue Zeit kommt! Es steigt von unten herauf. Neue Menschen! Neue Nerven! Neues Blut!«

»Ich danke für die Neuzeit!« sagte der General, während sie dem Schloßportal zugingen. »Mir graut bei dem Gedanken, daß ich noch lange im zwanzigsten Jahrhundert leben sollte. Mit Menschen ohne Glauben, ohne Ehrfurcht, ohne ... schau dir nur diesen Irion zum Beispiel an, zu dessen Frau unsere Nichte eben geht ... Da hast du solch einen Patron. Gift sind diese Sozialdemokraten! Gift ... Gift!«

Der Pariser lächelte zynisch. »Sie wollen uns wegnehmen, was wir haben! Das ist recht unschön! Ich gebe es zu. Aber wenn mich nicht alles täuscht, haben wir im Mittelalter anderen gegenüber denselben Grundsatz befolgt.«

Der General zuckte die Achseln. »Für derlei Witze bin ich unempfänglich!« murmelte er, und sie setzten stumm ihren Rückweg fort.

An dem Portal blieb der den anderen vorausgetrippelte Pariser stehen. Ärgerliche Neugier malte sich auf seinen Zügen, während er seinen Spazierstock hob und damit auf die am Eingang eingemeißelten Wisenthäupter deutete. »Welcher Lümmel erlaubt sich wohl hier Plakate anzubringen?« brummte er und setzte seinen Zwicker auf. »Da bin ich doch wirklich gespannt!«

Auch der Priester trocknete schon seine abgenommene Brille mit dem Seidentuch, um zu lesen. Aber vor den beiden hatte der hagere Preuße bereits die ersten Zeilen entziffert.

»...›Mutter ... was läuft der Herr Gendarm denn so?‹« ... buchstabierte er. »...›Still, Kind! ... Die Sozialdemokraten sind endlich im Dorf!‹...«

»Ah!« Mit einem zornigen Griff riß er das Blatt herab, zerknüllte es und stieß es mit dem Fuße weit weg ...»...Dreck! Dreck! Pfui Teufel! ...Ein sozialdemokratisches Flugblatt! Ich werd' dem Gärtner sagen, daß er den Dreck wegschafft ...und daß er entlassen ist, wenn das noch einmal vorkommt! ...Da hast du's, lieber Freund!« wandte er sich an den Jüngsten. »Diese Unverschämtheit ...im eigenen Hause ist man nicht vor der Fabrik da unten und der Eisenbahn und der ganzen Schwefelbande sicher, die seitdem aus Mannheim und Darmstadt herüberkommt und die Leute verhetzt. Das nennen sie nun Steigen der Kultur, wenn sie da unten Leder gerben und Treibriemen schnurren lassen und Schienen legen. Mag sein! Ich geb's zu. Aber das weiß ich: Mit der ersten Schiene und dem ersten Schornstein kommt auch diese verwünschte und vermaledeite Weltanschauung, die alles, was uns heilig ist, verhöhnt, die schließlich noch die Armee anfressen wird, bis der Teufel das ganze Reich holt. Ah ...an den Galgen sollte die Bande ... an den Galgen!«

»Wenn wir noch im sechzehnten Jahrhundert lebten!« sagte der Pariser und bemühte sich, dem mit langen Schritten der Treppenhalle zusteuernden alten Preußen zu folgen. »Im Bauernkrieg hat unser Ahnherr Eitelwulf wenig Federlesens gemacht. Da flogen die Köpfe, daß es eine Art hatte. Aber heutzutage haben wir ja keine Nerven mehr. Gregor hat ganz recht. Der Crapule gehört die Welt, und wir müssen sterben!«

Der bebrillte Mönch hinter ihm lächelte nur fein und stumm. Im Vatikan bangte man sich schon lange nicht mehr vor dem zwanzigsten Jahrhundert und seinen roten Gespenstern, längst hatte man im stillen den Zeiger der römischen Weltuhr nach der neuen Zeit gerichtet, getaufte Juden zu Kirchenfürsten gemacht und mit Republiken Freundschaft geschlossen. Mochte alles zusammenstürzen: Der Beichtstuhl blieb! von ihm aus beherrschte man die Weiber und mit den Weibern die Welt.

IV

Benedikt Irion, der Maschinenschlosser, stand, des Arztes harrend, vor der Türe eines am äußersten Ende des Dorfes gelegenen Bauernhäuschens, dessen mit einem kleinen Gemüsevorgarten, mit Monatsrosen und Nelkenstöcken am Fenster geschmückter Umgebung der Dunghaufen, das Kennzeichen des ländlichen Besitzes, fehlte, und blickte suchend die Straße entlang. Er war ein schmächtiger, schwindsüchtig aussehender Mann in den Dreißigern, auf dem auffallend intelligenten Gesicht jenen Zug von Verbissenheit und Resignation zugleich, der dem modernen Fabrikarbeiter eigentümlich ist.

Den Weg herauf kam ein Knarren und Keuchen.

Ein junger, stämmiger Bursche mit völlig blöden Zügen und erloschenen Augen, einen Zigarrenstummel im Mund, eine alte Militärmütze schief auf dem Kopf, zog einen leeren Handwagen hinter sich her. Hinten hatten zwei zwergartige, weißhaarige Leutchen die welken Hände an das Gefährt gestemmt und taten so, als schöben sie mit. Beide, das winzige Männchen mit dem verschrumpften Antlitz unter der fast haarlosen Pelzmütze, wie das zahnlose Weiblein mit den spitzen Kinderzügen, waren bettelärmlich gekleidet, aber sie schauten ganz freundlich in die Welt, während sie den Karren vor ihrem Häuschen, dem einzigen Hab und Gut, das sie auf Erden besaßen, hinstellten. Auch der ihnen von der Gemeinde in Pflege gegebene Dorftrottel, der den Wagen zog, grinste vergnügt und trollte sich, ein Stück erbetteltes Brot aus der Tasche ziehend, in den Ziegenstall rechts am Eingang, wo er aus allerhand Lumpen und Hadern sich ein Nest zurechtgemacht hatte.

»Gu'n Tag, Pilgerle!« sagte der Monteur.

»Gu'n Tag, Herr Irion!« Der Alte lüpfte die Mütze vor seinem Mieter. »Heut macht's bös' runner! Dees regnet was z'samme! Der Neckar steigt!«

»Bischt doch mit'm Karre drüwwe in der Schtadt gewese?«

»Ei – jeden Tag, Herr Irion! Sell is mei' Brot. Ich bring' die Sache vum Dorf hin und bring' die Sache vun der Schtadt her. Sell weiß ich gar net mehr anners! O mei – das treibe mei' Fraa und ich schon vierzig Johr' und mehr...«

»E hart's Brot, Pilgerle! Alleweil im Sommer und Winter auf der Straß'...«

»Besser e hart's Brot als gar keins! Wann's Hochwasser gibt und ich net nüwwer kann, dees is bös! Und üwermorge hawwe m'r wieder Hochwasser bei dem viele Rege!«

»Meinscht, Pilgerle?«

»Jo – sie hawwe ja schon von Heilbronn delegraphiert und gewarnt ...Jo ...jo...« Der Alte schüttelte trübe sein weißes Köpfchen. »Jo ...beim Herrn Doktor bin ich gewese, Herr Irion, und er kummt bald her, nach Ihrer Fraa schaun, läßt er Ihne sage! Jetzt gleich könnt 'r net. Die ganze Schtub hockt em noch voller Leit' ...'s hott so arg. viel Krankheite im Dorf. Alle Kinner sin krank.«

Der andere hörte ihn nicht mehr. »Jetzt wer kummt denn do?« murmelte er. »Ich mein' doch als, m'r sollt' erscht kumme, wann m'r gerufe werd.«

Das Pilgerle blinzelte durch den Regen. »Herr Irion«, warnte er. »Seien Sie klug. Mit'm Herrn Direktor heißt's sich schtelle! Und mit'm Herrn Kaplan erscht recht!«

»Sell weiß ich selwer!« brummte der Arbeiter verbissen. »Sell brauchst du mir net erscht zu sage, wer heutzutag' die Gewalt hat! Geh norr! Von dir wolle die Herre nix! Die kumme wege meiner Fraa...«

Es war ein ungleiches Paar, das in Sturm und Regenschauern die kotige Landstraße hinaufstieg. Rechts der Fabrikbesitzer, straff, energisch, mit aufgedrehtem blondem Schnurrbart, festem Schritt und der Gewohnheit des Befehlens auf dem mit Schmissen übersäten jugendlichen Gesicht; links neben ihm, wie sie der Zufall auf ihrem Weg zusammengeführt, der Kaplan – ein gesunder, roter Bauernkopf, stiernackig auf starken Schultern, in dessen glatten jugendlichen Zügen sich noch deutlich der Übergang von der ererbten zähen Bedächtigkeit des Ackermanns zu der starren Würde der alleinseligmachenden Kirche vollzog.

Kapital und Kirche! Der Maschinenschlosser war durch das Lesen seiner Parteischriften an diese abstrakten Begriffe gewöhnt. Was hatten Kapital und Kirche im Hause eines »Genossen« zu suchen? Aber mit einer gewissen Genugtuung erfüllte ihn der Besuch doch. So zog er denn die Mütze ab und trat den beiden auf die Landstraße entgegen.

»'Morgen, Irion!« sagte der Fabrikant rasch. »Bedecken Sie sich doch. Wie geht's denn Ihrer Frau?«

»Dank' Ihne, Herr Direktor! Besser!«

»Das freut mich.« Der Fabrikant trat mit den anderen in die Irionsche Wohnung. In dem vorderen Raum, der ärmlich, aber sauber gehalten war, mit blank gescheuerten tannenen Möbeln und sandbestreuten Dielen, hantierte geräuschlos eine Krankenschwester. Benedikt Irion pflegte sonst jeden Morgen spöttisch zu lächeln, wenn er auf seinem Weg zur Fabrik an den in halber lebensgroße geschnitzten, schreiend bunt bemalten Figuren der Jungfrau und des heiligen Joseph am Eingang des katholischen Schulhauses vorbeikam und innen den Gesang der Ordensfrauen und den hellen Chor der Kinder vernahm. Aber nun, in seinen Sorgen um die kranke Frau, war ihm die kleine rotbäckige Bäuerin in dem weiten graublauen Gewand und der weißen Flügelhaube eine willkommene und feierliche Erscheinung.

Beim Eintreten der Männer verschwand die Schwester in dem Nebenzimmer, in dem die Kranke ruhte. Die beiden Herren setzten sich auf die von Irion herbeigeschobenen und abgewischten Stühle und schauten einen Augenblick schweigend an den kahlen Wänden herum, deren einzigen Schmuck ein großes Porträt Lassalles und eine Photographie des Mannheimer Diskutierklubs »Rote Rotte« bildeten. Es war eine kurze, etwas peinliche Pause zwischen dem norddeutschen Fabrikbesitzer, dem Pfälzer Priester und dem sozialdemokratischen Arbeitsmann, allein der Direktor fand rasch und lebhaft, wie sein ganzes Wesen war, bald einen Übergang.

»Also besser geht's?« sagte er. »Das freut mich, Irion! Schon weil Sie's sind – mein bester Arbeiter, trotz all Ihrer Marotten. Aber auch sonst ist mir die Geschichte höchst unangenehm. Kaum ist die Fabrik in Betrieb, so passiert alles mögliche! Ich hab' wahrhaftig keine Schuld!«

»Sell sagt ja auch keines, Herr Direktor!«

Der Fabrikant machte ein zweifelndes Gesicht. Er verstand trotz aller Mühe immer noch kaum die Hälfte von dem Odenwälder Deutsch seiner Untergebenen, »Wie gesagt – keine Schuld!« wiederholte er. »Nun – wir müssen uns eben alle erst in die Fabrikordnung einleben, und hoffentlich nehmen sich die anderen daran ein Beispiel.«

»Hoffen wir zu Gott!« ergänzte der Kaplan, zu Boden schauend, mit seiner tiefen, immer noch bäuerisch gefärbten Stimme. »Hoffen wir auch auf eine Wendung zum Besseren. Auch für Sie, Herr Irion!«

In dem fanatischen Gesicht des schmächtigen Arbeitsmannes, der vor ihm stand, veränderte sich kein Zug. »Was meinen Sie denn damit, Herr Kaplan?« fragte er.

Jetzt sah ihm Paulus Eberle von unten her ernst ins Auge. »Die Gottlosigkeit mein ich! Diese Bilder an den Wänden! Lieber Irion – Sie sind ein katholischer Christ...«

»Ah bah!« Der Monteur hustete. »Ich bin in Berlin aus der Landeskirch' ausgetrete!«

Der Kaplan wiegte bekümmert das Haupt. »Auch das!« Er suchte wieder mit den Augen den Sand auf den Dielen. »Sie tun mir wahrlich leid, Herr Irion!«

Der Arbeitsmann erwiderte nichts, sondern zuckte nur stumm die Schultern. Der Fabrikant aber stieß ärgerlich seinen Regenschirm auf den Boden. »Ich begreife euch Leute nicht!« sagte er. »Da macht ihr euch und uns das Leben schwer, und was habt ihr schließlich davon? Sie, Irion, könnten es hier haben wie unser Herrgott in Frankreich! – Nein – da spintisieren Sie über den blödsinnigen Zukunftsstaat, schicken Ihre paar sauer ersparten Groschen womöglich an die Berliner Parteikasse und haben nichts wie Ärger und Verdruß. Jetzt wieder mit dem Kriegerverein! Ja, Irion ... ich kann es nicht ändern! Mann ... müssen Sie denn aber auch durchaus auf Ihrer Mütze jeden Tag ein rotes Federchen tragen? Muß es denn durchaus gerade ein rotes Halstuch sein?«

»Ja«

»Na – dann mußten Sie eben 'raus aus dem Kriegerverein!« Der Fabrikant stand ärgerlich auf. »Es ist wirklich zu dumm! Ein Kind muß es einsehen, daß wir ein starkes Heer brauchen, damit der Feind nicht über die Grenzen bricht und gerade euch Unbemittelten das letzte wegnimmt! Nein! Wenn es nach euch ginge, wäre das Reich in vier Wochen wehrlos, damit gleich die lieben Franzosen wiederkommen und hausen, wie vor zwei Jahrhunderten, wo von fünfzig Menschen in der Pfalz nur noch einer übrig war und kein ganzes Haus mehr auf Tage weit im Umkreis stand. Ihr ruft ja jetzt noch eure Hunde ›Mélac‹ nach dem Heidelberger Mordbrenner. Wenn's erst so weit ist, dann möcht' ich eure gescheiten Gesichter sehen. Aber dann ist's zu spät. Na … nichts für ungut heute! Ich will Sie heute nicht aufregen. Gott sei Dank, daß Ihre Frau außer Gefahr ist! Grüßen Sie sie von mir und gute Besserung! Ja – ehe ich's vergesse – ich habe dem Kassierer Ordre gegeben. Wenn Sie Geld brauchen, wenden Sie sich nur an ihn. Kein Vorschuß – ein kleines Schmerzensgeld. Danken Sie mir nicht, Kind Gottes, sondern werden Sie vernünftig! Das ist mir viel lieber!«

Der Fabrikant wollte sich eben zum Gehen wenden, als die Türe von außen mit einem kräftigen Ruck aufflog. Der Doktor stand auf der Schwelle, den Schlapphut vom Regen triefend, den rotblonden Vollbart vom Wind zerzaust, einen Lodenmantel über den breiten Schultern, mit kotbespritzten hohen Stiefeln und einem Knotenstock in der Faust. »Was ist denn das für ein Lärm hier?« fragte er statt jedes Willkommens. »Ein ganzes Zimmer voll Menschen, wo nebenan die Kranke liegt? Ich muß mir doch die Volksversammlung 'mal aus der Nähe ansehen!«

Er nahm den naß perlenden Zwicker ab. »Ah – ihr seid's!« sagte er etwas milderen Tones, »was wollt ihr denn hier bei dem Sozialdemokraten? Kinder … streitet euch doch nicht ewig. Jeder Mensch auf der Welt hat recht! Es kommt nur auf den Standpunkt an. 'Morgen, Irion!« Er schüttelte dem Maschinenschlosser ohne Umstände die Hand und bot sie dann dem Kaplan. »Gib dir keine Mühe, Hochwürden! Hier hilft's nichts, den Irion kenn' ich – bei dem ist Hopfen und Malz verloren!«

Der junge Priester zuckte die Schultern. »Er und der Doktor stammten aus demselben Dorf drüben im hessischen Odenwald. Dort hatten sie als barfüßige Bauernbuben zusammen die Gänse gehütet und Äpfel gestohlen und sich hinter den Zäunen herumgebalgt, um sich jetzt als zwei bebrillte, auf Seminar und Hochschule klassisch gebildete Männer, als Kassenarzt der Fabrik und Kaplan des Dorfes, wiederzufinden.

»Dich, Direktor, setze ich ohne Umschweife vor die Türe!« sagte inzwischen der Doktor unbekümmert zu dem Dritten. »Dafür bin ich dein Universitätsfreund! Da brauch' ich nicht erst höflich zu sein! Höflichkeit ist überhaupt nicht gesund! 's legt sich einem auf die Brust! Also geh! Deine Frau und deine Fabrik schreien nach dir! Die muß man beide nicht allein lassen!«

»Altes Rauhbein!« Der Fabrikant setzte halb lachend seinen Hut auf. »Ich war schon auf dem Wege, willst du nachher bei mir frühstücken? – ich möchte dich etwas fragen.«

»Ja – aber gehörig! Euer Milchkaffee ist für die Saugkinder gut. Deine Frau soll für ein ordentliches Stück Fleisch und Brot sorgen. Ist die Schwester drinnen bei der Patientin, Irion? Gut! Bleiben Sie nur hier! Da drinnen kann ich Sie nicht brauchen!«

Er ging mit vorsichtigen Schritten durch das Zimmer, öffnete leise, ohne anzuklopfen, die Türe und schloß sie behutsam. Man hörte von innen das gedämpfte, weich und freundlich klingende Gemurmel, mit dem er sich über die Kranke beugte, ihre schwache Stimme und dann wieder seinen tröstenden Baß.

»Kommen Sie mit, Herr Kaplan?« fragte der Fabrikant.

Paulus Eberle zögerte und schüttelte den Kopf. »Es sind zwei alte Leute hier im Hause«, sagte er. »Im oberen Stock – da ich schon da bin, möchte ich sie gern besuchen!«

»Also auf Wiedersehen! Adieu, Irion!« Der Direktor trat auf die Straße hinaus und der junge Geistliche tastete sich die schmale, ausgetretene Hühnertreppe empor zu der Wohnung des Pilgerle. Er fühlte sich geärgert, beinahe gedemütigt durch den Zusammenstoß mit Benedikt Irion. Er empfand, wie schon so oft seit Gründung der Fabrik: Hier war die Grenze seiner Macht! Hier standen Weltanschauung gegen Weltanschauung, Fanatismus gegen Fanatismus, und eine leise Entmutigung kam über ihn, während er oben an der niederen Kammertüre klopfte.

Es war mehr als Freude – es war angstvolle, zitternde Aufgeregtheit, die sich bei seinem Eintritt des Pilgerle und seines Weibleins bemächtigte. Die beiden alten Leute oben waren eben dabei, ihren Zichorienkaffee zu schlürfen, der mit etwas Brot fast ihre einzige Nahrung ausmachte, als das Unerwartete geschah, als der geistliche Herr in höchst eigener Person in das Giebelstübchen trat. Das war ein Dienern und Hin- und Hertrippeln und Stuhlabwischen und Zurechtstellen, bis der junge Gast in der Priesterkutte endlich dasaß und sich wohlwollend in dem kleinen, unsauberen Zimmer umsah. Hier schaute es anders aus als unten. Die Wände voll von grellgemalten, mit Nägeln befestigten Heiligenbildchen, ein Kruzifix über der Türe, ein geweihter Rosenkranz über dem Bett, das Gebetbuch auf dem Tisch – hier fühlte sich der Kaplan zu Hause. Hier war er unter seinen Leuten. Hier öffneten sich ihm die Herzen und empfingen von ihm Trost und Glauben. Eine Rührung kam über ihn, als er sich nach einer Viertelstunde teilnehmenden Geplauders verabschiedete, den zitterigen, dankbaren Druck der arbeitsharten Greisenhände empfand und die feuchten Augen in den runzeligen, von weißen Haaren umrahmten Kindergesichtern sah. Dies hier waren die Ärmsten unter den Armen. Ihr ganzes Leben war ein langer Frontag, ihr Ende Siechtum in der widerwilligen Armenpflege der Gemeinde. Und doch waren sie zufrieden, waren sie heiter und bescheiden, denn sie konnten noch glauben, sie, die Mühsamen und Beladenen, hofften nicht auf das zwanzigste Jahrhundert wie der schwindsüchtige Fanatiker unter ihnen, sondern auf den Himmel.

Das war die Macht der Kirche! Ein stolzes, Lächeln lief über die harten Bauernzüge des jungen Mannes, während er, sich nach Frauenart den langen schwarzen Rock schürzend, die krachende Hühnersteige hinabstieg, und in seinem Herzen wurde alles weit von der Inbrunst für Rom.

V

In dem Augenblicke, als er aus dem Flur auf die Straße hinaustreten wollte, rauschte ihm etwas, hart um den Türpfosten biegend, entgegen. Beinahe wäre er mit der schlanken Gestalt zusammengestoßen und sprang erschrocken zwei Schritte zurück.

»Verzeihung, Frau Gräfin…« murmelte er, mit den Augen nach der Gewohnheit Roms den Boden suchend.

Sie bot ihm unbefangen die Hand. »Guten Morgen, Herr Kaplan! Machen Sie nur nicht gleich ein Gesicht, als ob Sie auf eine Natter getreten wären! Was haben Sie denn?«

Der junge, bebrillte Bauer im Priesterrock fühlte zu seinem Unmut, daß er leicht errötete. »O … nichts, Frau Gräfin«, sagte er mit seiner tiefen Stimme, den Blick auf der Erde. »Und Frau Gräfin befinden sich, wenn ich fragen darf, wohl?«

»Danke! Äußerst! Ich habe einen Auerhahn geschossen.«

»O … wirklich … das haben Frau Gräfin?«

»Ja!« Sie streckte ihm wieder die sein behandschuhte Rechte zum Abschied hin. »Schon mein zweiter dies Jahr! Aber jetzt muß ich zu der Kranken! Der Doktor ist bei ihr? Das ist mir lieb, daß ich ihn treffe … Also auf wiedersehen, Herr Kaplan!«

Sie nickte ihm zu und verschwand im Inneren des Hauses. Nur ein süßer Veilchenduft blieb schmeichelnd über der Stelle schweben, wo sie gestanden.

Und Paulus Eberle, der Kaplan, hatte, während er die Straße entlang ging, wiederum jene seltsame Empfindung wie einst in seiner Seminaristenzeit, als er mit ein paar Genossen aus einem Weinkeller, in dem sie mit Stechhebern den jungen Most aus dem Fasse geschlürft, wieder an das Tageslicht getreten war. Jene süße Benommenheit, jene jäh zu Kopf steigende Glut, jenes rasche, angstvolle Hämmern im Herzen…

Jedesmal wenn er ihr begegnete! Und nach diesen seltenen Begegnungen teilte er ja nur noch im Inneren sein eintönig sich abspinnendes Dasein ein. Sie waren die leuchtenden Punkte, um die sich alles andere drehte.

»Ein Schrecken ergriff ihn. Ohne sich umzuschauen, ging er mit langen Schritten in seinem fliegenden Gewande dem Dorfe zu. Da fühlte er etwas Feuchtes auf seinem Handrücken. Ein kleines Mädchen, die Tochter eines altbayrischen Erdarbeiters, war herbeigelaufen, um nach heimischer Sitte den geistlichen Herrn mit einem Handkuß zu begrüßen. »Gelobt sei Jesus Christus!« piepste das dünne Stimmchen gläubig zu ihm herauf.

»In Ewigkeit, Amen!« erwiderte er und ging weiter, und sein Blick vermied es, den offenen Kinderaugen zu begegnen.

Benedikt Irions Wohnzimmer war leer. Der Monteur stand im Hof, mit dem Putzen seines Zweirades beschäftigt, und die Krankenschwester hantierte hinten in der Küche, um eine Suppe zu kochen. So merkte niemand den hohen Besuch vom Schlosse, der nach vergeblichem Anklopfen in das Wohnzimmer trat und von da auf den Fußspitzen, leise die angelehnte Tür öffnend, in das Nebengemach schlich.

Der Raum lag der herabgelassenen Vorhänge wegen im Halbdunkel. Wera erkannte nur ganz undeutlich im Bette die Umrisse einer reglosen Gestalt und davor, ihr den Rücken wendend, auf dem Holzschemel den Arzt.

Er hielt den Puls der Patientin zwischen den Fingern, die Uhr in der anderen Hand, »Wer ist denn schon wieder da?« brummte er. »Eine Krankenstube ist doch kein Wirtshaus, in dem man nach Belieben aus und ein läuft.«

»Ich bin da!«

»Ach Sie, Frau Gräfin! Guten Morgen!«

»Guten Morgen! Ist denn wirklich…?«

»Pscht!« machte er, ohne sich zu rühren, und begann von neuem halblaut zu zählen. Eine Weile war es still.

»So!« sagte er dann aufstehend und steckte die Uhr ein. »Die Kranke ist außer Gefahr. Ich hab' ihr eben noch eine subcutane Injektion gegeben…«

» ...und jetzt schläft sie?«

» ...und darf nicht gestört werden! Jawohl! Also bitte!« Er öffnete ihr ohne viele Umstände die Türe und folgte hinterher. »Guten Morgen!« wiederholte er dann und schüttelte ihr kameradschaftlich die Hand. »Was wollen Sie denn eigentlich hier?«

»Es ist doch meine frühere Kammerjungfer. Draußen steht der Diener mit einem Korb mit Wein und Wäsche und sonst allerlei! Herrgott ...es wird ja alles naß in dem Regen!«

Der Doktor hüllte sich in seinen Radmantel und Schlapphut und griff nach dem Knotenstock. »Dem fetten Kümmel schadet die Nässe gar nichts. Und den Korb soll er nur der Schwester geben. Dann wollen wir gehen. Ich habe noch viel zu tun! Oder gedenken Sie noch ein paar herablassende Worte an den Irion zu richten? Heute geht's bei dem schon in einem hin. So viel feinen Besuch hintereinander wie heute hat der gottlose Mann zeit seines Lebens noch nicht genossen, wenn er sich jetzt nicht bessert, begreife ich die Welt nicht mehr!«

»Und wenn Sie sich nicht über mich lustig machen können, dann fehlt Ihnen erst recht etwas!« sagte sie und trat mit ihm vor das Haus, dem Diener durch einen Wink mit dem Kopfe die Bestimmung des Korbes anweisend. »Aber heute lassen Sie das! Ich habe Sorgen. Wulfi ist nicht ganz wohl!«

»Ich werde gleich nachher nach ihm sehen!«

»Ja – bitte! Hoffentlich ist es nichts Ernstes!«

»Warum sollt' es denn gleich was Ernstes sein? Jetzt in den stürmischen Märztagen holt sich so ein zartes Kind bald eine Erkältung! Übermorgen springt er wieder herum.«

Sie nickte hoffnungsvoll, und die beiden gingen rasch weiter durch den unablässig rieselnden warmen Frühlingsregen. »Nun – und sonst?« fragte er in leichterem Ton. »Nichts Neues oben im Schloß?«

»Neues? Bei uns?« Sie zog die Augenbrauen hoch. »Lieber Doktor, manchmal sind Sie merkwürdig naiv! Wissen Sie nicht, daß das letzte bemerkenswerte Ereignis bei uns oben die Sündflut war? Seitdem ist nichts von Belang mehr vorgefallen. Sogar die Ahnfrau ist pikiert und verkehrt nicht mehr mit uns. Auch der ist's auf die Dauer zu langweilig geworden!«

Er lachte. »Was mögen die Herrschaften auf dem Schlosse dann aber alle die Jahrhunderte getrieben haben?«

»Nichts. Und wenn sie gar keinen Rat mehr wußten, spalteten sie sich in zwei Linien. Aber auch dieser Zeitvertreib ist neuerdings vorbei. Die drei alten Herren haben ja alle keine Kinder. Wulfi ist der letzte des Stammes!«

»Und wer war eigentlich – verzeihen Sie meine Neugier – der Erste?«

»Wodan! Höchstselbst! Im sechzehnten Jahrhundert hat Eusebius Höllendampf, ein grundgelehrter Magister aus Heidelberg, haarscharf nachgewiesen, daß das Geschlecht unmittelbar von Wodan, dem Herrn des Odenwaldes, abstammt, und dafür sechs Frankfurter Goldgulden und Tuch zu einem Feiertagsgewand erhalten. Oben im Archiv können Sie's nachlesen!«

»Und Sie glauben das natürlich!«

»Und wie! Schon um Sie zu ärgern! Aber im Ernst: Ich glaube nur an ein Ding im Schloß! An die Langeweile. Das ist unsere eigentliche Ahnfrau. Die geht jetzt noch dort um wie seit Jahrhunderten, pünktlich wie meine Uhr. Vom Morgen bis zum Abend. Ich seh' sie manchmal förmlich vor mir, und dann fang' ich an zu gähnen ...zu gähnen, sag' ich Ihnen! Sie vielgeplagter Mann wissen ja gar nicht, was man an einem Tage zusammengähnen kann. Ich bin überzeugt, wenn das Schloß 'mal ausstirbt, endet's am Kinnbackenkrampf.«

»Da hätte das schon lange geschehen müssen!«

»Vielleicht ist's schon geschehen! Wer weiß! Vielleicht sind wir schon längst tot, und man sagt es uns bloß nicht, um uns nicht unnütz aufzuregen! Manchmal in letzter Zeit – seit ich Sie kenne – kommt es mir so vor.«

Er lachte. »Und wie freigeistig erscheint sich nun die Frau Gräfin, wenn Sie all die ängstlich behüteten Familiengeheimnisse auf einmal ganz offen ausplaudert! Aber damit ist nichts gewonnen, daß man nur das alte Gerümpel über Bord wirft, vorher muß man anderen festen Boden unter den Füßen haben. Neuland! Darauf kommt's an.«

»Ich geb' mir ja auch alle Mühe!«

»Wirklich?« Er schaute sie von der Seite an. »Was haben Sie zum Beispiel heute morgen schon getan?«

Sie zögerte ein Weilchen. »Ich hab' einen Auerhahn geschossen!« sagte sie endlich mit verlegenem Stolz.

Da lachte er laut auf. »Na also! Da haben wir die Bescherung! Ich hab's nämlich schon gehört! Solch ein frohes Ereignis wie die Ermordung eines Auerhahns durch hohe Hand spricht sich ja rasch herum. Liebe Gräfin: Also das nennen Sie Ihren inneren Menschen entwickeln, wenn Sie sich vor Tag und Tau im Wald den Schnupfen holen und nach harmlosen Vögeln knallen? Das haben Ihre Vorfahren auch gekonnt – schon zur Zeit Hildebrands und seines Sohnes Hadubrand und anderer ungewaschener Herrschaften – und das können Ihre Standesgenossen heute noch! Und Sie sind gerade solch ein Junker! Ein ganz flotter, unverbesserlicher Junker in langem Haar und langem Rock – sogar den Jagdanzug haben Sie noch an. Wo ist denn nur die Flinte? Die braucht man doch auch, wenn man Krankenbesuche macht!«

Sie war gar nicht gekränkt. »Poltern Sie nur!« sagte sie unbekümmert. »Deswegen schieße ich doch Auerhähne. Weil mir's Spaß macht! Ich lass' mich nicht so gängeln! Auch von Ihnen nicht! Den nächsten kriegen Sie extra von mir ausgestopft ins Haus geschickt. Aber wenn Sie heute in das Schloß kommen, werden Sie sich wundern, was ich alles in den letzten drei Tagen nach Ihren Angaben wieder gearbeitet hab'. Zwei
Kapitel im Darwin...«

»Im Häckel?«

»Nein. Mit der ›Natürlichen Schöpfungsgeschichte‹ bin ich durch. Jetzt bin ich schon im dritten
Kapitel von der ›Entstehung der Arten‹, und in Taines ›Geschichte der Revolution‹ geht es auch tüchtig vorwärts.«

»Und sonst noch im Englischen?«

»Da hab' ich jetzt Buckles ›Story of Civilisation‹ – das ist schwer, aber sehr interessant. Gestern sind auch die neuen historischen Werke gekommen, die ich mir nach Ihrem Verzeichnis aus Heidelberg bestellt hab'! Ich hab' mir auch schon damit eine Reihenfolge für die nächsten Monate gemacht. Erst Treitschke, der liest sich, wie ich so darin herumgeblättert hab', wie ein Roman. Dann Ranke und dann Sybel. Vor dem fürchte ich mich noch ein bißchen. Der macht einen strohtrockenen Eindruck. Aber es wird auch gehen!«

»Ja – wenn Sie nicht in den Büchern herumblättern, sondern vernünftig lesen! Sonst schaut nichts dabei heraus!«

»Das tue ich ja! Ich wollt' es Ihnen nicht zeigen, bis ich nicht ein bißchen damit vorwärts gekommen bin, aber ich habe mir Hefte angelegt, für jedes Buch – da schreibe ich die Auszüge hinein und meine Eindrücke, wie ich die Sache persönlich verstanden und aufgefaßt habe. Ein paar von den Heften sind jetzt schon voll. Die müssen wir jetzt, sowie Sie Zeit haben, miteinander durchsehen, und Sie korrigieren mir, was falsch ist. Wissen Sie, was auch wundervoll ist: Humboldts ›Ansichten der Natur‹! Überhaupt – ich glaube, Sie haben mir die Bücher ausgezeichnet aufgeschrieben!«

»Ich habe Ihnen das Beste aufgeschrieben, was es gibt, um einen Menschen aus dem Schlafe aufzuwecken!«

Sie seufzte. »Ja, wirklich, ich habe geschlafen. Oder vielmehr: man hat mich ruhig schlafen lassen. Ich hab's ja nicht so wissen können – oder war's auch bei mir Faulheit, Gleichgültigkeit – ich weiß nicht – Dummheit jedenfalls nicht. Denn ich verstehe die Bücher ganz gut!«

»Nein – dumm sind Sie wahrhaftig nicht, Gräfin!« sagte der Doktor trocken. »Im Gegenteil. Sie haben eine ganz merkwürdige Art, sich die Dinge blitzschnell anzueignen. Eine weibliche Art. Rein intuitiv! Ohne all den schwerfälligen Apparat von Überlegung und Prüfung, den wir mattstudierten Männer dazu nötig haben.«

»Aber ich will noch viel mehr lernen!« sagte sie eifrig. »Alles. Es ist hohe Zeit. Ich hab' so und so viel unnütz vergähnte Jahre nachzuholen. Sie hatten ja ganz recht, wie Sie neulich riefen: ›Ist es nicht unglaublich: da unten pfeift nächstens die Lokomotive, und da oben sitzt die Herrin des Schlosses und weiß nicht mehr, als daß eine Lokomotive ein großer, schwarzer, mit Wasser gefüllter Kessel ist.‹ Und wenn man sie fragt: ›Warum setzt sich dieser Kessel plötzlich in Bewegung?‹, so antwortet sie ganz treuherzig: ›Weil's im Fahrplan steht!‹ ...Nein, lieber Freund ... es ist eine Schande! Von Elektrizität weiß ich erst recht nichts ... oder von Chemie. Das galt ja wohl alles für Teufelswerk in dem belgischen Nonnenkloster, wo ich erzogen worden bin. Immer nur Beten, Klavierklimpern ... Beten ... Französisch ... Englisch ... wieder Beten und dann noch einmal ... aber jetzt studiere ich das alles mit doppeltem Eifer!«

»Nur immer langsam! Eins nach dem anderen. Sie sollen doch kein konfuser Blaustrumpf werden, dem der ganze Geist der Zeit unverdaut im Magen liegt.«

Sie lachte fröhlich. »Zum Blaustrumpf habe ich kein Talent. Sehen Sie, Doktor ... dafür sind die Auerhähne da. Die Auerhähne bilden das Gegengewicht! Da bleibt man hübsch in der Mitte. Frisch und gesund.«

»Eigentlich haben Sie recht. Schießen Sie nur, was Ihnen vor die Büchse kommt. Vom Karnickel bis zum Schulmeister!«

»Ich danke Ihnen für die Erlaubnis! Aber die Tiere, die mich jetzt am meisten interessieren, sind die Bazillen. Ich will etwas von den Bazillen verstehen, damit ich doch endlich eine Ahnung gewinne, was Sie eigentlich hier in diesem Erdenwinkel sinnen und treiben. Denn deswegen sind Sie doch hier!«

»Wenn man's so nimmt, ja! Irgendwo mußt' ich Kassenarzt werden. Denn ich hab' kein Geld, mich erst lange hinzusetzen und zu warten, ob 'mal übers Jahr Patienten zu mir kommen. Und wie nun mein Universitätsfreund die Fabrik da begründet hat, hab' ich die Stelle gern angenommen. Sie bringt mir so viel, daß ich leben kann, und läßt mir doch ein bißchen freie Zeit.«

»Wann denn nur, um Gottes willen?« Sie schlang die Hände ineinander und sah ihn ungläubig an. »Frühmorgens haben Sie Ihre Sprechstunde, den ganzen Tag gehen oder radeln Sie das Tal hinauf und hinab in all den entlegenen Bauernhöfen umher, des Abends sitzt wieder Ihr ganzes Zimmer voll Patienten.«

»Nun ja – und dann, nach dem Nachtessen, hab' ich Ruhe – wenn ich nicht wieder herausgeklingelt werde. Dann hole ich Mikroskop und Präparate heraus und fange an zu arbeiten.«

»Und wann schlafen Sie?«

»Ach – man braucht nicht so viel Schlaf! Auf den Morgen hin fünf Stunden. Das genügt!«

»Und das halten Sie auf die Dauer aus?« fragte sie bang, »Wenn Sie dabei nur nicht krank werden.«

Er lachte gutmütig statt jeder Antwort, und sie sah von der Seite verstohlen auf sein gesundes, tiefgebräuntes Gesicht, über dem die mächtige Stirne in zwei hochgewölbten Höckern vorsprang. Nein! Der wurde nicht krank, der war von hartem Holz.

»Das habe ich Ihnen übrigens noch gar nicht gesagt«, meinte er. »Jetzt ist mein kleines Laboratorium fertig.«

»Der Bauschuppen hinter der Fabrik?«

»Ja – er sollte jetzt abgerissen werden. Da sagt' ich zu dem Direktor: ›Sei kein Frosch und überlasse mir das Ding zur Benutzung! Ich habe große Entdeckungen vor. Dazu brauche ich Licht, Raum und Ruhe, drei Dinge, die ich in meinem Wirtshausleben im ›Baum zum Odenwald‹ nicht finde.‹ Darauf hat er es mir höchst elegant herrichten lassen.«

»Und nun kommt die große Entdeckung?«

»Ja,« sagte er gleichgültig.

»Eine wirklich große Entdeckung?«

»Eine Sache, die mich zum berühmten Mann macht und mir auch ein Vermögen bringt!«

»Diese Entdeckung werden Sie wirklich ausführen? Hier?«

»Ja.«

»Das wissen Sie ganz genau?«

»Ganz genau!«

»Woher wissen Sie es denn aber?«

»Das fühlt man doch!« sagte er und stülpte sich den Schlapphut fester auf den Kopf, um sich vor den Windstößen zu schützen. »Ist das ein greuliches Wetter heute!«

» Was fühlen Sie denn eigentlich?«

Er lachte. »…Daß die meisten anderen Esel sind …kurz gesagt …und ich keiner. Drum seh' ich Sachen, die die anderen nicht sehen.«

»Aber Sie zeigen sie niemandem?«

»Ihnen zeig' ich's, wenn Sie in mein Laboratorium kommen. Morgen früh ist's fertig eingerichtet. Aber das sag' ich Ihnen gleich: Sie verstehen nicht eine Bohne davon und gehen so klug weg, wie Sie gekommen sind.«

»Macht nichts! Wenn Sie nur wollen, werden Sie mir schon einen Begriff davon beibringen. Sie wissen, ich bin ein gelehriger Schüler! Einen Eifer hab' ich …ach, ich möcht' alles auf einmal nachholen. Also auf Wiedersehen nachher! Da oben kommt eben mein Mann von seinem bewaffneten Spaziergang zurück, Ich muß mich eilen. Adieu, Doktor!«

Sie schüttelte ihm fest die Hand, und die beiden trennten sich.

VI

Der Doktor ging allein mit langen Schritten dem Dorfe zu. Wo das begann, wo es aufhörte, ließ sich kaum erkennen. Wie alle Odenwaldgemeinden zog es sich endlos am Talhang hin, ein Gewimmel von Häusern, Scheunen, Viehställen, dazwischen Ackerland, aus dessen frisch umbrochenen, speckig glänzenden Schollen ein würziger Duft aufstieg, Obst- und Wiesenstücke, Nutzgärten, dann wieder einmal ein Haus, eine Wäschebleiche, ein kleiner Steinbruch, ein Kruzifix oder ein blumengeschmücktes Heiligenkästchen am Kreuzweg und abermals eine Reihe Wohnstätten, in der unmerklich ein Dorf in das andere überging.

Einen Kern aber hatte doch jede Gemeinde: die Kirche. Um sie gruppierten sich das Wirtshaus, die Pfarrwohnung und das Schulgebäude und umschlossen einen freien, mit einem laufenden Brunnen gezierten Platz, in dem das Leben des Dorfes seinen Mittelpunkt fand.

Ein dürftiges Leben. Die Gemeinde war, wie viele andere im Inneren des Odenwalds, arm. Sie hatte keinen eigenen Wald wie die behäbigen volkreichen Dörfer an der gesegneten Bergstraße und im Neckartal, die meist noch aus der Zeit stammten, da Karl der Große dem Kloster Lorsch in der Rheinebene den Wildbann im ganzen Odenwald verliehen. Düster standen über so vielen dieser im Tale zerstreuten Hüttenhäuflein die Jagdreviere der Großen des Landes, mit ihren ragenden schwarzen Tannenwänden längs der Berge hin eine Schranke ziehend zwischen Herren und Bauern – zwischen der Romantik und der Not ums tägliche Brot.

Hier in den Taglöhnerhütten, den Häusern der kleinen Landwirte kannte man die Not. Sie war ein täglicher Gast im Tale, dessen geringer, abschüssiger, schwer zu bearbeitender Ackerboden nur den wenigsten Unterhalt bot. Sonst mußte, wer essen wollte, hinaufsteigen in die Wälder und für die schloßgesessenen Geschlechter, für die Domänen und Staatsförstereien arbeiten. Da fällte man oben im Winterwald bei Sturm und Wetter die Tannenriesen und zerrte sie an Eisenketten die gefrorenen Hänge hinab, da zwängte man ächzend die Wurzelstrunken aus dem beinharten Boden und klaubte sich das dünne Reisig zusammen, da schälte man im Frühjahr die Eichenknüppel und trug im Herbst die Ballen dürrer Laubstreu mit zitternden Knien stundenweit hinab, da klopfte man am Waldweg die Schottersteine und sah halbe Tage lang nicht unter dem grünen Augenschirm auf oder stand, den Bachsand durch das Drahtnetz siebend, bis an die Knie in dem strömenden Wasser und lebte doch nur von heute zu morgen, bis schließlich mancher sein verschuldetes Häuschen mit den paar Ziegen und dem Fleckchen Futterland dem Juden überließ und unten beim Krämer, dem Vertreter des Bremer Lloyd, sein Billet für Amerika bestellte, für das große Sammeldecken, in das alljährlich sich ein Strom vom Lebensblut des deutschen Volkes, ein Strom von deutscher Bauernkraft ergoß.

Da war das eigentliche Dorf. Regenüberrieselt, mit spiegelnden Kotlachen, dumpfes Kuhgebrüll aus den Ställen, Hahnengekrähe vom hohen Mist und geschäftiges Gackern hinter Zäunen und Hecken, Hundegekläff, Hammerschläge, Sicheldengeln – der ganze Lärm des längst erwachten Arbeitstages in all seiner vielfachen kleinen Sorge und Mühe.

Hart am Wege hin pilgerte, ein Gewimmel schmutziggelber, mit einem rostroten Kreuz gezeichneter Pelze, eine werdende Schafherde, von den hochbeinigen Hunden mit eifrigem Bellen umkreist. Der Hirt, ein alter Mann mit bartlosem Gesicht und langen weißen Haarsträhnen, kümmerte sich nicht darum. In seinem blauen Radmantel, den langen Krummstab an der Schulter, den Strickstrumpf in der linken Hand stand er da und buchstabierte, die welken Lippen bewegend, in einem durchnäßten Papier, das er in der Rechten hielt.

»Do gucke Sie 'mal, Herr Doktor!« sprach er lakonisch, als der Kassenarzt herankam, und reichte ihm das Blatt.

Der andere warf nur einen Blick auf die Anfangsworte: »Mutter, warum läuft der Herr Gendarm denn so? – Still, Kind, die Sozialdemokraten sind endlich im Dorf ...« Dann gab er dem Alten das Flugblatt wieder.

»Das kenn' ich schon!« sagte er. »Die Bescherung is heut nacht gekommen ... in jedes Haus im Dorfe.«

»Jetzt ... Herr Doktor ... was soll man dodermit mache?«

»Wegschmeißen!« erwiderte der Doktor kurz und grob.

Der Alte sah ihm nach, wie er die Straße weiterging. Dann ballte er das Papier zusammen, warf es auf die Erde und nahm phlegmatisch sein Strickzeug zur Hand. Der Wind spielte mit dem nassen Bogen und warf ihn endlich vor die Räder der gelben Postkutsche, die heute zum vorletztenmal vor ihrer Ablösung durch die Eisenbahn von dem zitterigen alten Postillon über die holperige Straße gelenkt wurde. Da klebte sich das kotige Blatt fest und rollte, bei jeder Umdrehung der Räder von neuem aufleuchtend, weiter in die Welt.

Aber auch sonst war es überall zu finden, vor dem Hause des Bürgermeisters, eines vierschrötigen untersetzten Bauern mit kupferbraunem Gesicht und grauem Wollhaar darüber, der eben gemächlich pfeifend an der verstopften Jauchepumpe herumbastelte, lag es unten im Dung, es flatterte, halb herabgerissen, an dem blauen Postbriefkasten des Wirtshauses »Zum Baum im Odenwald«, es hing an der Mauer des gegenüber befindlichen, zur Zeit wegen eines Brandes unbewohnten Pfarrhauses dicht unter der Nische mit dem Muttergottesbild, es lag im Kuhstall, hinter der Hundehütte, zwischen den Nelkentöpfen am Fensterbrett – überall. Selbst ein paar zur Schule stapfende Abc-Schützen hielten es als Spielzeug in den schmierigen Fäustchen und buchstabierten es sich vor: »Mutter, warum läuft der Herr Gendarm denn so? – Still, Kind, die –«

Der eine der Knirpse heulte auf. Er bekam plötzlich von rückwärts einen derben Klaps hinter die Ohren und sah, wie der herangetretene Bürgermeister ihm das Flugblatt aus der Hand nahm und zu dem anderen in die Dunggrube warf. »Dees hat uns grad' noch gefehlt!« grollte der hitzige kleine Bauer in Hemdärmeln zu dem Arzt. »Mannheimer Lausbube, wo so Zeug unner die Leut' verteile – un gar unner die Kinner! dees sind Bursche von der Fawrik, Na, wart' norr, wenn ich euch erwisch'!«

Der Doktor schüttelte gleichmütig den Kopf. Ihn, der eben aus dem Hause des Sozialdemokraten kam und gleich darauf mit der Gräfin vom Schlosse geplaudert hatte, interessierte dieser Zusammenstoß der kleinen Welten im Waldwinkel, dieser Sturm im Wasserglase wie ein wissenschaftliches Experiment, das man mit unparteiischer Neugierde verfolgt. »Norr kalt Blut, Herr Bürgermeischter!« sagte er im Vorübergehen. »Nor kei' Hitz' im Kopf! Sell is nix for Ihne … sell gibt emol e Schlaganfall! Ich hab's Ihne jetzt schon so oft gesagt.«

Vor ihm lag jetzt, breit und protzig auf freiem Wiesengrund prangend, der rote Quaderbau der Fabrik, der qualmende Schornstein, ein paar Schuppen und Warenhäuser daneben, etwas abseits, inmitten eines eben erst angelegten, noch ziemlich kahlen Ziergartens eine kokette Villa im deutschen Renaissancestil – das Ganze ein beinahe unwahrscheinliches Bild im Rahmen der stillen Berge, der moosgrünen niederen Dorfdächer und des oben wie ein grauer Drache lauernden Schlosses.

Aus der Fabrik drang ein unbestimmtes Surren und Zittern. Dann klirrte in dem Landhause daneben ein Fenster. In ihm erschien der narbenübersäte, schnurrbärtige Kopf des Direktors.

»Komm doch herein, Doktor!« schrie er. »wo läufst du denn hin? Was, du willst dir erst von einem Burschen die Stiefel sauber machen lassen? Unsinn! Wozu leben wir denn in Sibirien? Unter den Wilden? Meine Frau ist schon an alles gewöhnt, die wundert sich über nichts mehr. Am wenigsten über kotige Teppiche.«

»Eine freie Amerikanerin!« fuhr er fort, während der Kassenarzt eintrat und die Dame des Hauses, eine bildhübsche, etwas mokant aussehende Blondine, begrüßte. »Sie wußte ja, was uns bevorstand, als ich den großen Wurf tat und unser Geld in die Fabrik steckte. So 'ne Gelegenheit kam nicht wieder! Wasserkraft umsonst, Grund und Boden fast umsonst, Arbeitslohn billig und dazu die Eisenbahn! Kurzum – es muß gelingen! Nun heißt es eben aushalten im Gefängnis – in Sibirien! Ich schufte in der Fabrik, meine Frau zählt die Fliegen an der Wand, und so leben wir stillvergnügt dahin.«

»Zehn Jahre!« Die hübsche Hausfrau goß ihrem Gaste den Tee ein. »Dann haben wir hoffentlich genug, um unser Leben zu genießen.«

»Zehn Jahre!« Ihr Mann seufzte. »Zehn Jahre an diesen roten Kasten da gekettet. Da sagt man: ich hätte 'ne Fabrik. Nein, die Fabrik hat mich so gut wie das erste beste Hungerbäuerlein, das ich von seinem schimmeligen Kartoffelland erlöse und in bessere Nahrung setze. Wir sind bedauernswerte Kinder Gottes – was, Daisy? Ein freier Hamburger und eine freie Amerikanerin auf dieser wüsten Insel! Ewiger Ärger! Mit den Fossilen oben auf dem Schloß, die den Tunnel nicht haben wollen – mit der Gesellschaft hier unten – vorhin stapft mir wieder so ein Forellenfischer herein, mit sonderbaren Messingringen in den Ohren und einer tabakduftenden Flausjacke und Transtiefeln – meiner Frau wurde ganz übel – und behauptet, durch die Abwässer der Fabrik gingen die Fische zugrunde, oder so was Ähnliches.«

»Ärgere dich nicht, Darling!« sagte die hübsche Frau in dem leichten englischen Tonfall, der ihr sehr gut stand, und reichte ihm einen Teller mit Toasts.

Der Doktor sah sich inzwischen zerstreut im Zimmer um. Der Blüthnersche Flügel in der Ecke mit seinen frisch aus Berlin gekommenen Notenstößen, die deutschen, englischen und französischen Revuen und Romane, die Zeitungen aus New York, Hamburg und Berlin, die auf dem Seitentisch lagen, die wertvollen Ölgemälde an den Wänden, wie nebenan im Arbeitszimmer des Hausherrn die Haufen von wissenschaftlichen Fachschriften, Geschäftsbriefen und Depeschen – alles atmete den Geist modernen Lebens und moderner Kultur.

»Eingerichtet ist der Mensch wie ein Fürst!« sagte er. »Ein Leben führt er wie mitten in einer Großstadt und dabei...«

»Ja – jetzt noch!« unterbrach ihn der andere. »Aber wer steht uns denn dafür, daß wir nicht schließlich doch noch verbauern, meine Frau und ich, in den zehn Jahren Strafzeit, und wenn wir dann das Leben endlich genießen wollen, selber ungenießbar geworden sind? Wir wehren uns ja aus Leibeskräften dagegen, musizieren, spielen Schach, lesen uns was vor und streiten über Politik – aber wenn das Jahr um Jahr so weiter geht...«

»Heule nicht!« sagte der Doktor grob und ließ sich von der Amerikanerin zum drittenmal die Tasse füllen. »Was ist dir denn heute passiert, daß du so greulich schimpfst?«

Der Fabrikbesitzer zog mit gerunzelter Stirne ein Flugblatt aus der Tasche: »Da – lies mal! Das haben die Kerle heute nacht überall...«

»Ach – laß mich damit aus!« Der Kassenarzt kaute mit beiden Backen. »Den Wisch hab' ich heute schon oft genug gesehen. 's hält ihn ja jeder in der Hand.«

»Das ist's ja eben! Die Leute werden aufgehetzt, und im Hintergrund des Ganzen steht wahrscheinlich wieder der Herr Irion – dies Kreuz von einem Menschen, den ich nicht wegjagen kann, weil er der einzige ist, der etwas von den Maschinen versteht. Ohne den könnt' ich selbst den halben Tag in der blauen Bluse herumstehen und hämmern!« Er schlug zornig mit der Faust auf den Tisch. »Dies Schandblatt ist verboten! In Mannheim drüben hat man's schon vor vier Wochen beschlagnahmt und die Verbreiter vor Gericht gestellt. Aber hilft das was? Nein!«

»Ich begreife gar nicht, wie du dich aufregen kannst!« sagte der Doktor phlegmatisch. »Du hast eine Fabrik gebaut, und wo eine Fabrik ist, ist die Sozialdemokratie. Da könnte ich mich gerade so gut wundern, daß, wenn ich einen Bazillus auf eine Kartoffelscheibe setze, binnen kurzem dort ein neuer Herd entsteht.«

Die Hausfrau erhob sich, um sich liebenswürdig zu verabschieden. Die beiden Männer blieben allein und rauchten gedankenvoll ihre Zigarren.

»Hast du viel zu tun?« fragte endlich der Hamburger.

Der Arzt nickte. »Mehr, als mir lieb ist. Und vor allem ...Dir kann ich's ja ruhig sagen, da ihr noch keine Kinder habt...«

»Na – was ist denn los?«

»Wir haben die Diphtheritis im Dorf. Seit vorgestern. Die Erdarbeiter haben sie eingeschleppt.«

Der andere pfiff leise durch die Zähne. »Hast du Serum da?«

»Ja.«

»Und glaubst du, daß es eine Epidemie wird?«

»Ich hoffe nicht!«

Wieder verstummten die beiden. Der Doktor sah nach der Uhr.

»Wenn du mir was zu sagen hast,« sprach er, »dann mach', bitte, rasch! Ich hab' nicht viel Zeit mehr!«

»Zu sagen … ja … weißt du … eigentlich fühle ich keinen Beruf dazu in mir … es war nur … wenn sich im Gespräch gerade so eine Anknüpfung gefunden hätte …«

»Herrgott … so red' doch!« rief der andere ungeduldig. »Druckst und würgt er da herum, als ob Gott weiß was …«

»Nun … wenn du willst. Ich muß ja allerdings von vornherein zugeben, ich kenne die Verhältnisse oben auf dem Schlosse gar nicht. Die Herrschaften haben jeden Verkehr mit uns wie mit der übrigen gewöhnlichen Menschheit abgelehnt. Der einzige, der oben aus und ein geht, bist du.«

»Ja! Worauf soll denn das ganze Gerede hinaus?«

»Das Gerede der Leute dreht sich eben um dich und um die Gräfin! Das ist's, was ich dir einmal bei Gelegenheit als Freund sagen wollte.«

Der Doktor lachte herzlich und wollte aufstehen. »Adieu!« sagte er. »Jetzt wird's mir zu dumm. Jetzt geh' ich!«

»Nein, hör' mal!« Der Hamburger drückte ihn in den Stuhl nieder. »Es ist ja sehr schön, wenn du das so heiter auffaßt. Aber du mußt doch bedenken: es schadet deiner Stellung hier!«

»Was denn?« Der Kassenarzt runzelte die Brauen. » Was schadet meiner Stellung hier?«

»Herrgott – du weißt doch, wie die Welt ist … Eine Freundschaft zwischen einem jungen Manne und einer jungen Frau … man glaubt nun einmal nicht daran. Wenn auch der Abstand noch so groß ist – von einer Gräfin zu einem Landarzt – es gibt eben einen Fall, wo das alles verschwindet und …«

Jetzt war der Doktor wirklich aufgestanden. »Den Unsinn hat dir natürlich deine Frau in den Kopf gesetzt,« sagte er, »und die hat's wieder von der Frau Gutsverwalter, und so geht das weiter. Aber ich hab' wirklich keine Zeit, das Weibergeschwätz anzuhören …«

»Das sollst du auch gar nicht. Ich hab' dir nur mitgeteilt, daß es allgemein auffällt. Basta!«

Der andere hing sich den Mantel um und griff nach Hut und Stock. »Ihr seid zu ungeschickt!« brummte er. »Selbst wenn's so wäre – ist es nicht zu dumm, dann die zwei Leute erst mit Fleiß darauf zu stoßen ›he – wie ist's, habt ihr wirklich nichts miteinander?‹ Damit erreicht man höchstens das Gegenteil. Das kannst du jedem und jeder sagen, die's angeht!«

»Mit deiner Grobheit beweist du gar nichts, Doktor!« sagte der Fabrikant, »und an etwas Schlimmes glauben wir natürlich nicht! Es ist nur so ungewöhnlich …«

»Was denn?« Der andere wurde zornig. »… Daß ein vielgeplagter Mensch, der die traurige Aufgabe hat, all euch klägliche Schöpfungsprodukte hier zurecht zu flicken – und rings Bettelvolk und Schmutz und Häßlichkeit – daß es den freut, einmal nicht bloß die Leiber zu kurieren, sondern ein … Arzt der Seele zu sein … in eine Frauenseele hineinzuleuchten, in eine ganz unberührte, schlafende Frauenseele und sie aufzuwecken … Das … das ist doch etwas ganz anderes als bei uns Männern … unser plumpes Räderwerk da innen – das ist eine Offenbarung! Gott weiß, was da nebeneinander Platz hat und zugleich im Gange ist, wenn man es erst einmal belebt. Da soll ich wohl euch zuliebe darauf verzichten? Fällt mir nicht ein! Das ist für mich etwas ganz Neues im Leben – was hab' ich denn sonst von diesem Hundeleben hier und überhaupt von meinem ganzen Leben? Ewig Arbeit und wieder Arbeit und noch einmal Arbeit! Das da – das ist meine Erholung! Meine Freude! Da bilde ich etwas! Da schaffe ich etwas! Da bring' ich einen tapferen, klugen Menschen, den man sein ganzes Dasein hindurch sträflich verwahrlost hat – den man hat förmlich verschimmeln lassen in muffigen Schlössern und Klöstern – da bring' ich den Menschen zu sich selbst, zum Gebrauch seiner Vernunft und seines Willens, daß er sich endlich seiner selbst freut und ich mit ihm. Und ob dieser Mensch zufällig lange Haare hat und Gräfin ist, das ist mir vollkommen gleich! So – nun weißt du's! Die Esel, die hinter jeder Schürze her sind, die begreifen natürlich nicht, daß es so was gibt. Freundschaft mein' ich. Aber es gibt es doch! Oder besser noch – das ist ein Verhältnis wie zwischen zwei Kameraden, einem älteren und einem jüngeren! So soll es doch zwischen Mann und Weib sein! Oder erziehst du etwa nicht an deiner Frau herum? Ich seh's doch alle Tage.«

»Gewiß. Das ist die Sache des Ehemannes! Und ihr Mann...«

»Der Graf? Das ist doch ein Trottel. Über den kann man doch nicht reden! Wenn er vernünftig wäre, wär' ich freilich überflüssig. Aber er ist es nicht. Sitzt da und sieht nicht einmal, was ihm das Glück in den Schoß geworfen hat. Prügeln möcht' man solch einen Kerl...«

»Aha!« sagte der Fabrikant und nickte. »Jetzt kommt's zu Tage!«

Der andere brach ab. »Das ist natürlich nur 'ne Redensart! Aber der Teufel soll da nicht wild werden, wenn ihr ewig bohrt und stichelt und hinterm Rücken tuschelt und Gesichter macht, als wäre Gott weiß was los. Ich sage noch einmal: Es ist zu dumm! Mit solchem Mißtrauen und argwöhnischem Gerede hetzt man die Leute höchstens dahin, wo sie gerade nicht hinsollen und nicht hingehören. Das ist das Ende. Und wenn mir jetzt noch einmal einer mit der Geschichte anfängt, dann werd' ich grob!«

»Darauf wäre ich nach deinen Leistungen eben wirklich gespannt!« sagte der Hamburger kaltblütig. »Aber ich will es lieber nicht probieren. Adieu und vergiß nicht: heute abend um sieben Uhr bei mir Festlichkeit im kleinen Kreis als Vorfeier zur Eisenbahneröffnung.«

»Ja, ich werd' schon kommen!«

»Hoffentlich! Meine Frau kann zwar als freie Amerikanerin nicht kochen, aber sie phantasiert schon die ganze Zeit von Büchsenspargel, Büchsenhummer und Büchsenfleisch, als lebten wir mitten in der Welt und nicht als Sträflinge in Sibirien. Also jetzt gehst du aufs Schloß?«

»Jetzt gehe ich aufs Schloß!« Der Kassenarzt stülpte sich unwirsch den Schlapphut über die Stirne. »Du kannst es durch den Gemeindediener im Dorfe ausschellen lassen, daß ich wieder einmal oben bin – wenn dir die drei Mark nicht leid tun. Ich werd' mich den Kuckuck um euch kümmern...«

VII

Wegmann, der schwarze Jäger, ging, mißmutig an einem Grashalm kauend, hinter seinem Herrn her durch den Wald. So sehr er heute morgen bei der Auerhahnjagd Feuer und Flamme gewesen, so wenig behagte ihm dieses müßige Schlendern über Stock und Stein, dies zwecklose Betrachten des da und dort in der Ferne sichtbaren Wildes. Freilich war ja ohnedies jetzt Schonzeit. Aber auch die ewig vogelfreien Räuber des deutschen Forstes – die buntgefiederten, überall krächzenden und krakeelenden Eichelhäher, die Kolkraben, die Weihe, die, schwer die Flügel spannend, aus dem Eichenwipfel abstrich – sie alle waren vor seinem Schrothagel sicher. Graf Pius liebte keinen Schuß. Ihm genügte es, sein Parkrevier zu durchmustern, wie der Landwirt die werdenden Kühe und Schafe zählt, ohne Mordgedanken in der Seele, mit einem stillen Behagen, daß alle diese friedlichen Geschöpfe sein sind und seinen Reichtum vermehren.

Man hatte bereits den Karpfenteich besucht, auf der Salzlecke das Gewimmel des langohrigen, buntgescheckten Damwilds beobachtet und aus der Saubucht ein behagliches Grunzen und Schmatzen schallen hören – jetzt befanden sich die beiden außerhalb des kleinen Wildparks im freien Hochwald, plötzlich machte der Jäger eine jähe Bewegung und faßte, wie eine Katze vorspringend, seinen Gebieter am Arm, der – über diese Vertraulichkeit erschrocken – ganz verdutzt haltmachte. »Do drüwe!« zischte er zwischen den Zähnen. »Dort drüwe steht er und wildert! wart norr! Jetzt hot's geschellt! Alterle – dir kumm' ich!«

In dem Gebüsch, in ziemlicher Entfernung kniete ein langer, wüster Geselle, die Stummelpfeife im Mund, und hantierte mit irgend etwas am Boden. Von unten her schaute er auf die beiden, lächelte spöttisch, stand langsam auf und schlenderte, die Hände in den Hosentaschen, auf die Landstraße zurück.

»Er Hot Rehschlinge im Sack!« flüsterte der Büchsenspanner, vorwärts drängend. »Ich möcht' mich druff verschwöre! Er hot Rehschlinge!«

Aber sein Herr hielt ihn zurück. Der Kerl, der jetzt mit großen Schritten dem freien Felde zuging, sah zu unheimlich aus. »Wer ist denn das, Wegmann?«

»Er heißt Bazaine! Aus 'm Elsaß! Er sagt, er war' Deserteur aus der Fremdenlegion, vorigen Winter hot er ganz tief im Schnee des Abends uff'm Grenzhof angeklopft, und der Stabhalter, der Kaltschmidt, hot ihn behalte. Gnädiger Herr« – er zwang den Grafen beinahe, mit ihm den Weg hinter dem Wilderer einzuschlagen – »seller is der Ärgscht', wo wir hier hawwe! Ich weiß, wer vor drei Woche aus 'em Busch 'raus auf mich geschosse hot, daß ich die Kugel hab' pfeife höre! Sell gedenk' ich dem! Den bring' ich noch nach Mannheim vors Schwurgericht!«

Aber je rascher der zornige Bursche ausschritt, desto mehr beschleunigte auch der lange Geselle vor ihm, scheinbar ganz zufällig, seine Gangart. Endlich fing sein Verfolger, ohne sich um den Grafen weiter zu kümmern, zu laufen an. Aber kaum hörte der andere das Klappern der Nägelschuhe, so tat er, als sähe er auf seine Taschenuhr, machte eine Bewegung des Schreckens und rannte wie ein säumiger Knecht, der Schelte fürchtet, die Hände in den Hosentaschen, auf das Ackerland hinaus.

Wenige hundert Schritte vom Waldrand entfernt lag dort als böser Nachbar das ewige Ärgernis der gräflichen Förster, der seit Jahrhunderten durch seine Wilderei berüchtigte Grenzhof.

Es war nicht ein einzelnes Gebäude, sondern bestand nach Art dieser, meist einsam im Odenwald gelegenen Weiler, aus mehreren stattlichen Bauernhäusern mit moosgrünen Giebeln, langgestreckten Viehställen, Tennen, Höfen und Schuppen, über dem allen der reiche Besitzer in der schulzenähnlichen Würde eines Stabhalters waltete.

Der Wilderer war schon lange in diesem ziemlich regellosen Gebäudegewirr verschwunden, als die beiden anderen den Hof erreichten und betroffen an dem durch mächtig zu beiden Seiten aufgetürmte Misthaufen gezierten Eingang stehen blieben. Eine Prügelei war da in vollem Gange, oder vielmehr zwei schmächtige Burschen in der halbstädtischen Kleidung der Fabrikarbeiter wurden, auf dem jaucheüberspülten Boden sich wälzend, von einem jungen sehnigen Bauern und einigen Knechten durchgehauen, daß das wütende Geschrei und Geklopfe weit über die Felder klang, über die der Wind einen zerrissenen Stoß von Flugblättern hinwehte.

»So – ihr Lausbuwe!« sagte der junge Bauer und gab seinen Leuten einen Wink, aufzuhören. »Dees kummt davon, wann m'r heimlich üwwerall die Babierle 'rumstreut vum Gendarme und den Sozialdemokrate im Dorf. Daderfor haww' ich mei' zwaa Hofhund', um so Bürschle zu schtelle. Jetzt laaft ham und erzählt eurem Irion, dees hätt' der Kaltschmidt geschafft, Vorsitzender vum Kriegerverein und Reserveunneroffizier von den Mann'emer Dragonern. Und wann einer von euch Dreckjockeles aus der Fawrik noch mehr hawwe will, norr bei! Ich klopp' euch gleich!«

Die beiden jungen Kerle waren aufgestanden. Barhaupt, die Kleider mit Jauche beschmutzt und zerrissen, zitterten sie am ganzen Leib. Plötzlich stieß der eine ein lautes kindisches Geheule aus und rannte, was er konnte, querfeldein – sein Genosse hinterher.

»Loß sie springe!« lachte der junge Hofbauer. »Ich kenn' den einen. 's is der junge Schlicksupp, wo früher in Mann'em war. Des Berschle zeig' ich beim Gendarmen an. Der soll ihm norr die Höll' heiß mache. Und dem Irion auch. So geht des net weiter hier bei uns. Mir hat der Großherzog uff'm Kriegerfescht die Hand gewwe und die längscht' Zeit mit mir geredd'! Ich bin's schuldig, daß hier Ordnung is! Dees sag' ich euch, ihr Männer – wenn ich morge bei der Einweihung der Eisenbahn als wieder die rote Fedderche am Hut seh' und die ›Soze‹ sich dick dhun und beim Hoch auf Kaiser un Landesferscht sitze bleiwe un lache – no hat's geschnappt. No setzt's blutigi Köpp'! Nehmt euch norr dicke Prügel mit morge! Geld braucht 'r keins! Ich zahl'!«

Die Knechte nickten und starrten, ohne zu grüßen, den herantretenden Grafen und seinen Büchsenspanner an. Die uralte Feindschaft zwischen dem Schloß und dem Grenzhof war bei ihrem Dienstantritt auch auf sie als etwas selbstverständliches übergegangen.

Der scheue junge Graf nahm allen seinen Mut zusammen. »Es geht wirklich schön bei Ihnen zu, Herr Kaltschmidt!« stieß er mit unsicherer Stimme heraus und fühlte, wie er rot wurde. »Solch eine Nachbarschaft! Ich muß mich wirklich beschweren!«

»Über was dann?« sagte der junge Bauer phlegmatisch und steckte die Hände in die Hosentaschen. »Was is Ihne dann schon wieder net recht? Vielleicht, daß ich die Lausbube, die Soze, net gleich zu Kaffee und Kuche eingelade hab'? Sell könne Sie ja tun, wann die Dreckjockele zu Ihne aufs Schloß komme ...«

»Seien Sie nicht unversch...« Jähzornig wie die meisten Schwächlinge wollte der Schloßherr auffahren, aber sein Jäger hielt ihn noch rechtzeitig durch einen warnenden Druck auf den Arm zurück. Mit diesem Kerl vom Grenzhof war nicht zu spaßen. Das wußte er wohl.

»Herr Kaltschmidt!« sagte der welsche Wegmann daher ganz höflich, wenn auch mit unruhig flackernden Augen. »Herr Kaltschmidt ... Wann es noch 'mol e Unglück zwischen uns gibt mit der ewigen Wilderei, dann sprech' ich in Mannheim zu allen zwölf Geschworenen: › Der da is schuld!‹ und weis' auf Sie hin! Herr Kaltschmidt ... so geht das net weiter!«

»Was schwätze Sie denn, Herr Wegmann?« Der Bauer war ebenfalls ganz gleichmütig. »Hawwe Sie mich schon 'mal wildern sehe?«

»Sie net, Herr Kaltschmidt. Ich weiß, Sie sind des Abends im Gesangverein oder im Kriegerverein und net im Wald. Aber Ihre Leut'! Der Franzos! Der hergeloffene Bazaine!«

Der Bauer lachte und blickte in den Hof, wo jetzt der lange wüste Gesell wieder sichtbar geworden war und eifrig, als habe er den ganzen Vormittag nichts anderes getrieben, mit hochgeschwungener Hacke Dung auf einen Wagen lud. » Mir gehört der Grenzhof net,« sagte er, »sondern mei'm vatter! Do kummt er! Sage Sie's dem!«

Auf der Schwelle des Wohnhauses, über der in einer Nische zwischen frischen Veilchensträußen ein Muttergottesbild mit dem Jesuskind grüßte, stand ein hochgewachsener alter Mann mit langem, schneeweißem Haar und glattrasiertem, faltigen Bauerngesicht. Er hatte in seiner Kleidung noch Anklänge an die einstige Landestracht, den langen, vorn offenen, dunklen Schoßrock und die zweireihige Weste mit dem darüber geschlungenen Halstuch, bewahrt. Und auch in seiner Haltung, seiner Sprache, dem Ernst auf den verwitterten Zügen war etwas aus der alten Zeit, ein Überbleibsel starren, bäuerlichen Selbstgefühls in einer rings eng umschlossenen, von keinem Hauch von außen belebten Waldwelt, in der er, wie seit dem Dreißigjährigem Kriege und länger seine Vorfahren auf dem Grenzhof, der Reichste und Angesehenste weit in der Runde war.

Aber stärker noch als dies Bewußtsein, überall, wo er mit eigener breiter Faust die Pflugschar lenkte und das Jauchefaß sprudeln ließ, wo er in Sommerglut die Kartoffeln häufelte und in strömendem Regen mit dem Spaten die Gruben für die Futterrüben aushob, überall mit demselben altvertrauten Lehmboden zu schalten und zu walten, der schon seinen Vorgängern in unvordenklicher Zeit dienstbar war – stärker noch als dieser Bauernstolz, lebte in dem Stabhalter vom Grenzhof die katholische Inbrunst. Sie war sein ganzes Leben. Und dessen Glanz- und Höhepunkt war es gewesen, als sein ältester Sohn drüben in der bayrischen Pfalz die Primiz feierte und, starre Würde auf dem noch knabenhaften Antlitz, vor den an den Betpulten vor Freude schluchzenden Eltern die erste heilige Messe las. Der zweite der drei Brüder war seinem Beispiel gefolgt, aber nicht Weltpriester geworden, sondern in einen Orden getreten. Ebenso waren die beiden Töchter, angesteckt durch die krankhafte Frömmigkeit, die das Haus durchwehte, durch die Bewunderung und andächtige Verehrung, die man den beiden geistlichen Herren bei ihren seltenen Besuchen zollte, seit Jahren schon Klosterfrauen.

Vor einiger Zeit war dem Stabhalter auch sein Weib, eine streng katholische Müllerstochter von der Bergstraße, gestorben. Es war still und leer um ihn in dem einsamen Grenzhof; denn mit dem einzigen dort zurückgebliebenen Sohn, dem jungen Bauern, dessen kirchliche Neigungen durch eine vierjährige Dienstzeit bei den Mannheimer Dragonern mit schneidiger Begeisterung für Kaiser und Reich vertauscht worden waren, mit dem verstand er sich nicht recht.

Aber trotz seiner Verlassenheit war er ganz zufrieden. Der Dienst der Kirche ersetzte ihm alles. Er fuhr auf seinem Leiterwagen die Buchenreiser ins Dorf, um zu Fronleichnam die Häuser und die sieben Stationen der Prozession zu schmücken, er trug beim Erntebittgang über die Felder den vordersten Zipfel des Baldachins, er leitete die alljährliche Prozession nach dem Gnadenort Walldürn und händigte dem Kaplan, wenn er nur je einen vorteilhaften Handel abgeschlossen, ein Röllchen in Zeitungspapier gewickelte harte Taler ein, um sie als Peterspfennig an den Gefangenen im Vatikan zu schicken.

Wie er da in seinem langen Rocke dastand, auf den Stock gestützt, mit den schon schwachen Augen in dem faltenreichen Gesicht zwinkernd, überragte er trotz seiner gebeugten Haltung den schmächtigen Schloßherrn gut um Kopflänge. »Herr Kaltschmidt!« sagte der Graf stockend. »Ihr Sohn weist mich an Sie! Es wird gewildert!«

Der Alte schwieg. Der Wind spielte mit seinen langen weißen Haaren, keine Runzel regte sich in seinem Antlitz.

»Es wird gewildert!« wiederholte der andere noch befangener. »Der Bazaine tut's! Ich weiß es!«

Der Alte schwieg. Er war heute in seiner stillen Gebetstimmung, die jetzt immer häufiger über ihn kam, je mehr er sich greise und verlassen fühlte. Aus der wollte er sich nicht reißen lassen.

»Herr Kaltschmidt! Wenn ich mich über den Bazaine beklage, kann ich doch wenigstens verlangen, daß Sie mir antworten!«

Der Alte schwieg, sah sich den Grafen gleichgültig an und ging stumm, ohne zu grüßen, in das Haus zurück.

Der andere stand ganz verdutzt da. Er fühlte, daß er dunkelrot geworden war. »Komm' der Herr Graf!« hörte er neben sich die flüsternde Stimme Wegmanns. »Der Kaltschmidt wird zu alt. Alle Tag' wird er dümmer und dümmer! Der tappt schon bald als ein kumpletter Simpel daher!«

Der schwarze Jäger zog seinen Herrn mit sich fort. Sie schritten rasch dem Dorf zu, und hinter ihnen verhallte im Wind das Gelächter des jungen Bauern und seiner Knechte.

»Nichts als Ärger!« sagte der blonde Graf nach einer Weile mißmutig. »Man kommt nicht zur Ruhe. Die Leute wildern, sie streuen Flugblätter aus, sie grüßen einen nicht mehr und antworten nicht, wenn man sie fragt, und im Tal qualmt die unausstehliche Fabrik. Nun wollen sie gar noch den Tunnel neben dem Schloß durch bauen, damit nur ja oben Turm und Mauern und alles erschüttert wird und wankt und schließlich zusammenfällt. Ah – manchmal hab' ich Lust, überhaupt von hier wegzugehen – irgendwo anders hin, wo man seinen Frieden hat.«

Der Jäger wußte nichts Rechtes darauf zu antworten und folgte stumm seinem Herrn. »Herr Graf«, begann er nach einer Weile mit gepreßter Stimme. »Ich hätt' e Frag' ...wenn ich redde darf.«

»Ja – was denn?«

»'s is halt...« Er zögerte und stieß dann rasch die Worte heraus, »'s is wegen der Elis' ...aber was hawwe der Herr Graf? sin der Herr Graf geschtolpert?...«

Sein Herr drehte sich um. Er war etwas blaß geworden. »Ich weiß nicht!« sagte er. »Ich bin fehl getreten. Ich fühle mich so unsicher hier im Wald mit dem verwünschten Bazaine und all den Wilderern. Ich hab' immer die Empfindung, als sei etwas Gefährliches hinter mir!«

»Herr Graf – ich bin doch hinter Ihne her, wo Sie gehe und schtehe!«

»Ja – freilich ...freilich. Sie sind da. Es ist ja auch nur eine Einbildung.« Graf Pius begann mit langen Schritten vor seinem Jäger herzugehen und sprach, ohne den Ropf zu wenden, vor sich hin: »Also wegen der Elise! Meine Frau hat mir schon davon gesprochen. Gewiß! Sie können nächsten Monat heiraten.«

»Do dank' ich untertänigscht, Herr Graf!«

»...Das heißt – natürlich ...wenn die Elise nichts dagegen hat!«

»O die!« Wegmann lachte, daß die weißen Zähne blitzten und die feurigen welschen Augen leuchteten. »Die ...Herr Graf – die kann froh sein. Die Männer sin rar heutzutag'! Da heißt's uffbasse un net lang fackele, wann Eener kummt, der doch schon was Besseres is, wie ein Büchsespanner beim Herrn Grafe ...«

Vor ihnen tauchten zwischen dem kahlen Geäst, vom Regen halb verschleiert, die grauen Umrisse des Schlosses auf. Über triefend nasse Wiesen erreichten sie den zu seiner Höhe führenden Pfad.

Wegmann nahm plötzlich die Mütze ab. »Alleweil kummt die Frau Gräfin!« sagte er respektvoll.

»Können Sie das aus der Entfernung erkennen?«

»Ha und ob, Herr Graf! Ich hab' die Frau Gräfin unne schon die längscht' Zeit gehe sehe. Sie is vom Irion seinem Haus mit 'em Herrn Doktor bis zum Dorf gegange, und jetzt kummt sie allein den Berg 'rauf!«

»So – mit dem Doktor? Täuschen Sie sich da nicht, Wegmann?«

»Ah bah, Herr Graf! Den Herrn Doktor kenn' ich doch! Schon am Gang. Und wie er den Stock so fest aufsetzt. Dees war er schon.«

Graf Pius verlangsamte finster blickend seine Schritte. Aber er konnte nicht vermeiden, daß er an der Wegkreuzung mit seiner Frau zusammentraf. Sie begrüßten sich stumm. Die Gegenwart des Dieners legte ihnen Zurückhaltung auf. Dann stiegen sie langsam nebeneinander, ohne sich anzusehen und ohne ein Wort zu sprechen, im Regengeriesel zu dem grauen Schloß empor.

VIII

Im Hofe der Burg stand ein dichtgeschlossener erbsengelber Reisewagen, der nach seiner seltsamen Bauart, den breiten, niedrigen Rädern, dem großen, hinten angebauten Kofferverschlag
noch aus den Zeiten der seligen Postkutsche zu stammen schien. Der Rosselenker auf dem Bock
ähnelte täuschend einem zu einer festlichen Gelegenheit verkleideten Bauernburschen, und auch
die beiden struppigen, vom Grasfutter dickbäuchigen und vom Kot bespritzten Schimmel davor waren offenbar mehr gewohnt, den Leiterwagen zu ziehen, als die am Schlag mit einem
verblichenen Wappen geschmückte Familienkarosse derer von Froningen auf schlechten Oden-
waldwegen über Berg und Tal zum Besuch zu schleppen.

Neben dem Fuhrwerk stand der eben ausgestiegene Freiherr, ein finsterer, riesiger Junker
mit langem, eisgrauem Schnurrbart und stechendem Blick, der für seine sechzig Jahre noch
vortrefflich erhalten aussah, und half seiner Frau aus dem Wagen. Das ging nicht so leicht. Die
zierliche Operettennachtigall von einst war im Lauf der Zeiten dick und behäbig geworden. Als
ein Mensch, dem es im Leben ganz nach Wunsch gegangen und noch geht, sprach sie nicht
viel, bewegte sich nicht gern viel, stritt mit niemandem, sondern schaute aus den kleinen, noch
jugendlich munteren Augen wohlwollend auf alles in der Runde und freute sich den ganzen Tag
auf ihr Lieblingsstündchen, die Kaffeejause nach dem Mittagsschlaf.

Endlich war sie dem gelben Kasten entronnen und stand, kaum mittelgroß, rundlich, mit
freundlichem Lächeln neben ihrem sie um zwei Kopfeslängen überragenden Gatten. »Aber das
sag' ich dir noch einmal, Erwin«, flüsterte sie in dem leichten Wiener Tonfall, den sie ebenso
wie ihr Mann, der frühere österreichische Dragoneroffizier, nie abgelegt hatte. »Mich laßt's aus
mit der Geschicht'! Mich laßt's in Ruh'! Ich will meine Ruh' haben. Red' du allein mit ihr!
Zweck hat's eh keinen! Zwischen zwei Ehgatten Frieden stiften! Die müssen selber schauen,
wie's miteinander auskommen und durchs Leben kommen. Ich hab's auch gemußt und hab's
nicht so leicht gehabt. Denn damals ...«

»Schau, daß du weiter kommst, Miezl!« sagte der päpstliche Kämmerer kurz und schob die
rundliche Nachtigall von einst in die Vorhalle. Er hatte diese Rede während der mehrstündigen
rumpligen Wagenfahrt nun schon dreimal mit der in einer dreißigjährigen und im ganzen recht
glücklichen Ehe gewonnenen philosophischen Geduld über sich ergehen lassen.

In dem düsteren, halbdunklen Treppenhaus kamen ihnen, eben von der anderen Seite ein-
tretend, ihre Tochter und ihr Schwiegersohn entgegen. Die alte Baronin verlor beinahe ihr
gewohntes Phlegma. »Da sind sie ja!« rief sie, streckte die kleinen fleischigen Hände aus und
lief auf die beiden zu, um über das Beklemmende der ersten Begegnung, zumal im Beisein der
die Mäntel und Hüte abnehmenden Dienerschaft, hinwegzukommen. »Und zu Fuß bei dem
Regen! Fangt's nicht erst an und entschuldigt euch! wir sind eine Stund' früher gekommen,
als wir gewollt haben! Da kommt her, ans Fenster! Laßt euch mal ansehen! Gut schaust aus,
Katzl! Und du, Schwiegersohn, mach' kein so grantiges Gesicht! Ich komm' doch eh nur alle
Jubeljahre mal auf Besuch. Und gleich nach der Jause fahren wir wieder ab. Auf den Abend
muß ich einheimisch sein – in meinem Alter – da tu' ich's nicht mehr anders. Jetzt geht's vor
allem und zieht euch um. Ihr seid ja tropfnaß. Ich geh' mit dir, Katzl! Und du, Erwin, kannst
in der Zeit den alten Herren guten Tag sagen. Wenn's so kalt ist, sitzen sie sicher jetzt im
großen Saal beisammen!«

Der Freiherr von Froningen nickte und stieg rasch und elastisch wie ein Jüngling die Treppen
hinauf. Es war ihm lieb, vor der entscheidenden Aussprache mit seiner Tochter die drei Patri-
archen des Hauses zu treffen. Aber er fand nur einen von ihnen in dem großen, dämmerigen
Raum, und gerade den, den er am meisten suchte und seines vollen Vertrauens würdigte – den
Priester aus Rom.

Der Greis stand sinnend am Fenster und drehte sich beim Knarren der Türe langsam um.
»Ach – du bist's«, sagte er, während ein liebenswürdig-feines Lächeln sein Licht über die verwitterten Züge goß. »Also glücklich zurück vom Tiber? Nie steht es mit dem heiligen Vater?«

Der Junker zuckte die breiten Schultern. »Der Geist ist hell wie je«, sprach er andächtig und betrübt. »Aber der Leib schwindet mehr und mehr. Er verlöscht langsam, wie eine Kerze ausgeht. Der Wille allein erhält ihn am Leben.«

»Aber der heilige Vater hat dich empfangen?«

»Mich und die anderen Pilger. Beim Kardinalstaatssekretär war ich auch. Zweimal sogar...«

»Und der großen Messe, die der heilige Vater in St. Peter las, hast du doch hoffentlich auch beigewohnt?«

»Gewiß. Das ist...«

»Das ist das schönste Ausstattungsstück, das ich kenne!« sagte von hintenher der inzwischen eingetretene Pariser Roué. »Guten Tag, Baron! Bist du nicht zu heilig von deiner Pilgerfahrt zurückgekommen? Man munkelt, man hätte dich gleich nach dem Ablaß aller deiner Sünden auf dem Heimweg in Monte Carlo gesehen! Und ganz mit weltlichen Dingen beschäftigt.«

Der Odenwälder Hüne machte ein finsteres Gesicht, »wer behauptet denn das nun wieder?« fragte er und drehte zornig den martialischen grauen Schnurrbart.

»Gott ... man hat noch seine Verbindungen!« Der Alte zwinkerte frivol mit den Augen und schaute listig nach der Türe, durch die eben der General zur Begrüßung eintrat. »Von früher her! Du, Bruder – findest du nicht, daß der Baron vorzüglich aussieht? Bewundernswert! Der reine Jüngling. Trotz der langen Reise von Rom nach Hause. Er hat sich aber auch nicht unnütz abgehetzt, sondern sich unterwegs an einem passenden Ort ein paar Ruhetage gegönnt. Was hat denn geschlagen – Rot oder Schwarz?«

Der General mußte unwillkürlich lächeln. Er kannte die seltsame Doppelnatur des Odenwälder Junkers, der fanatische Frömmigkeit mit einem düsteren Hang, trotzdem alle Jahre ein paarmal gründlich über die Stränge zu schlagen, unlösbar in sich vereinigte.

»Wer nicht fehlt, dem kann nicht vergeben werden«, setzte der Pariser trocken hinzu. »Ich wollt', ich wär' auch meine Sünden los. Aber mir hilft keiner!«

Der eisgraue Junker wandte sich ärgerlich ab. Er war sich der zwei Seelen, die in seiner Brust wohnten, wohl bewußt und hatte sich im Lauf der Jahre auf seine Weise damit abgefunden. Kein Mensch war sündenfrei, am wenigsten er, der wilde k.k. Leutnant von einst, der seinen tollen Streichen durch die Heirat mit einer Operettensängerin die Krone aufgesetzt und sich darauf, älter und ruhiger geworden, in die Beschaulichkeit seines Stammhauses, eines hochgiebligen, aus der Zeit der Deutschen Herren stammenden und halbverfallenen Kastens am Neckar, zurückgezogen hatte. Muß der Mensch aber seiner Natur nach sündigen – so ging die Logik des Odenwälders weiter –, so kann er doch nichts dafür, sondern hat nur die Verpflichtung, die begangenen Fehler zu bereuen. Das tat er denn auch, wahrhaft bußfertig und aus aufrichtigem Herzen, wenn in langen Nächten, an einsamen Regentagen mit dem Zipperlein die seelische Zerknirschung über ihn kam, und fand es allmählich ganz selbstverständlich, daß sein Leben in dem Dreieck zwischen dem Neckarschloß, dem Vatikan und dem Cercle des Etrangers in Monte Carlo oder dem Club Privé in Ostende sich abspielte.

Immerhin sprach er nicht gerne davon und vertiefte sich wieder mit dem Priester in eine angelegentliche Erörterung der Aussichten für die nächste Papstwahl, bis die Aufzählung der einzelnen »Papabili« und ihres jesuitischen oder dreibundfreundlichen Anhangs durch die Rückkehr seiner Frau und des gräflichen Ehepaars unterbrochen wurde.

Man nahm Platz. Man räusperte sich, man sah zu den Bildern an den Wänden hinauf, man wechselte einige gleichgültige Worte und schaute wieder durch die regenblinden Scheiben hinaus in die graue stürmende Frühlingswelt – es war eine unbehagliche Stimmung, ein Frösteln von außen und innen in dem ganzen Kreise. Endlich entschloß sich die Baronin, deren unverwüstliches Wiener Naturell solch ein fades, schweigsames Beisammensitzen nicht vertragen konnte, aufs Geratewohl über irgend etwas zu plauschen!

»Weißt, Katzl!« sagte sie gutmütig zu ihrer Tochter. »Ich beneid' dich nicht! Deinen Auerhahn in Ehren – wann's schon einen zähen Braten gibt, wenn du den alten Vogel beirichten willst. Was? Ausgestopft wird er? Wegen mir! Aber ich bitt'...« Sie wendete sich an die Herren. »Wie hat die ausgeschaut! Einen Schrecken hab' ich gekriegt ... vorhin in ihrem Zimmer! Das ganze Gewand, die Schuh', alles patschnaß von oben bis unten. Wie aus dem Wasser gezogen läuft sie 'rum! Kann jetzt das gesund sein? Und um zwei Uhr früh aus den Federn heraus! Brrr! Mir graust's beim bloßen Gedanken!«

»Mir macht's halt Spaß, Mama! Ich mag nicht faulenzen!«

»Ach, du lieber Gott!« Die rundliche kleine Dame unterdrückte ein Gähnen. »Was soll man denn anfangen? Der Tag ist eh' lang genug!«

»Das finde ich nicht, Mama! Mir ist er jetzt beinahe zu kurz. Ich nutze ihn aus, Stunde um Stunde!«

»Ach, geh! was treibst denn jetzt, Katzl?«

»Ich lerne!«

»Lernen tust?« Ihre Mutter machte ein halb enttäuschtes, halb neugieriges Gesicht. »Warum net gar? Und was dann, bitt' schön – wenn man fragen darf?«

»Alles! Der Reihe nach. Ich habe mir eine ganze Menge Bücher aus Heidelberg kommen lassen. In denen studiere ich.«

»Und was sind denn das für Bücher?« fragte plötzlich aus der Ecke her der finstere Odenwälder Recke mit seiner tiefen Stimme.

Sie sah ihren Vater an. Es zuckte von erwachender Kampflust um ihre Lippen. »O – allerhand, Papa! Darwin zum Beispiel.«

»Was?«

»Ja. Und dann Häckel! – Und Renan! Und Strauß!«

»Da schau mal an!« sagte die gute Baronin beifällig. Sie hielt das für die Namen neuerlich beliebt gewordener Romanschriftsteller oder Lyriker. Ihr Mann aber erhob sich langsam in seiner ganzen Größe aus dem Schaukelstuhl.

» Was sagst du da?« fragte er und zog die buschigen Brauen zusammen. » Was liest du?«

»Was ich dir gesagt habe! Alle die Standard Works unserer modernen Zeit! Nietzsche auch! Von dem hab' ich alles!«

Nietzsche! Der plebejische Name mißfiel der alten Dame. Sie blickte zweifelnd an dem bigotten Odenwälder Ritter empor, der mit ein paar langen Schritten, ohne sie zu beachten, vor seine Tochter trat.

»Was ist das?« wiederholte er ungläubig. »Das wäre ja das Neuste! ...derlei ...derlei ... Schund will ich nicht sagen. Es ist ja immerhin Wissenschaft ...in ihrer Art. Gewiß. Aber verderbliche! Für dich wenigstens! Für Frauen. Für die Allgemeinheit überhaupt ist das doch nichts!«

»Warum denn nicht, Papa?«

»Weil du's nicht verstehst, oder vielmehr es falsch verstehst, was noch viel schlimmer ist!«

Sie schüttelte gleichmütig den Kopf. »Ich versteh's ganz gut, Papa! Das meiste wenigstens!«

»So? – woher weißt du denn das?«

»Das merke ich an der Wirkung, die es auf mich ausübt!«

»Auf die Wirkung wäre ich gespannt!« sagte der Freiherr düster. »Das erzähle mir doch einmal! Das interessiert mich!«

»Später, Papa – wenn wir allein sind! Du bist ja doch nur gekommen, um mir unter vier Augen in Gewissen zu reden. Das weiß ich und werde dir gerne Red' und Antwort stehen. Aber jetzt nicht. Jetzt regt sich Mama nur unnütz darüber auf!«

»Ja – was habt ihr denn?« Die alte Dame war ziemlich fassungslos und schaute ängstlich aus ihren kleinen guten Augen von einem zum anderen.

»Was ich gefürchtet hab'!...« sagte ihr Mann. »Wera ist außer Rand und Band. Jetzt wird es Licht. Weißt du, Mizzi, was das für Bücher sind ...? Nein? Natürlich nicht! Gott sei Dank, nicht! Ich will's dir lieber auch gar nicht erst erzählen!«

Die Baronin faltete erschrocken die runden fleischigen Hände. »Jesus, Maria und Joseph! Ja aber, Katzl! Was fällt denn dir ein? So ein grausliches Zeug läßt du dir kommen und verdirbst dir den Magen mit ...mit ...ja ...ich weiß ja gar nicht, wie ich so was nennen soll...«

»Nenn' es einfach eine Lektüre...« – ihr Gatte betonte scharf die folgenden Worte – »von der jeder einzelne Band auf dem Index steht.«

Jetzt schwieg die Baronin ganz verstört und mit halb offenen Lippen. Ihre Tochter aber legte leicht den Kopf zurück. »Was geht denn mich der Index an?« fragte sie kampflustig.

Darauf entstand eine Weile tiefes Schweigen. Der Freiherr wendete sich ab. »Also darüber sprechen wir später!« sagte er, trat zum Fenster und trommelte an den Scheiben. Seine Frau sah sich hilfesuchend im Kreise um. »Ja – ist denn jetzt niemand da, der zu so was den Mund aufmacht?« forschte sie. »Oder, wann ihr nicht wollt, und auch der Onkel aus Rom nicht will, ist dann kein anderer geistlicher Herr mehr da – unten im Dorf? So laß doch den holen, daß er mit ihr einmal ein ernstes Wort spricht! … Das ist ja 'ne Sünd' und Schand', wenn's so in 'ner Familie zugeht.«

Ihre Tochter lachte. »Der ›geistliche Herr‹ unten, liebe Mama, ist ein junger, unerfahrener Mensch aus kleinen Verhältnissen, der von der Welt keine Ahnung hat. Ich komme mir sehr alt und weise ihm gegenüber vor – voller Wohlwollen – beinahe mütterlich! Ich müßte lachen, wenn der ganz ernst und salbungsvoll in mein Inneres leuchten wollte!«

»Und wenn man fragen darf …« der düstere lange Junker am Fenster drehte sich nicht um, und sein Baß grollte dumpf. »… wer leuchtet denn in deine schöne Seele hinein und begeistert sie zu all diesen Extravaganzen?«

»Das weißt du ja doch, Papa! Deswegen bist du ja hier!«

»Ich will es aber von dir hören!«

»Nun gut, 's ist der Doktor unten! Er hat mir all die Bücher aufgeschrieben und leitet meinen Studiengang, und ich bin ihm sehr dankbar dafür. Er ist der bedeutendste Mann, den ich in meinem Leben getroffen habe, und ich bin stolz darauf, daß er mein Freund ist!«

Das entscheidende Wort war gefallen, die Aufforderung zum Streit. Aber niemand hatte Lust, ihn jetzt schon zu beginnen. Man saß und schwieg und horchte auf das Rauschen des Regens, das Zischeln des Efeus, das Raunen des Windes vor den Fenstern der ewigen Burg.

»Ja – ja, Kinder – so geht's auf der Welt!« sagte die Baronin plötzlich ganz laut und unvermittelt, als habe man die ganze Zeit gemütlich geplaudert, »Weißt, was ich jetzt möcht', Katzl? Den Kleinen anschauen! Ja – ja – ich weiß schon, er ist nicht recht wohl! Ich will auch bloß hinüber und dem armen Hascherl einen Kuß geben und ihm ein Spielzeug aufs Bettchen legen. Da – den Hampelmann hab' ich ihm mitgebracht!«

Wera hatte geklingelt. »Fragen Sie Elise,« befahl sie dem eintretenden Diener, »ob mein Sohn schläft. Denn weißt du,« sie wendete sich zu ihrer Mutter, »aufwecken möchte ich ihn doch nicht lassen.«

Die alte Dame nickte. In kurzem kam der Diener wieder. »Der junge Herr ist wach!« meldete er. »Der Herr Doktor ist bei ihm!«

»Der Doktor?«

»Sehr wohl, Frau Gräfin! Schon seit einer Viertelstunde. Er hat mir aufgetragen, zu sagen, daß er gleich selbst herüberkäme, um Bericht zu erstatten, und den jungen Herrn möchte man jetzt gefälligst in Ruhe lassen!«

Eine Bewegung ging durch den Raum. Aber niemand sprach ein Wort. In der tiefen Stille hörte man von ferne schwere, rasch näher kommende und wuchtig in der Wölbung des Flures widerhallende Schritte. Der Diener öffnete die Türe, und der Kassenarzt trat ein. Hut, Mantel und Stock hatte er draußen gelassen. Aber mit seinem vom Regen beperlten, vom Wind zerzausten Bart, mit seinen hohen, von der Wanderung über die Landstraße hart mitgenommenen Stiefeln, mit dem leisen Karbol- und Jodoformgeruch, der ihn umwehte, bildete er doch einen höchst auffallenden Gegensatz zu diesem Saal der stillen Bilder und der stillen Menschen.

»Der reine Hinterwäldler!« dachte der alte Junker und nickte nur hochmütig mit steifem Nacken, während ihm seine Tochter den Doktor vorstellte, und die Baronin hätte beinahe sogar diesen Akt der Höflichkeit vergessen – so neugierig, beinahe erschrocken starrte sie in das Gesicht des Fremdlings. In ihrer Auffassung war ein gräflicher Arzt ein würdiger bebrillter Herr, der nachdenklich den Goldknauf seines Stockes an das Kinn hielt, oder – wo es sich mehr um das Volk handelte – ein wohlerzogener, bescheidener junger Mensch mit einem goldenen Kneifer und verlegenem Lächeln. Aber dieses derbe, von riesigen Haar- und Bartmassen umrahmte braune Bauerngesicht mit den blitzenden Augen und der unheimlich hohen, doppelt gewölbten Stirne, diese breite Brust, aus der die Stimme tief und dröhnend in der Tonfärbung des Volkes statt in wissenschaftlichem Hochdeutsch erklang – dieser ganze, in allem, wie er da stand und sprach, so selbstverständlich und selbstbewußt erscheinende Mann war ihr etwas Neues. Etwas höchst Unbehagliches.

Der Kassenarzt selbst kümmerte sich durchaus nicht um den Eindruck, den er etwa auf die Anwesenden machte. Er begrüßte sie flüchtig und wendete sich dann sofort der Gräfin zu. »Wir wollen den Kleinen heute jedenfalls im Bett lassen,« sagte er schnell. »Ich kann vorerst gar keine bedrohlichen Symptome erkennen. Aber immerhin, Appetitmangel und eine gewisse Mattigkeit lassen sich nicht leugnen, und Vorsicht ist die Mutter der Weisheit für den Fall, daß sich doch noch etwas entwickeln sollte, was ich, wie gesagt, vorerst nicht glaube. Apropos – war der Kleine in letzter Zeit viel aus?«

»Nein, nur einmal im Dorf – sonst war das Wetter zu schlecht.«

»So – so – unten im Dorf?« Über das Gesicht des Arztes glitt eine flüchtige Wolke. »Ich komme morgen wieder, Frau Gräfin. Sollte es inzwischen nötig sein, so schicken Sie herunter oder besser – lassen Sie mich jedenfalls morgen früh wissen, wie es steht!«

Sie reichte ihm die Hand. »Ich werde es Ihnen sogar selbst sagen, Herr Doktor!«

Er erwiderte nichts, sondern sah sie etwas erstaunt an. »Sie haben mir doch versprochen, mir Ihr neues Laboratorium zu zeigen!« fuhr sie auffallend laut und bestimmt fort. »Das ginge morgen vormittag gerade sehr gut, wo die Eisenbahn eingeweiht wird und Sie also jedenfalls freie Zeit haben. Oder machen Sie das Fest mit?«

»Nein, Frau Gräfin!« Der Doktor schüttelte ihr die Hand. »Dazu ist mir meine Zeit zu lieb. Also auf Wiedersehen! Ich werde meine Bazillen benachrichtigen, daß sie sich von zehn Uhr ab zur Parade bereit halten! Frau Gräfin … Herr Graf … meine Herrschaften … ich hab’ die Ehre!«

Er ging. Im Flur verhallten seine raschen Schritte, während der Diener die Tür zum Nebenraum öffnete, wo die Frühstückstafel bereitstand.

Die Baronin nahm ohne weiteres den Arm ihres Schwiegersohnes. »Das ist ja ein ganz gefährlicher Mensch, der Doktor –« sagte sie. »Dem möcht’ ich nicht nachts im Wald begegnen! Da könnt’ mir einer was schenken, eh’ ich so einen zum Arzt nehmen tät! Aber Hunger hab’ ich. Erwin – wo bleibst denn?«

Der lange Freiherr hatte seinen Platz am Fenster nicht verlassen. »Mir ist der Appetit vergangen!« sprach er mürrisch.

»Ich hab’ jetzt auch keine Lust, zu essen!« Wera trat plötzlich neben ihn. »Weißt du was, Papa? Lassen wir die anderen frühstücken und reden wir jetzt gleich miteinander. Dann haben wir’s überstanden. statt uns noch eine Stunde lang etwas vorzuspielen. Das ist mir zu langweilig!«

Der Alte nickte. »Meinetwegen!« brummte er, ging mit schweren Schritten zur Türe, schloß sie und wandte sich dann wieder seiner Tochter zu.

IX

Wie der hagere Odenwälder Junker straff aufgerichtet dastand, düsteren Ernst auf dem strengen, gefurchten Antlitz, sah er täuschend einem Ritter des Mittelalters ähnlich, vielleicht gar jenem sagenhaften Sigifridus liber homo a Frôningen, der zur Zeit der Kreuzzüge Bemerkenswertes im Absäbeln der Türkenköpfe geleistet haben sollte. Allerdings war der Glanz des Geschlechtes längst erloschen, der standesherrliche, reichsunmittelbare Ast schon vor Jahrhunderten ausgestorben, aber immerhin rollte noch in seinen, des Freiherrn Erwin Damian Maria, Adern das Blut ehrwürdigen schwäbischen und pfälzischen Adels – zählte er doch Herrn Gottfrieden von Berlichingen selbst, den Florian Geyer, viele Hutten und Sickingen unter seinen Ahnen – und an Trotz und Körperlänge, an Kraft und Bigotterie war er ein markiger Sprosse des uralten Stammes.

5eine Tochter sah ihm ähnlich. Sie war schlank und hochgewachsen wie er, und selbst in ihrem Gesicht lag, weiblich gemildert und geglättet, derselbe hochfahrende und verwegene junkerliche Zug.

»Du siehst gut aus, Papa!« sagte sie harmlos.

»Die Reisen nach Italien bekommen dir immer ausgezeichnet! Ach … es muß jetzt recht schön sein an der Riviera …«

»Ich war in Rom …« erwiderte der alte Junker störrisch.

Sie zog die Augenbrauen hoch. »Und ich dachte in Monte Carlo! Der Onkel behauptete es eines schönen Tages und machte allerhand unnütze Witze darüber. Es sei doch schade, meinte er, dort sein Geld zu verlieren, wenn er noch Geld hätte, ginge er damit wieder nach Paris und würde nicht die eine Hälfte zum Papst, die andere zum Fürsten von Monaco tragen. Die hätten beide schon genug an uns verdient …«

»Ja – hör 'mal!« Der Freiherr erholte sich allmählich von der Überraschung, daß seine Tochter, statt seine Bußpredigt zu erwarten, ganz unerwartet ihrerseits zum Angriff überging. »Dazu bin ich doch nicht hergekommen, um mir von dir da Dinge sagen zu lassen … Dinge …«

Sie lachte. »Ich mein' es doch nicht böse, Papa! Warum bist du denn auf einmal so empfindlich? Wir haben uns doch immer gut miteinander vertragen, du und ich. Wir waren doch immer mehr wie zwei Kameraden. «Erinnere dich doch nur an früher – wenn du mich als Backfisch auf die Jagd genommen hast – in Pantalons, mit der kleinen Flobertflinte auf der Schulter – und dann unsere Schlittenfahrten … und …«

»Das ist alles sehr schön und gut!« sagte der alte Herr trocken. »Aber das ist gewesen. Nicht um deine Backfischzeit handelt es sich, sondern um dich, wie du jetzt bist.«

Sie seufzte leise und setzte sich, die Hände im Schoß verschlingend, nieder. »Also gut – ich höre!«

Der Junker räusperte sich. Seine innere Sicherheit war durch den geschickten Vorstoß der Tochter erschüttert. »Siehst du – liebes Kind …« begann er. »Ich will ja hier nicht als Prediger in der Wüste auftreten – jeder Mensch hat seine Schwächen – ich weiß genau, daß ich kein Heiliger bin. Und zudem bin ich ein alter Mann und habe wenig Hoffnung, mich noch zu bess… ich wollte sagen, zu ändern. Also mit anderen Worten: Du sollst nicht hier vor mir wie vor einem strengen Richter Buße tun, sondern mir nur klipp und klar antworten: Was ist eigentlich in dich gefahren?«

»Ich werde ein vernünftiger Mensch, Papa!«

»Unsinn!« sprach der Alte unwirsch. »Ein Mensch? Bist du bisher ein Vogel gewesen oder auf den Bäumen geklettert, oder was sonst?«

»Ich sage: ein vernünftiger Mensch! Ein denkendes, selbständiges Wesen!«

»Durch diese Bücher da – diesen wissenschaftlichen Aufkläricht …«

»Durch die Bücher … durch den Verkehr mit dem Doktor … durch eigenes Nachdenken – wie ich nur kann. Ich erziehe mich eben selbst, da es sonst niemand getan hat und es doch wahrlich hohe Zeit dazu ist.«

»Dich hätte niemand erzogen?« Der Junker ging mit langen Schritten durchs Zimmer. »Hör
'mal – ich glaube wirklich, du bist nicht mehr ganz bei Trost! Das ist denn doch eine Behauptung, die...«

Sie folgte ihm ruhig mit den Augen. »Wir wollen einmal rekapitulieren, Papa! Fangen wir mit
meinem zwölften, vierzehnten Jahr an. Denn die einfältigen französischen Bonnen bis dahin –
die zählen doch nicht! Gut: bis damals hast du mich, weil du doch keinen Sohn hattest, halb
wie einen Jungen gehalten. Wie ich vorhin sagte: ich lief in Joppe und Pumphosen mit auf die
Jagd, ich stieg auf die Bäume und schnitt von oben meiner verzweifelten Gouvernante Gesichter
und trieb überhaupt, was ich wollte, bis endlich sogar Mama, die sich doch sonst um nichts
kümmerte, einsah, daß das so nicht weiterging.«

»Nun ja. Und haben wir dich da nicht in eines der teuersten und besten Erziehungsinstitute
geschickt?«

Sie seufzte. »Jawohl – zu den frommen Schwestern in ein belgisches Kloster. Ja freilich – wenn
man fließend französisch und leidlich englisch plappern, alle Heiligen- und Märtyrerlegenden
auswendig wissen, geläufig Altardecken sticken und Kirchenlieder singen und spielen – wenn
man das Erziehung nennt – o gewiß, dann hab' ich nicht zu klagen! Was ich in den langen öden
Jahren gewonnen hab', das weiß ich. Was ich aber verloren hab' in der Zeit, was mir entgangen
ist, das merke ich jetzt erst. Alles, wodurch man sich zu sich selbst entwickelt, alle Freiheit,
alle Vernunft ... Denke dir doch nur das ewige Einerlei hinter den Klostermauern, fern von
den Meinen, unter den Ausländerinnen und immer nur auf die guten dummen Klosterfrauen
angewiesen, die einen mit ihrer ewigen Sanftmut schließlich ganz krank und mürbe machen.
Sie haben's ja auch erreicht. Wie einen ungeratenen Jungen habt ihr mich hingeschickt, und
als eine bigotte, verträumte Puppe bin ich zurückgekommen und noch halb schlaftrunken in
aller Eile verheiratet worden...«

»Nun ja, mein Kind ... und die Ehe...«

»Jawohl, die Ehe, Papa! Du hast von deinem Standpunkt ganz recht, wenn du sagst: ›Wir
haben dir die beste Partie weit und breit ausgesucht. Du bist Gräfin, du bist reich, du hast
einen gutmütigen Mann, der keiner Fliege was zuleide tun kann, du hast ein Kind – mit einem
Wort alles, was eine Frau vom Leben erwarten darf!‹ Ich aber antworte dir: ich habe nichts,
außer meinem Kind – ich bin von dem Leben unbefriedigt durch und durch. Mag sein, daß
ich irgendwie unglücklich veranlagt bin, daß eine andere an meiner Stelle sehr glücklich wäre –
aber es ist nun einmal so.«

»So? Und was hat dir denn dein Mann nun eigentlich getan?«

»Er hat nichts getan. Gar nichts! Das ist es ja eben! Wir sprachen von der Erziehung. Nun –
siehst du – erzogen wird eine Frau doch vor allem durch die Ehe, durch den Mann. Das war bei
mir eben nicht der Fall. Das einzige, was mich ernst und reif gemacht hat, das war mein Kind.
Aber sonst ...zuerst sind wir beide, Pius und ich, freundschaftlich nebeneinander hergegangen.
Ich war neugierig auf ihn. Von Tag zu Tag dachte ich: nun wird er mir doch endlich, wo die
Flitterwochen vorbei und wir glücklich aus Italien zurück sind, sein eigentliches Wesen zeigen,
daß wir einander zu verstehen anfangen. Und Tag um Tag hat er dagesessen und Zither gespielt
und Briefmarken gesammelt und mich träumerisch angelächelt, bis ich endlich gemerkt hab': Er
hat nichts Neues zu zeigen und nichts zu verbergen. Er ist ganz so, wie man ihn auf den ersten
Blick sieht – harmlos und durchsichtig wie ein Glas Wasser. Und so ist er geblieben in den fünf
Jahren unserer Ehe. Das einzige stärkere Gefühl, was sich bei ihm in der Zeit entwickelt hat,
ist die Zärtlichkeit zu unserem Kleinen. Aber sonst...«

»Mein liebes Kind«, sagte der alte Junker vom Fenster her. »Es gibt viel schlimmere Männer...«

»Das weiß ich, Papa, und manchmal hab' ich mir früher, so gottlos es ist, gewünscht, ich
hätte so einen! Einen Mann, an dem wenigstens etwas daran ist, während Pius ...Er kann ja
nichts dafür, aber er bringt eben in alles, was er tut und treibt, etwas Alltägliches hinein. Etwas
Gewöhnliches sogar zuweilen. Zum Beispiel mein Kinderfräulein ...die muß ich geradezu vor
ihm retten. Ich verheirate sie jetzt deswegen. Er steigt ihr neuerdings in seiner Verträumtheit

auf Schritt und Tritt nach – wie ich ihn kenne, wahrscheinlich ohne besonders böse Hintergedanken. Aber ich finde es geschmacklos.«

»Gut. Ich gebe zu, dein Mann ist ein bißchen langweilig. Das ist Frauen gegenüber ein großer Fehler. Aber schließlich kann er nichts dafür, daß er so ist. Niemand kann aus seiner Haut.«

»Ich mache ihm ja auch keine Vorwürfe.«

»Nein, du ersparst dir das, indem du einfach dich nicht mehr um ihn kümmerst und eine Art Seelenbund mit einem Dritten anfängst, eine Art ästhetische Verbrüderung, oder wie man es nun nennen soll.«

»Nenn’ es einfach Freundschaft. Das ist’s und bleibt’s!«

»Ach, Freundschaft!« sagte der Alte verdrießlich. »Komme mir doch nicht mit derlei! Das gibt’s nicht! Du brauchst nicht so aufzufahren, meine Tochter! Ich weiß genau, daß du dir das selbst einredest und steif und fest daran glaubst. Schon aus innerer Angst. Unbewußt, möcht’ ich sagen. Denn natürlich wärst du dir schuldig, den freundschaftlichen Verkehr mit ihm abzubrechen, sowie du selber eines schönen Tages merkst, daß es eben etwas anderes ist.«

Sie war aufgestanden. »Weißt du, Papa,« sagte sie, »ich glaube, das geht den meisten Frauen so: man empfindet nicht plötzlich, mit einem Schlage, daß man in einer unglücklichen Ehe lebt, sondern das kommt so ganz allmählich, fast unmerklich. Tag um Tag bröckelt ein Stück von den Illusionen ab, Tag um Tag verliert man mehr den Mut und die Hoffnung, und schließlich lebt man – man weiß selbst nicht wie und seit wann – ganz selbstverständlich in dem Gedanken: du bist unglücklich. Du hast einen Mann, der dich nicht versteht, der dir nichts ist, der überhaupt nicht eben sehr viel ist. Und nun kommt der Schrecken. Man fragt sich: ›Soll das so fortgehen, das ganze Leben lang, Gott weiß, wie viele Jahre?‹ Da mögen nun die Temperamente verschieden sein. Manche mögen sich in die Ecke setzen und trauern und eine Art Kultus mit sich und ihrem Unglück treiben. Ich aber – du weißt ja, ich habe wirklich nicht eine Spur von Sentimentalität in mir – ich bin nun einmal nicht so –, sondern ich habe eine Art Zorn gegen mein Schicksal bekommen, eine Kampflust. Ich wollte mich dagegen wehren und wußte nur nicht, nach welcher Richtung hin. Das war die Stimmung, in der ich vor einem Vierteljahr den Doktor kennenlernte.«

»Nun. Und was geschah?«

»Gar nichts Besonderes! Das, was ihr alle wißt und worüber sich alle Welt unnütz aufregt. Er hat mir einfach den rechten Weg gewiesen. Mit dem einen kurzen Wort: Hilf dir selbst! Wenn die anderen nichts aus dir machen, so lege du selbst Hand an deinen inneren Menschen und baue ihn aus. Wenn dir niemand sonst etwas ist, nicht einmal der eigene Mann, so suche dir deine eigene Gesellschaft erträglicher zu machen als bisher! Arbeite! Darin steckt aller Segen! Und seitdem arbeite ich an mir!«

»Und er hilft dir dabei?«

»Gewiß!«

»Hm ... und wie denkst du dir denn, daß das schließlich zwischen dir und diesem Waldmenschen enden soll?«

Sie schaute erstaunt ihren Vater an. »Warum soll es denn enden und wie denn? Er geht nicht von hier fort. Er kann ja gar nicht, seiner Stellung und seiner Studien wegen. Und ich sitze doch hier oben in diesem Eulennest, Sommer und Winter. Darein hab’ ich mich jetzt schon gefunden, wie oft hab’ ich früher meinen Mann gebeten, wir wollten doch wieder einmal reisen. Er hat es auch jedesmal versprochen und am nächsten Tag nichts mehr davon gewußt und behauptet, er erinnere sich nicht mehr daran. Er ist ja wie ein Kind. Er kann sich aus diesem Traumleben nicht mehr herausreißen.«

»Also das alles soll hier so weitergehen?«

»Ich denke.«

»Mein liebes Kind!« Der alte Junker trat näher an sie heran und dämpfte seine Stimme. »Du hast mir wahr und offenherzig, wie du immer gewesen bist, alles erzählt. Nun höre mich: Es geht nicht so weiter! Denn es führt zum Unglück, wenn du es auch noch nicht fühlst und ahnst. Schau da durchs Fenster. Da unten liegen eure starken dicken Mauern in Trümmern!

Und warum? Weil man es versäumt hat, die ersten Risse und Sprünge im Gestein rechtzeitig wieder zuzumachen. So ist's auch in der Ehe. Da darf man keinen Riß lange anstehen lassen. Sonst wächst er unaufhaltsam, und alles geht in die Brüche. Und in eurer Ehe ist ein Riß. Der Waldmensch da unten hat ihn hineingebracht!«

»Nein, ihr!« Ihre Augen leuchteten zornig. »Ihr tut's! Ihr alle, die ihr fortwährend von allen Seiten an mir zupft und warnt und zischelt, als sei ich kein anständiger Mensch mehr, sondern hätte Gott weiß was Böses im Sinn. Bis dann der Trotz in einem erwacht und man sich sagt: ›Nun gerade!‹ Ich weiß, was ich tue. Ich lasse mich nicht mehr gängeln. Ich bin mündig geworden!«

Der Alte sah sie betroffen an und öffnete die Lippen. Aber sie ließ ihn nicht zu Worte kommen.

»Ihr aber«, fuhr sie fort und ging erregt im Zimmer auf und nieder. – »Ja, wenn es darauf ankäme, daß zwischen uns wirklich etwas entstehen sollte – dann könntet ihr es nicht besser anlegen, als ihr es jetzt in der redlichsten Absicht tut. Ihr erregt in mir ein Schuldbewußtsein, wo gar keine Schuld da ist – ihr tut so, als sei es geradezu selbstverständlich, daß ich meine Pflicht vergesse, ihr demütigt mich mit eurem ungläubigen Lächeln, wenn ich mich durch ernste Arbeit vor der Verdummung hier im Schlosse zu retten suche – ihr erniedrigt mich mit eurem Spionieren, euren vorwurfsvollen Blicken, als sei Gott weiß was geschehen – und, wahrhaftigen Gotts, ihr seid schuld, wenn wirklich einmal etwas geschieht, was wir alle bereuen.«

Sie brach zornig ab. Auch der alte Odenwälder schwieg und sah, den langen Schnurrbart drehend, zu Boden.

»Hast du das alles auch deinem Mann schon erzählt?« fragte er nach einer Pause.

Sie zuckte die Achseln. »Nein! Er würde mich doch nicht verstehen. Mama auch nicht!«

»Gut. Willst du mir versprechen, ganz ruhig zu bleiben, wenn ich dir jetzt was Arges sag' – recht was zum Erschrecken?«

»Ja.«

»Ist's auch ganz gewiß?«

»Ja.«

»Alsdann hör, mein liebes Katzl!« Der alte Junker sah sie traurig an. »Mit dir steht's bös! Du bist nicht mehr bloß nah' an der Gefahr – ach nein, du bist ja schon mitten darin. Und wir haben euch beide nicht erst hineingehetzt, wie du dir das einredst – denn das hat bei euch beiden, dir und dem Waldmensch, leider gar nicht not getan! Ihr seid ganz von selber wider Wissen und Wollen in die Falle hineingeraten. Still, Katzl – du hast mir versprochen, ruhig zu sein! Ich sage nur, was ist! Das muß jetzt laut und schonungslos gesagt werden, so weh 's tut! Sonst schleicht die Geschichte ewig weiter. O liebes Kind – ich kenne das! Die kalten Fieber sind alleweil die schlimmsten.«

Sie hielt die Hand an der Klinke der Flurtüre. »Ich will lieber gehen, Papa, und nach Wulfi sehen!« sagte sie.

»Kannst gleich gehen, Katzl! Wart nur einen Augenblick. Schau – ich hab' ja manches hinter mir – nicht nur am Roulettetisch, sondern – du verstehst mich – auch anderes, das kannst mir glauben – und hab' deiner guten Mama früher mehr Grund zu Klagen gegeben, als recht war. Leider! Leider! Ich bereu's jetzt ja auch von Herzen auf meine alten Tage. Und schau: von früher her, aus der Zeit, hab' ich's so im Ohr. Es kommt bei so Sachen weniger darauf an, was man sagt, als wie man's sagt! ...Liebes, gutes Katzl! In all deinen Worten, und gar zuletzt in der Hitze, hat der eine gefährliche, gefährliche Ton durchgeklungen und hat's mir verraten, daß du an einen anderen denkst als an deinen Mann! Red' nicht. Ich weiß, daß du das dir und uns verheimlichen willst. Aber wann das Feuer einmal brennt, sieht man's und muß sich halt die Bescherung eingestehen – du dir auch! Sonst bringen wir die Sache gar nicht mehr ins Geleis. So – und jetzt haben wir genug geredet! Jetzt gib mir die Hand, Katzl, und geh! Setz dich nur ans Bett von deinem Kind hin. Das ist immer das Beste, was eine Frau tun kann. Das ist so gut, wie wenn sie in dar Kirche sitzt. Geh, lieb's Kind, geh, und laß mich jetzt einmal ein deutsches Wort mit deinem Mann reden. Dem sein Nachtwandeln am hellichten Tag muß einmal ein

End' nehmen! Früher kriegen wir dich von dem Waldmensch, dem Doktor da unten, ja doch nicht los…«

X

Der Doktor war mit langen Schritten vom Schlosse wieder in das Tal hinabgestiegen. Die Pflicht rief. Es gab viel Arbeit, jetzt in diesen kalten, nassen Frühlingstagen und ihrem Gefolge von Krankheiten aller Art in der schlechtgenährten, in dumpfigen Räumen gegen Luft und Licht sich verschanzenden Bevölkerung, die gewohnt war, erst in zwölfter Stunde, in äußerster Rot nach dem Arzt zu schicken. Häufig kam er dann zu spät. Es war kein leichter Gang, diese Wanderung durch Elend und Leiden und mehr noch durch unausrottbaren Schmutz und unbelehrbaren Stumpfsinn, die er, wie immer, auch heute unternahm. Und als er spät nachmittags zur Sprechstunde in sein Quartier, die zwei Stuben im Wirtshaus »Zum Baum im Odenwald«, zurückkehrte, fand er auch da alles voll von Patienten, mit dem üblichen Kindergegreine, dem halblauten Klappern der Frauen, dem Armenleutgeruch und dem kalten, den Röcken der Männer anhaftenden Tabaksqualm, der mit dem eigentlichen Dunstkreis des Wartezimmers, der durchdringenden Jodoformatmosphäre, rang.

Endlich war für heute der letzte Hilfesuchende abgefertigt.

Die alte Bürkin, seine Aufwartefrau, schlurfte mit Eimer und Besen herein, um den von kotigen Stiefeln beschmutzten, übel aussehenden Raum zu säubern. Er zog sich inzwischen in dem Nebengemach um. Dann stieß er alle Fenster auf, hinterließ, daß er beim Fabrikanten zu finden sei, und eilte die krachende Holztreppe des »Baums im Odenwald« hinunter.

Unten vor dem vertrockneten Kranz, der als Wirtschaftszeichen über den steinernen Stufen des Eingangs schaukelte, spannte er den Schirm auf und schaute um sich. Der Frühlingsregen strömte unablässig über die grauen Dachziegel, die moosbewachsenen Scheunen- und Stallfirste, und mit ihm senkte sich immer stärker die Dämmerung über das Dorf, dessen weitzerstreute Lichtpunkte bis in die Ferne der dunklen Waldränder aufblitzten.

Auf der gepflasterten Hauptstraße war reges Leben. In Ermangelung von Laubgewinden wurden zur morgigen Feier kleine Tannenbäume zu beiden Seiten in den Boden gerammt, die in der feuchten Öde eine Art von Weihnachtsstimmung erzeugten, Guirlanden von Moos und buntem Papier zogen sich quer über die Straßen, und an deren Ende, gegenüber dem koketten kleinen Stationsgebäude, hämmerte man sogar aus gehobelten Planken eine Tribüne für die Festgäste zurecht.

Auch das neu eingerichtete Postamt war schon im Betrieb. Der junge Beamte verhandelte verstört hinter dem Schalter hervor mit einer Schar gelbhäutiger italienischer Erdarbeiter, die, nüchtern und sparsam wie sie waren, die Gelegenheit nicht erwarten konnten, ihr zurückgelegtes Scherflein nach allen möglichen, unwahrscheinlich klingenden lombardischen Dörfern und toskanischen Weilern zu schicken. Sie schrieen und gestikulierten mit allerhand Naturlauten und wildem Gebärdespiel auf den Postvorsteher ein, der, ab und zu vor sich hinfluchend, sich die Schweißtropfen von der Stirne trocknete und seinem Schöpfer dankte, als ein unerwartetes Ereignis ihm wenigstens für einige Minuten Ruhe verschaffte.

»Der Schlicksupp!« schrie ein Haufen Kinder, die Straße herabbrennend. »Der Schandarm hot den Schlicksupp! Alleweil kumme se!« Das Gejohle der Fabrikburschen klang dazwischen. Alles scharte sich um den Mann des Gesetzes, der, die Flinte umgehängt, seinen einen Gefangenen am Handgelenk mit sich führte, während dessen ebenso zerzauster und besudelter Genosse, die Fäuste in den Hosentaschen, trotzig vor ihm her trollte.

»O, mei! Wie die ausschaue! Der Kaltschmidt owwe uff'm Grenzhof hot se verprügelt und als gekrische, m'r sollt' alle ›Soze‹ norr gleich dot mache! Sell wär' 's bescht!«

»Oh, halt's Maul!« sagte der Gendarm Eidenmüller, ein hochgewachsener früherer Unteroffizier der Karlsruher Grenadiere, zu dem jungen Fabrikmädchen, das diese Neuigkeit verbreitete, »Wann ihr norr alle so wärt wie der Kaltschmidt. Als voran, ihr Bürschle, und heult mir net! Ihr habt's ja gefragt in eurem Dreckblättle, warum daß der Schandarm durchs Dorf läuft? Do is er, ihr Schote.« Er blieb stehen und warf einen strengen Blick auf die sich um ihn drängenden, Zigarren rauchenden Fabrikburschen. »Ich sag's euch, ich schaff' Ordnung! Mir macht keiner was vor. Euer Irion aach net. Der unnütz' Mann schteckt ja doch hinner euch allen.«

Er verschwand mit seinen heulenden Häftlingen im Hause des Bürgermeisters, wo sich der Gemeindekotter befand. Die Menge blieb verdutzt stehen.

»Der Irion will teile!« meinte endlich das Fabrikmädchen von vorhin. »Nächst' Johr wird geteilt, sagt der Irion, un wann der Oberamtmann noch so schännt.«

»O, du Vieh!« Eine etwas klügere Gefährtin zog sie lachend mit sich fort. »So dumm is der Irion net!« Und der kleine grauhaarige Bürgermeister, dessen an sich schon kupferbraunes Gesicht der Zorn noch gerötet hatte, schrie ihnen nach: »Morge früh könnt'r zu mir kumme! Do teil' ich redlich! Fünfundzwanzig for jedes, wo stillhält.«

Der Kassenarzt hatte sich kopfschüttelnd den Auftritt angesehen. Nun ging er weiter und trat in die Villa des Fabrikanten ein.

Man saß bereits beim dritten Gang um den hell erleuchteten, mit Blumen geschmückten und von Silber strahlenden Tisch. Der Hausherr in tadellosem, schwarzem Anzug mit weißer Weste, seine blonde Gattin in ihrer raffiniert eleganten Abendtoilette noch hübscher als heute morgen aussehend, dann der junge Kaplan und der Direktor des gräflichen Rentamts, der »Kellerei«, wie es noch altertümlich genannt wurde, mit seiner Frau – er ein behaglicher, vollbärtiger und spitzbäuchiger Vierziger, eines jener Wesen, die das Schicksal von vornherein zum Vorsitzenden eines Kegelklubs ausersehen hat, sie – eine schwäbische Pfarrerstochter – mollig, rotwangig und hausbacken wie ein fleischgewordenes bürgerliches Kochbuch.

»'Abend!« sagte der Doktor, an der Türe stehen bleibend, in seinem tiefen Baß. »Hat eines von euch Kinder zu Haus? Nein! Ihr, Direktors, seid noch nicht so weit – du, Hochwürden, kommst nicht in Betracht, und Sie, Herr Rentamtmann, haben Ihre beiden Jungen schon in Heidelberg auf dem Gymnasium? Um so besser! Dann kann ich mich ja setzen.«

»Es hat natürlich keine Gefahr … ich bin umgezogen und alles«, fuhr er, Platz nehmend, fort. »Aber wie die Eltern nun 'mal sind … ängstlich für ihre Kinder, und mit Recht … da wär' ich doch lieber wieder gegangen, wir haben richtig die Diphtheritis im Dorf! Heute nachmittag wieder zwei Fälle. Bisher, gottlob, nur leichte. Deswegen komm' ich auch zu spät, Direktor.«

»Entschuldige dich nicht!« sagte der Fabrikant. »Sondern löffele deine Suppe und nimm vorlieb mit dem, was ich mitten in Sibirien mit Hilfe einer freien Amerikanerin zu bieten habe, die an dem Problem, ein Ei zu sieden, hoffnungslos scheitert. Hast du eben die Schwefelbande gesehen – den Schlicksupp und Genossen? Eine nette Horde! Früher war es der Ehrgeiz eines jungen Burschen, eine Taschenuhr zu haben. Jetzt sparen sie auf ein Zweirad und dann auf einen Revolver. Morgen fliegt der Bengel! Ich liebe nun 'mal bewaffnete Proletarier nicht.«

»Die Verwilderung nimmt bös überhand!« murmelte der bisher schweigsame und in sich gekehrte Kaplan und schlug nach seiner Gewohnheit die Augen zu Boden. »Durch die Industrie! Es ist, als ob die Leute einen ganz neuen Menschen anzögen, sowie sie den Pflug beiseite stellen und in die Fabrik gehen. Wie ich klein war, da war es selbstverständlich, daß wir Bauern vor jedem Bessergekleideten auf der Straße hübsch an den Hut gegriffen haben – und jetzt? Wie die Feinde laufen die Arbeiter an einem vorbei, finster und verbissen! Und wenn sonst ein junger Bursch mit Hallo und bunten Bändern von der Rekrutenaushebung zurückgekommen ist, so trägt er jetzt am Sonntag eine blutrote Krawatte und fühlt sich als ›klassenbewußter Genosse‹ und erzählt jedem, der's hören will, daß er auch den ›Lassalle‹ in der Stube hängen hat. Es ist wirklich trostlos.«

»Das finde ich gar nicht«, meinte der Fabrikant kaltblütig und goß seinen Gästen Rheinwein in die Römer. »Trostlos ist, wenn der Mensch kein Geld hat! Früher habt ihr hier auf dem Odenwald keinen Groschen gehabt, Hungerpfoten gesogen, Sonntag abend im Wirtshaus mit Messern und Stuhlbeinen euch die Zeit vertrieben und zu guter Letzt einen Platz nach Amerika belegt, warum? Das Land war eben blutarm. Was ist aber das Blut im Leben einer Nation? Das Geld, ihr Herren, das Geld, das Geld! Das muß im Volke umlaufen wie das Blut im Leibe. Dann schlagen alle Pulse, der Körper kriegt Spannkraft und reckt sich und sieht, wo's was zu schaffen gibt. Bei uns, ihr Herren, den Fabrikgründern, den Kapitalisten! Wir bringen einen frischen Hauch in eure verdumpfte Waldwelt – wir fassen die Leute beim Besten: bei der Arbeit! Da steht mein blitzblanker neuer Palast und wartet nur auf kräftige Fäuste. ›Greif zu, mein Sohn –

dein Schweiß wird Geld – ich zahl' ihn dir mit blanken Talern. Ich bin dein wahrer Freund, dein Beschützer – wenn man will, dein Herr, und nicht das rückständige Volk da oben auf dem Schlosse, das die Jahrhunderte wiederkäut und die Augen zukneift, wie die Eulen am Mittag.‹ Entschuldigen Sie, lieber Rentamtmann, aber Sie geben sich ja auch keinen Illusionen über Ihre Herrschaft hin.«

»Nee«, sagte der kleine dicke Mann. »Mit Ausnahme der Gräfin ... die hat den Teufel im Leibe. Heut früh hat sie wieder einen Auerhahn geschossen ... alle Achtung ... das ist nicht leicht.«

Die Gräfin! Unwillkürlich belebten sich alle Gesichter vor Neugierde.

»Schade, daß diese Fossilien alle so unzugänglich sind,« meinte der Fabrikant. »Ich würde die Gräfin gerne kennenlernen. Schon meiner Frau wegen, daß die einen Verkehr findet. Sie fängt mir ja schon die Fliegen an der Wand und pfeift dazu den Yankeedoodle aus reiner Verzweiflung.«

Die hübsche Amerikanerin seufzte nur leicht und warf einen verstohlenen Blick auf den Doktor. Zu allgemeinem Erstaunen ergriff die Frau Rentamtmann, die sonst nur bei Kinder- und Küchenfragen aufwachte, das Wort.

»Das ist doch leicht zu machen«, meinte sie und lächelte sanftmütig und beschränkt. »Da braucht der Herr Doktor bloß ein gutes Wort einzulegen ...«

Ihr Mann gab ihr einen ziemlich erkennbaren Wink, zu schweigen, und das ärgerte den Kassenarzt noch mehr.

»Was glauben Sie denn?« fragte er barsch. »Etwa, daß ich da oben Gäste einführe? Ich bin froh, wenn man mich selber hineinläßt.«

Darüber lachten die anderen, aber etwas befangen und ohne den Sprecher anzusehen. Man wußte ja, daß der Schloßherr den Gruß des Arztes kaum mehr zu erwidern pflegte Und auch der infolgedessen bei Begegnungen nur noch lässig an den Schlapphut griff. Kein Zweifel – da war nicht alles, wie es sein sollte.

»Sie stehen doch so gut mit der Frau Gräfin!« hub die Frau Rentamtmann nach einer Pause mit ihrer weinerlichen Stimme wieder an. »Heute noch, wie Sie mit ihr von dem Irionschen Hause heruntergekommen sind – Sie haben uns nicht bemerkt, weil Sie so eifrig miteinander gesprochen und gelacht haben – da hab' ich zu meinem Mann gesagt: »Merkwürdig, wie gut die zueinander passen!«

»So – haben Sie das gesagt?« fragte der Dorfarzt, ohne eine Miene zu verziehen.

»Ja. Wenn es nur mein Mann auch irgendwie zu so einem Verkehr brächte – das hab' ich ihm eigentlich gesagt! Es gibt oft so wichtige geschäftliche Sachen, und der Graf spricht nicht ›ja‹ und spricht nicht ›nein‹, und die Zeit drängt, und klopft mein Mann dann bei der Frau Gräfin an, so ist sie nicht zu sprechen und will nichts von Geldfragen hören. Sie können von Glück sagen, Herr Doktor. Wenn man so das Ohr der Herrschaft hat ...«

»Herrschaft? Unsinn!« sagte der Arzt. »Ich habe keine Herrschaft.«

»Gewiß! Das wissen wir ja alle, daß es Freundschaft ist. Eine große Ehre!« Die Stimme der Frau Rentamtmann klang immer wehleidiger. »So was war vielleicht noch gar nicht da. Gewiß – Doktor ist ein schöner Titel. Aber immerhin – eine Gräfin Wodenstein ... Sie glauben gar nicht, wie man überall davon spricht! Nicht nur hier und in all den Dörfern – nein, auch wenn ich in die Stadt hinüberkomme, ist das erste, was mich da die Leute jetzt fragen ...«

»Ob ich wirklich mit der Gräfin Wodenstein ein Verhältnis habe?« Der Doktor sprach ganz laut und brüsk über den Tisch hinüber. »Liebe Frau – sagen Sie: Nein! das sei eine blödsinnige, unverschämte Lüge. Und sagen Sie weiter, ich hätte das Gerede jetzt dick bis zum Hals, was die Weiber schnatterten, ging' mich nichts an, aber wenn ein Mann noch einmal mit der Verleumdung anfinge, dann machte er mit meiner Faust Bekanntschaft! Hier – schauen Sie sich diesen haarigen Fünfpfünder nur an! Wo der hintrifft, wächst kein Gras mehr, und ich kurier' den Betreffenden nicht und kauf' ihm kein neues Gebiß. Das sagen Sie! Und nun genug davon. – Entschuldige, Direktor, daß ich ein bißchen hitzig geworden bin. Aber ich hab' dir's ja heute morgen schon gesagt: wenn mir wieder wer die Geschichte aufs Tapet bringt, werd' ich grob.«

»Bitte!« erwiderte der Fabrikant lakonisch, und dann wurde es still, und es dachten alle an dasselbe, auch der Kaplan, der die ganze Zeit hindurch mit festgeschlossenen Lippen auf seinen Teller geblickt hatte.

Allmählich kam das Gespräch wieder in Fluß, aber stockend und befangen. Gleich nach dem Nachtisch erhob sich der Kassenarzt. »Ich muß fort, Frau Direktor,« sagte er. »Ich hab' noch ein paar dringende Krankenbesuche zu machen. Schönen Dank und auf Wiedersehen morgen!«

Er ging mit schweren Schritten hinaus, und drinnen blieb alles stumm, bis die Haustüre hinter ihm ins Schloß fiel.

Der Doktor war gegen seine Art diesen Abend an den notdürftig von blakenden Lampen erhellten Krankenbetten teilnahmlos und zerstreut. Und als er nach Beendigung seines Rundganges in dunkler Nacht dem »Baum im Odenwald« zuschritt, fühlte er den ganz ungewohnten Drang, statt der «Einsamkeit des Studiertisches menschliche Gesellschaft aufzusuchen – gleichviel welche – um irgendwie seine Gedanken abzulenken und in einen Winkel zu verbannen...

Am Eingang des Wirtshauses überlegte er einen kurzen Augenblick und trat dann, seinen Regenschirm schließend, in das Gastzimmer ein.

Heute, am Vorabend der Feier, gab es hier frisches Bier vom Faß. Alles war dicht besetzt. Schwere Tabakwolken brüteten über dem heißen, hermetisch verschlossenen Raum bis zur Herrenstube nebenan, wo die Größen des Dorfes saßen.

Vor allem der kleine grauköpfige Bürgermeister mit dem roten, etwas brutalen Gesicht und der junge Kaltschmidt vom Grenzhof mit einigen anderen wohlhabenden Bauern. Sie tranken Rotwein – eine böse italienische, mit Zucker und Sprit versetzte Gerbsäure, die sich als Affenthaler von der Bergstraße ausgab –, qualmten ihren Pfälzer Tabak und waren in gehobener Stimmung.

Der alte Stabhalter vom Grenzhof tat nicht mit. Er hatte sich abseits gesetzt, in seinen blauen Mantel gewickelt, die Pfeife in dem gefurchten, strengen Antlitz, und nach ehrwürdigem Väterbrauch ein Quetschwasser und einen Handkäse vor sich. Neben ihm saß, etwas unbehaglich ob der Ehre, das Pilgerle in sauberem Sonntagsrock, sonst aber wie immer ungewaschen. Der kleine Bettelmann war von dem Hofbauer, der ihm ob seiner strengen Kirchlichkeit wohlwollte, in einer seltenen Anwandlung von Großmut ebenfalls zu Schnaps und Käse eingeladen worden und ließ sich das nicht zweimal sagen.

In dem offenen Nebenraum, in dem die Wirtin, eine zarte kleine Frau in halb städtischer Kleidung, mit ihren beiden halbwüchsigen Töchtern hantierte, war bunte Reihe. Ein alter Schäfer, ein paar Holzfuhrleute aus der Rheinebene, die schon die etwas verschiedene bayrisch-pfälzische Mundart sprachen, der mißmutige, fabrikfeindliche Forellenfischer mit seinen hohen Transtiefeln und messingenen Ohrringen, den ein riesiger, ungeschlacht aussehender Schwarzwälder aus der mit Recht gefürchteten Gilde der Neckarflößer begleitete, ein paar Dorfhandwerker, zwischen ihnen Wegmann, der gräfliche Jagdaufseher, der es sonst mit den Honoratioren hielt, heute aber aus Haß gegen die Männer vom Grenzhof nicht in das Herrenstüble ging, sondern sich mit dem stattlichen Gendarmen Eidenmüller verbrüdert hatte, zwei buntbetreßte Gestalten, die sich lebhaft von dem dumpfen Braun und Schwarz der anderen Kleider aus dem Grau der Tabakswolken abhoben. Dann noch der Ölmüller oben aus dem nächsten Dorf, ein finsterer jähzorniger Mensch, der schon einmal wegen Totschlags im Bruchsaler Zellengefängnis gesessen, und eine Menge Bauern und Knechte ringsherum.

Die Stimmen schwirrten laut und lärmend um das Ohr des Kassenarztes, der sich, fast unbemerkt eingetreten, hart an dem triefenden Schenktisch hingesetzt hatte.

Aber dann trat plötzlich Stille ein. Zwei neue Gäste erschienen. Arbeiter aus der Fabrik. Sie nahmen abseits an einem Tisch Platz und bestellten Bier.

»Alleweil kumme die ›Soze‹!« sagte eine rauhe Stimme halblaut, aber gutmütig, und alles lachte.

Die beiden lachten mit. »Soze oder net!« sprach der eine der Arbeitsmanner und wischte sich mit dem Handrücken den Schaum vom Bart. »Wann norr das Bier frisch is, ihr Männer!«

Die anderen nickten. Es war eine friedfertige Stimmung. Nur der schwarze Jäger glaubte es seiner Stellung und der Nachbarschaft des Gendarmen schuldig zu sein, das anzügliche Gespräch fortzusetzen. »Frau Wirtin,« sagte er und paffte aus der feinen Zigarre, die er mittags seinem Herrn entfremdet hatte, »die sollte Sie net bei sich 'reinlasse! Die hawwe hier nix verlore!«

»O mei'!« Die blasse junge Frau ließ das Bier sprudeln. »Ich schau' mir mei' Gäscht' net erst an. Ich bin froh, wann se kumme! Ich bin e armi Fraa! Ich hab' zwei Kinner! Ich will aach leewe!« Und zornig stieß sie das frischgefüllte Glas vor ihm auf den Tisch.

Der Fabrikarbeiter drüben lachte. »Schänne Se norr!« sagte er. »Sell dhut em gut! Der meint, er könnt' hier kummandiere!«

»O du Vieh!« sprach der Ölmüller gleichmütig in seinem rauhen Baß.

»Selbschst e Vieh!« erwiderte der andere ebenso gelassen, und es trat Frieden ein.

»Ich mein' als!« brach der Jäger bald wieder das Schweigen und zündete sich eine neue Zigarre an. »Ihr Soze hocket sonst unne in der Kron'! Der Kronenwirt hält's ja mit euch!«

»Jo. Do hocke mer sonscht!«

»Jetzt, warum sitzt ihr heut hier?!«

»M'r werre doch noch sitze derfe!« Sein Widersacher aus der Fabrik wurde etwas erregt. »Horcht 'mol, ihr Männer! Der will mir sage, was ich tun und lassen soll, wo ich sitze derfe soll! Steig mir den Buckel 'nuff ... du ... du ... Knecht du! Jo ... e Knecht bischt du! Wenn dir der Graf oowe pfeift, no mußt du schpringe, wie wann ich mei'm Hund, dem Mélac, pfeife tu'!«

Der schwarze Jäger fuhr mit einem wilden Aufblitzen der Augen empor. Aber der Gendarm hielt ihn am Rockärmel zurück. »Loß ihn bawwele«, sprach er tröstend und halblaut. »So e Mannemer Schlossergesell hat kei' Bildung.«

Der Jäger trank mißmutig einen großen Schluck und lehnte sich, anscheinend gelangweilt die Rauchringel seiner Zigarre verfolgend, zurück. Aber unerwartet nahm der Forellenfischer den Streit wieder auf, da er seinen Zorn wegen der schädlichen Abwässer der Fabrik auf alles, was mit ihr zusammenhing, auch auf die Arbeiter übertrug.

»Wenn ihr uns uze wollt, ihr Soze,« sagte er drohend, »do seid ihr letz! Laßt euch heimgeige ... Mit eurem Irion!«

»Der Irion gehört durchgeprügelt!« schrie plötzlich der schwäbische Flößerknecht und starrte halbtrunken um sich.

Es war still. Man fürchtete sich vor dem Riesenkerl. Nur der junge Arbeitsmann, der auch zu viel im Kopf hatte, summte leise einen langgedehnten, zitterigen Kehrlaut – das altbekannte »Jockele-spea- ea-ea-earr!« womit man seit uralten Zeiten die Neckarflößer von Tübingen bis Mannheim in sinnlose Wut versetzt.

In der Tat fuhr der lange Schwabe sofort schweigend in die Höhe, klappte mit der in die Hosentasche versenkten Rechten stumm das Messer auf und suchte sich durch die Bank hindurch zu seinem Feind zu drängen. Die anderen hielten die Beine vor. Sechs, acht kräftige Armpaare griffen nach ihm. »Hebet en!« scholl es von allen Seiten. »Er hot 's Messer uff! Hebet en!«

Der Arbeiter war doch blaß geworden und unschlüssig nach der Tür schielend aufgestanden. Aber der Flößer hatte sich schon wieder beruhigt. »Du kannst mir sonst was, du Lausbub!« brummte er und setzte sich schwerfällig wieder neben dem Fischer nieder. Und die kleine erschrockene Wirtin am Bierfaß klagte: »Daß euch die Krott' petz'! Wann ihr schteche wollt, so geht 'naus! Drauße wege meiner! Aber hier is der Herr Schandarm, wenn ihr net Friede gebt!«

»Ja ... wer macht denn die Unruh'!« Der junge Kaltschmidt war aus dem Nebenzimmer getreten und stand, den Pfälzer Stummel im Munde, in straffer Soldatenhaltung da. »Norr ihr, ihr Fawrikler, ihr nichtsnutzige! Aber lost emol: M'r hawwe noch e Kriegerverein hier im Dorf! Und wann ihr's morge so treibt ... beim Fescht ... no setzt's am Aawend blutigi Köpp'! Dafür bin ich euch gut!«

»Oh, du Mischtbauer!« knurrte der andere zwischen den Zähnen und warf das Geld hin. »Ich geh' schun! Wann der Schandarm dohockt und zuhört, wie a jedes das Maul aufmacht und uff einen schlecht schwätzt ... do geh' ich schun!«

Der Gendarm lachte nur. Er kannte schon den derben Verkehr der Odenwälder untereinander und wußte, daß sein Eingreifen die trunkenen Köpfe nur noch mehr erhitzen würde.

Die beiden Arbeiter verließen das Zimmer. Kaltschmidt sah ihnen grimmig nach. »Dees Volk!« brummte er. »Die wolle uns umbringe! Die zünne uns noch das Dach überm Kopp an! Die schlage noch alles kurz und klei' im Dorf … die wolle das Unsrige hawwe … die wolle teile, die Schinnäser! Ihr Leit', ihr Leit', 's wird bees!«

Die anderen lachten schallend über die Befürchtungen des stämmigen jungen Bauern, der noch immer kampfbereit wie ein Stier in der Mitte der Wirtsstube stand und schließlich selbst in die allgemeine Heiterkeit mit einstimmte.

Aus dem Herrenstüble aber drang plötzlich ein feines Stimmchen.

»Gedenkt'r noch uff achtundvierzig, ihr Männer?« sagte das Pilgerle lächelnd und schwenkte den Kopf, daß die weißen Strähnen um das runzelige Gesichtchen flogen. » Mir gedenkt's noch! Do war der Himmel rot vum Feierschein! ›Ha – was is dann los!‹ kreisch' ich do! Und die annere: ›Schpring, Hainer, schpring! Mach hurtig. Die Freischärling sinn do! Do oowe uff'm Schloß verbrenne sie das Rentamt und alle Schuldbabiere! Jetzt wird der Wald unser. Die Hersch' schieße mer tot und das Holz verkaufe mer!‹«

»Pilgerle – halt's Maul!« sprach der Gendarm und tat einen tiefen Schluck.

Aber der kleine Bettler wußte, wie sehr er das Herz seines Gastgebers, des Stabhalters vom Grenzhof, mit der Erinnerung an die Zeit erfreute, wo es den Feinden im Schloß so übel gegangen war. »Kumm 'mal her, du butzigi Krott!« winkte er der halbwüchsigen Wirtstochter und flüsterte mit einem fragendscheuen Blick auf den Bauern zu: »Noch an Quetsch möcht' ich!«

Der alte Kaltschmidt blieb stumm und ernst. Er gab den Freitrunk also zu, und das Mädchen brachte in einem kleinen Weinglas den wasserhellen Schnaps.

»Jo … achtundverzig, Leutcher!« fuhr das Pilgerle gesprächig fort. »Piff! paff! is es do gegange in den Wäldern. Da war kei' Schonzeit! Do hawwe se gekrische: ›Es le-be die Re-pu-blik!‹ den ganzen Tag und die halwi Nacht. Da hawwe awwer die oowe im Schloß Ängst gekricht und sinn in ihrer Chais' die Schosseh 'lang gefahre … uff Heidelberg. Ich haww' den alte Grafe – den Großvatter vum jetzige – selbst gesehn! ›Gell, Alterle, do guckschte?‹ haww' ich ihm nachgekrische.«

Zuhörer lachten. Das Pilgerle, dem der ungewohnte Alkohol zu Kopf gestiegen war, fühlte sich sehr geschmeichelt durch die allgemeine Aufmerksamkeit.

»… Bis dann die Preuße kumme sinn!« sprach er nachdenklich. »Do hot's geschellt! Wann die Preuße kumme, hot's alleweil geschellt! Die Preuße hawwe hier nix verlore … aber wann's so weit is, kumme se doch! Do badd' nix, ihr Männer. Sie kumme halt und sinn do. Und oowe im Wald hawwe die Freischärling gehockt und hawwe geschosse … und unne hawwe die Preuße geschtande und hawwe geschosse … Und einer hot dagelege – e feiner Herr – e Offizier, den hot's gepackt, gerad' vum Peerd hot's ihn gerisse! Jetzt do sein die Preuße wild geworde und den Berg 'ruff und ›Hurra! Hurra!‹ hawwe se in einem fort gekrische. Und der feine Herr is uffgeschtande und mitgeloffe und war doch voll Blut! Jetzt – do sinn die Freischärling weg! Dees is lang her! … Ich mein' als!« schloß er und leerte wehmütig sein Glas. »Die Freischärling kumme net wieder! Das Rentamt hawwe sie aach bald wieder uffgebaut, und die Grafe sinn wiedergekumme! Dees war gerad', als wenn nix gewese wär'!«

Er brach ab. Es war einen Augenblick still. Dann wandte der junge Kaltschmidt ärgerlich den Kopf nach dem Bettler. Ihn, den Soldaten und Vorstand des Kriegervereins, ärgerte das Geschwätz zu Gunsten der Rebellen.

»Leg dich schlaafe, Pilgerle!« sagte er scharf und furchte die Stirne. »Du hoscht genug für heut!«

»Jo – die Freischärling!« fing das Pilgerle wieder an und lächelte traumverloren in sein leeres Glas. Aber jetzt wurde der andere zornig.

»Geh ham! sag' ich, du bist ja schon doddelig im Kopf! Do geht der Herr Kaplan die Trepp' nuff! wann der dich hört … mit deine Freischärling …«

Der Bettelmann stand zaghaft auf. In der Tat – da ging Paulus Eberle, von einem Krankenbesuch bei der Frau Irion kommend, rasch durch den Hausflur und zum oberen Stockwerk empor,
wo er seit dem Brande des katholischen Pfarrhauses wohnte.

»Gute Nacht, ihr Leut’«, sagte das Pilgerle, demütig und steckte ein Stück Handkäs in den
Rock, um ihn seinem Weiblein mitzubringen, »Vergelt’s Ihne Gott, Herr Kaltschmidt.«

Der alte Stabhalter erhob sich ebenfalls, ohne ein Wort zu sagen. Mit ihm auch der Gendarm. Die Wirtin verstand den Wink. »Feieraawend, ihr Leut’!« sagte die zarte kleine Person
mit großer Bestimmtheit. »Es is zwölf Uhr vorbei!«

Während die Männer, umständlich zahlend, in Gruppen dastanden, ergriff der junge Kaltschmidt noch einmal das Wort. »Weil der Simpel do, das Pilgerle, so dumm daher geschwätzt
hot,« sprach er laut, wie er es in seinem Kriegerverein gewohnt war, »... so will ich eins sage:
Nach achteverzig kummt e Johr, und dees heißt siebzig. Und dees is unser Johr! An siebzig und
einundsiebzig müsse mir uns halte, ihr Männer! Sell is ’s beschte Johr, wo’s für uns gegewwe
hot! Und wenn dann ’s Pilgerle in seiner Doddlichkeit dees recht heißt, wammer ’s Rentamt
anbrennt und uff die Soldate schießt, so hawwe auch die Soze recht, die’s gerad’ so mache täte,
wann sie norr könnte – wann mir net wäre, die treue, deutsche Leut’! Schloß oder Fawrik ...
dees is do g’hupft wie geschprunge! Es kummt uff eens ’raus: Wedder die Oowrigkeit! Und die
Oowrigkeit gehört sich! Die is von Gott und Rechts wegen!«

»Alleweil hoscht du recht!« sagte der alte Stabhalter nachdenklich zu seinem Sohn, warf einen
Blick auf den Gasttisch, als ärgerten ihn die beiden dem Pilgerle bezahlten Freischnäpse, und
trat mit den anderen Männern in die Nacht hinaus.

XI

Die Schritte der Bauern verhallten, das Haus ward still und dunkel. Nur aus dem oberen Stockwerk glänzten noch zwei hell erleuchtete Scheiben in die Nacht hinaus.

Da brannte die Studierlampe wie sonst. Mikroskopische Präparate, wissenschaftliche Werke lagen zum gewohnten Gebrauch bereit. Von außen klang einschläfernd wie immer das in diesen Frühlingstagen vertraut gewordene Rauschen des Regens, sein Glucksen und Tröpfeln in den Dachkandeln – zuweilen das Aufkläffen eines Dorfköters – dann wieder ringsum Schweigen und Schlaf.

Einsamkeit. Tiefste Einsamkeit. Und doch fand er nicht die Ruhe zur Arbeit. Vielleicht war es der Sturm draußen, dies ungebärdige, sich stoßweise erneuernde Gebrülle und Gewieher, dieser Frühlingsdonner, der rastlos auf triefenden Regenschwingen über die Berge heranrollte, unsichtbar und doch alles mit seinem warmen, feuchten Atem durchdringend – vielleicht weckte das in ihm ein gleiches Gefühl unruhig suchender Kraft, als ob man die Schultern ausrecken und die Fäuste ballen und seinem Feind zu Leibe gehen müsse.

Es lag etwas Geheimnisvolles in diesen stürmenden Stimmen der Nacht. Sie ließen das Herz hämmern und das Blut rascher kreisen. Sie kündeten da draußen in ihren langhallenden Fanfaren das große Wunder an, dem sie vorausflogen – den Frühling, das Licht, das Leben.

Das wirkliche Leben! Das neue, große, das, was man bisher nur ahnt, kaum hofft. So unglaublich, so undenkbar erscheint es einem selbst.

Wieder schob er ungeduldig das Mikroskop von sich, trat zum Fenster und schaute in das rauschende Dunkel hinaus.

Unten auf der Dorfstraße tappten leise Schritte. »Er is drinne bei'er!« flüsterte die wuterstickte Stimme eines Bauernburschen, und ein dicker Knüttel bewegte sich unheildrohend in der Luft. »Er is drin bei der Kättche. Jetzt norr gleich uff'en, wenn er 'rauswitscht! Norr gleich zugeschlage!« Die beiden Kerle bogen, sich rachgierig auf den Fußspitzen wiegend, um die Ecke. Aber es war zu spät. Eine dunkle Gestalt löste sich katzengewandt von der Mauer jenes Hauses, in dem das Kättche zu wohnen schien, schaute einen Augenblick scheu um sich und verschwand dann in lautlosen langen Sprüngen in der Nacht.

Der Arzt oben lachte in seinen Bart. Es war doch immer und überall das gleiche Spiel. Der eine will ein Weib, der andere will es auch, und die beiden streiten, und der bessere Mann gewinnt. Das war ewig so und blieb so. Der Kampf ums Dasein, der Lauf der Welt im großen und im kleinen.

Was war überhaupt groß und klein? An sich sind alle Dinge gleich. Das wußte er, der Forscher, dem sich unter dem Mikroskop in kaum faßbar winziger Gestalt das Geheimnis des Lebens und Sterbens auf der ganzen Erde enthüllte. Die Erde war an sich nicht größer als dieses Dorf hier, dieses winzige, nach außen scheinbar so einfache, in Wirklichkeit hundertfach gegliederte und verästelte, von hunderterlei Empfindungen zerklüftete Reich. Und wenn hier einer des anderen Weib begehrte, so lag das eben auch im ewigen gleichbleibenden Werdegang der Welt, in der seit Anbeginn dieselben Leidenschaften, dieselben Kämpfe und Schmerzen sich rastlos erneuern.

Draußen in dem düsteren Geriesel, das die Erde verbarg, die Sterne unter Wolkenflor verhüllte, stand ein einziger rötlicher Punkt still in dem Dunkel. Es war ein matt erhelltes Fenster des Schlosses.

Jeden Abend blinkte es bis spät in die Nacht zu Tal. Lange hatte er sich eingeredet, daß dahinter ein qualmendes Lämpchen die malerische Unordnung einer Kutscherstube beleuchtete oder ein Diener da gähnend saß und die Stiefel putzte, ehe er sich schnarchend zur Ruhe legte. Aber dann hatte er einmal im Dämmergrauen, als die Umrisse des Schlosses noch sichtbar waren, die Fensterreihe bis zu dem rötlichen Schimmer gezählt, und seitdem wußte er, daß das Licht aus den Zimmern Weras kam.

Dort saß sie jetzt am Bett ihres kranken Kindes. Oder sie las, den Kopf auf die Hand gestützt, in den Büchern, die er ihr erschlossen. Oder sie träumte und dachte an ihn…

»Esel!« sagte er halblaut zu sich und trat ärgerlich vom Fenster zurück. Er kam sich sehr dumm vor als nächtlicher Toggenburg. Ein Kerl wie er! Er mußte zornig lachen. Das Mondscheingeseufze mochten nervöse Menschen treiben. Ein Mann wartet ruhig und handelt, wenn es an der Zeit ist, und bleibt bis dahin im Besitz seiner fünf Sinne.

Er setzte sich an den Tisch, strich sich durch den Bart und griff nach dem Zwicker. Bald furchte sich seine Stirne. Die Gedankenarbeit da innen begann. Er versank in seine Studien.

Nebenan tönten rastlos leise Schritte. Paulus Eberle, den Kaplan, floh der Schlaf.

Immer wieder ging er auf und ab. Zuweilen blieb er stehen und starrte zu Boden. Dann setzte er seine Wanderung fort – hin und her durch die stille Nacht.

Und es war ihm, als wehte um ihn her ein feiner unbestimmter Duft – der Atem von Veilchen, wie er heute morgen über der Türschwelle des Pilgerle geschwebt, als er dort mit der Gräfin zusammengetroffen war.

Den ganzen Abend hatte man beim Fabrikanten, nachdem der Doktor sich so brüsk empfohlen, von ihr gesprochen. Der Widerhall all dieser Reden, die er schweigend und verstört, mit gesenkten Wimpern angehört, klang stürmisch in ihm nach.

Wie oft hatte er im Beichtstuhl zahnlose Weibchen und verwitterte Bäuerlein vor der Sünde gewarnt, noch strenger manche dralle Dirne, die auf den Knien liegend tief errötete, wenn von nebenan die Baßstimme des jungen geistlichen Herrn zürnend in ihr Ohr grollte, und weinend gelobte, es nie wieder tun zu wollen. Wie greulich hatte er ihr die Sünde ausgemalt, die giftige Schlange im Paradies, den Fallstrick des Teufels auf dem Wege zur Hölle, bis der Schuldigen die Tränen stromweise über die roten Backen liefen. Und nun?

Nun war die Versuchung über ihm! Nun kannte er sie erst, wie sie verlangend und lockend durch den jugendstarken Leib, das junge Herz des Bauernpriesters wütete. Die Fäuste geballt, schlich er ruhelos, mit irren Blicken auf und ab und sann und sann.

Rings um ihn im Dorfe wohnte alles in Familien. Die Familie war das Selbstverständliche. So gut wie der Bauer heiratete der Kaiser und hatte Kinder. Und von Missionsbrüdern hatte er gehört, daß auch die schwarzen, braunen und gelben Menschen mit Weib und Kind in Gemeinschaft lebten. Die Tiere selbst schlugen sich in Rudeln zusammen. Es war ein Gesetz der Natur, daß kein Wesen einsam sei auf der Welt.

Und wer es noch war, der konnte bald, wenn er nur wollte, seine Lebensgefährtin finden. Es gab nur einen Einsamen hier im Dorfe, nur einen in jedem anderen Dorfe. Das war er – das war der römische Priester seit jenem Tage, da Gregor die Diener seines Gottes vom Weibe geschieden.

Bisher wußte er das nicht anders. Er hatte wenig darüber nachgedacht. Jetzt plötzlich stieg in ihm ein ahnendes Grauen vor der Größe des Opfers auf, das er, noch ein halbes Kind, mit leichtem Herzen dargebracht. Dieses Opfer ließ sich nur an der Versuchung messen. Und die Versuchung war da.

Das Weib ist die Sünde. So steht's geschrieben. Aber wenn er an die eigene Familie dachte, die er vor vielen, vielen Jahren verlassen, wenn er hier eine glückliche Familie sah – Vater, Mutter, strahlende Kinderaugen, helles Kinderlachen – diese ganze, einfältig- reine Welt, sie stammte doch vom Weibe ..

Und von da oben grüßte ihn wieder das Weib aus dem Bilde über seinem Schreibtisch. Jungfräulich lächelnd, in mütterlicher Schönheit sah da die Madonna auf ihn nieder. Er blieb vor ihr stehen. Seine Augen wurden feucht. Eine tiefe, trostlose Traurigkeit erfaßte ihn. Plötzlich sah er sein wirkliches Leben vor sich – die furchtbare Einsamkeit bis zum Tode. Ein Leben ohne Liebe, ohne ein Herz, das mit uns weint, ohne eine Hand, die treu und dankbar die des Sterbenden bis zur letzten Stunde hält. Und jetzt ward es ihm klar, was er eigentlich getan, als er damals, als Kind auf dem Knie des Vaters reitend, auf dessen Frage, was er werden wolle, gerufen hatte: »E geischtlicher Herr!«

Er fiel vor dem Madonnenbilde nieder und faltete krampfhaft die Hände. So blieb er liegen, den Kopf gegen das Rohrgeflecht eines Stuhles gepreßt. Ein ersticktes Schluchzen erschütterte unter dem Priestergewand seinen Leib.

Nebenan rückte ein Stuhl. »Was hast du denn nur heute nacht, Kaplan?« fragte die barsche Stimme des Arztes herüber.

Es kam keine Antwort.

»Zum Kuckuck, Hochwürden! So red' doch. Bist du krank?«

Der Geistliche stand auf und schlich langsam zur Türe. »Krank bin ich nicht, Doktor.«

»Also was fehlt dir denn, daß du heute gar keine Ruh' gibst?«

»Das ... das kann ich dir nicht sagen ...!«

Eine Weile schwiegen alle zwei. Die beiden bebrillten Bauernsöhne kannten sich zu genau. Von ihrer Hirtenbubenzeit bis zu dieser Nacht, wo sie allein, zwei Mönche der Wissenschaft und des Glaubens, im Dorfe wachten und beide bei Mikroskop und Brevier dieselbe Anfechtung durchstritten: das Weib war in ihrem Leben!

Draußen brauste der Sturm, daß die Scheiben leise klirrten und das Licht auf dem Tische flackerte.

»Geh' schlafen, Hochwürden!« rief der Doktor endlich gegen die geschlossene Türe.

»Ich kann nicht.«

»Warum denn nicht?«

»Ich muß an etwas denken ... das läßt mir keine Ruhe.«

Der nebenan lachte. »Das Denken ist meine Sache – drum sitz' ich da und studiere! Du, Hochwürden, bist zum Glauben auf der Welt. Das ist viel bequemer, das kann man auch im Schlafe.«

»Ach, schwätz' nicht, Doktor. Weil du Leichen zerschneidest, weißt du noch lange nicht, wie's in einem lebendigen Menschen aussieht ... in der Seele, mein' ich. Wer kann denn gegen die Gedanken, die über einen kommen?«

»Selber kann man! Das sollt' so ein frommer Hochwürden doch wissen. Man kann, was man will! Ich wenigstens. Schau – ich hab' auch was im Kopfe – vielleicht mehr wie du. Aber ich druck's vorderhand nieder und beschäftige mich väterlich mit meinen Bazillen. Rumlaufen und denken ist überhaupt Unsinn! Handeln muß der Mensch – oder leiden, je nachdem.«

»Da hast du freilich recht!« sagte der Priester, nebenan leise.

»Und ich bin mehr fürs Handeln!« fuhr der Arzt hinter der Türe fort. »Herzhaft zupacken im rechten Moment, ohne viel Kopfzerbrechen vorher. Du – im Vertrauen – ich wär' heillos froh, wenn's wirklich 'mal dazu käme ... du kannst dir schon ungefähr denken, zu was! Ich spür', seit's Frühjahr wird, so eine unbändige Lust in mir, mit euch und der ganzen Welt zu raufen! Und nun schlaf' endlich, ich hab' zu tun.«

Er warf noch einen Blick durch die Fenster nach dem kleinen rötlichen Lichtschein hoch am Himmel. Dann runzelte er die Stirne und schob mit tiefem Ernst ein neues Glasplättchen unter das Mikroskop.

XII

Das rote Licht oben erlosch nicht, Stunde um Stunde war schon die Nacht dahingerollt und immer noch beschien die Lampe auf dem Tische das aufgeschlagene Buch, in dem Wera, den Kopf auf die hohle Hand gestützt und zuweilen die Lippen leise bewegend, las. Aber sie war nicht bei der Sache. Ihre Augen blickten oft verträumt in das Dunkel hinaus und schlossen sich dann ermüdet im Halbschlafs eines Menschen, der keine Ruhe finden kann.

Da knarrte leise die Türe. Sie wandte sich um, mehr erstaunt als erschrocken. »Du bist noch auf?« fragte sie langsam.

»Ja.« Ihr Mann blieb am Eingang stehen. »Es ist freilich schon spät ... aber ich fühle es ... ich kann mich nicht legen ... ich bin so in Sorge, wie es dem Kleinen geht.«

»Immer gleich. Nicht besser, aber gottlob auch nicht schlechter. Jetzt schläft er – freilich unruhig.«

»Ich möchte ihn gern sehen.«

Sie erhob sich und ergriff die Lampe. Auf den Fußspitzen, mit angehaltenem Atem, traten sie nebeneinander in den anstoßenden Raum, wo im Schatten der Vorhänge des Bettchens undeutlich ein goldenes Lockengewirr schimmerte und eine kleine geballte Faust sich unstet auf der Decke hin und her bewegte. Dann ein kurzes tiefes Seufzen, und alles war wieder ruhig.

Die beiden Gatten blieben stumm. Eine Sekunde kreuzten sich ihre Blicke verstohlen über dem Lager des Kleinen und schweiften sofort wieder zur Seite. Und beide empfanden zu gleicher Zeit dasselbe: dies zarte gebrechliche Wesen, das da schweratmend zwischen ihnen schlummerte, das war das einzige, was ihnen noch gemeinsam war, das letzte schwache Band, das zwei einander innerlich längst fremde Menschen noch zusammenhielt.

Lautlos, wie sie gekommen, schlichen sie wieder hinaus. Draußen im Nebengemach blieb der Graf unschlüssig stehen.

Sie setzte sich und schaute ihn an. Die stumme Frage: »Nun – was noch?« lag in ihren Augen.

»Ich habe mit dir zu reden!« stieß er plötzlich hervor, weit entschlossener und lebhafter, als es sonst seine Art war.

»Jetzt?«

»Ja« – jetzt gleich!«

»Das hätte doch wahrhaftig auch schon bei Tage geschehen können.«

»Nein, so lange deine Eltern da waren, ging es nicht. Besonders weil auch dein Vater viel mit mir zu besprechen hatte. Das, was er mir sagte, hab' ich mir, wie sie wegfuhren, überlegt und dann auch die Meinung der alten Herren eingeholt – und auch darüber wieder nachgedacht. Und so ist es eben Nacht geworden.«

Sie lehnte den Kopf zurück und senkte halb die Wimpern. »Also gut,« sagte sie. »Ich höre. Um was handelt es sich?«

»Um unsere Ehe ... klipp und klar um unsere Ehe! Es muß anders werden, so geht das nicht weiter mit unserer Ehe!«

Sie zuckte die Achseln. »Wenn du das Ehe nennst,« sagte sie müde, »wie wir zwei nebeneinander hergehen ...«

Er stand dicht neben ihr. »Freilich,« murmelte er. »Wenn ich daran denke, wie das anders war vor fünf Jahren ... was ich mir da alles gehofft und vorgestellt hab' – und nun nichts, so rein gar nichts, außer Wulfi da drinnen – zwischen uns alles so fremd ... so kalt ... ich weiß ja nicht, wie du dir das alles gedacht hast, damals, als du mir ›Ja‹ gesagt hast, aber ...«

»Ich habe gar nichts gedacht. Das Denken hat man mir in dem belgischen Kloster abgewöhnt! Das kommt jetzt erst allmählich wieder. Ich hab' damals ›Ja‹ gesagt, weil meine Eltern es wollten und weil ich mich zu Hause zu Tode langweilte und anfangen wollte, zu leben. Was für ein Leben ... ja, wenn ich das gewußt hätte ...«

Er ging auf und ab und nagte nach seiner Gewohnheit unruhig an dem kleinen blonden Schnurrbart. »Wie wolltest du denn leben?« fragte er endlich.

»Darüber hab' ich mir keine Gedanken gemacht. Ich habe mir gedacht: das ist Sache des Mannes, uns das Leben zu erschließen, denn er kennt es und wir nicht. An die langen Jahre hier in dem feuchten Gemäuer hab' ich freilich nicht gedacht, in einer Einsamkeit, wo Fuchs und Wolf einander ›gute Nacht‹ sagen. Sonst hätte ich meinen Fuß, weiß Gott, nicht über die Schwelle gesetzt.«

»Also mehr reisen hättest du wollen?« forschte er rasch, beinahe lauernd. »Mehr sehen und erleben?«

Sie schüttelte den Ropf. »Weißt du: das Beste, das Eigentliche erlebt man doch innerlich. Du hast mich nichts erleben lassen, nicht das Geringste. Du bist mir nichts gewesen: kein Freund, kein Erzieher – nichts, was ich so dringend gebraucht hätte. Ich hab' alles versucht, um bei dir anzuklopfen und irgendwie einen Widerhall zu finden. Umsonst! Du warst stumm und taub. Da bin ich schließlich auch stumm geworden, und wir haben gewissermaßen schattenhaft miteinander gelebt, zwei Menschen, die zu einer bestimmten Stunde zusammen zu Mittag essen und spazieren fahren und sich über die Entlassung eines Dieners oder den Ankauf einer neuen Equipage unterhalten und sich dabei einreden wollen, sie seien verheiratet. Eine unnütze Komödie! Wir machen uns ja doch nichts vor, wir beide. Wir haben uns genügend kennen gelernt in diesen fünf Jahren freiwilliger Gefangenschaft hier in diesem Waldwinkel und wissen genau, daß wir einander nichts zu sagen haben und uns nur in einem Punkt verstehen – in unserem Kind. Schließlich können wir ja nichts dafür – weder du noch ich. Wir sind eben zu verschieden!«

»Nun gut.« Er ging rasch, wie mit einem Entschlusse ringend, auf und ab. »Diese Zeit liegt hinter uns, mag sie verloren sein. Ich geb' es zu – ich seh' es jetzt ein: es war nicht recht von mir, dich in dieser ländlichen Stille festzuhalten, wo ich mich sehr wohl und ruhig fühlte, während du ...du wärst eben lieber, wie du sagst, draußen in der Welt gewesen ...unter Menschen...«

»Irgendwo, wo's nicht ewig regnet!« sagte sie melancholisch. »Hier regnet's nun wieder seit vier Wochen, und vorher hat's geschneit. Und an menschlichen Gesichtern kriegt man nur die Ahnenbilder zu sehen und die traurigen, kranken, alten Herren. Und draußen stürmt's, und die Käuzchen schreien und die Köter kläffen im Hof, und innen kriegt man die Zimmer kaum warm und wickelt sich in einen Mantel und friert den lieben langen Tag und gähnt. Ja, du fühlst dich ja ganz wohl dabei – aber ich! Jetzt ist's ja Gold gegen früher. Jetzt habe ich mir eine Tätigkeit geschaffen und komme mir nicht mehr so ganz unnütz und gottverlassen vor – früher aber, da hab' ich mich oft vor Sehnsucht verzehrt nach einem Lande, wo der Himmel blau ist und die Leute lachen und ein bißchen Leben und Farbe und Heiterkeit in der Welt ist.«

»Also sagen wir Italien!« unterbrach er sie. »Warum sollen wir nicht nach Italien gehen?«

Sie sah ihn betroffen, halb ungläubig an.

»Warum sollen wir nicht nachholen, was wir versäumt haben?« fuhr er fort, »Wir beide sind ja noch jung. Wir bringen das zehnfach wieder ein, wenn wir nur wollen. Jetzt will ich. Dein Vater hat ganz recht. Er hat mir heute nachmittag ernstlich ins Gewissen geredet, stundenlang: Ich hätte kein Recht, nur an mich zu denken und mich hier der Träumerei hinzugeben, bloß weil ich solch ein behagliches Leben liebe. Ich müsse mich einmal aufrappeln! Gehörig! Mich einmal auslüften da draußen! Da wird man ein anderer Mensch!«

»Ich glaube nicht, daß ein Mensch anders wird. Er ist, wie er ist!«

»Sagst du nicht selbst, du hättest dich in letzter Zeit ganz verändert? Und sieht das nicht jeder im Schloß? Nun also! Vielleicht glückt das auch bei mir durch eine Reise. Natürlich mit dir zusammen! Am besten nach Italien.«

»Und wann soll das sein?«

»Jetzt gleich. Jetzt ist die beste Zeit. In ein paar Tagen können wir so weit sein.«

»Und wie lange denkst du, daß wir wegbleiben?« Er blieb stehen und holte Atem. »Ich will den Kasten hier zusperren!« stieß er dann hervor, ohne sie anzusehen. »Überhaupt! Einfach zusperren! Wenigstens für ein paar Jahre!«

»Das heißt ...wir sollen überhaupt nicht mehr hierher zurück?«

»Nein! Die alten Herren mögen hier wohnen bleiben, wenn es ihnen gefällt. Aber dir bekommt die Einsamkeit hier nicht und Wulfi noch weniger der Aufenthalt in den feuchten alten Mauern. Ewig kränkelt er und machst du mir ein unglückliches Gesicht. Ich bin es euch schuldig, euch herauszunehmen und in gesundere Verhältnisse zu bringen. Es ist kein leichtes Opfer für mich. Ich bin hier aufgewachsen, ich habe hier meine Eltern begraben – ich kenne seit meiner Kinderzeit hier jeden Stein und Strauch und dachte, hier in aller Stille so hinzuleben. Aber es geht nicht. Ich sehe es jetzt, nach den Worten deines Vaters ein, daß die Rücksicht auf euch vorgeht. Ich bin es euch schuldig, daß wir einen raschen Entschluß fassen und unsere Koffer packen…«

»Von einem Tag zum anderen?« Durch ihre Stimme klang immer noch das fassungslose, allmählich sich in Schrecken verwandelnde Erstaunen. »Das hältst du doch selbst nicht für möglich, daß wir mit einem Schlag unseren ganzen Hausstand auflösen, alles, wie es seit fünf Jahren war, auf den Kopf stellen und einfach in die Fremde hinausvagabundieren?«

»Warum denn nicht? Du hast ja selbst vorhin und wie oft schon früher gesagt, daß das immer dein Wunsch gewesen ist! Jetzt wollen wir ihn uns erfüllen. Komfort findet man heutzutage überall. Mehr wie hier im Schloß. Elise nehmen wir natürlich mit, schon Wulfis wegen, und Wegmann auch und vielleicht noch deine Kammerjungfer. Und dann fahren wir nach Rom. Bis dahin ist der Onkel auch wieder dort im Vatikan und macht uns die Honneurs…«

»Und dann?«

»Dann sehen wir uns inzwischen nach einem Unterschlupf um – einer Gegend, die für Wulfi gesund ist und mitten im Verkehr liegt. Man kann ja überall in Italien so leicht und billig herrschaftliche Besitzungen mieten. Eine Villa am Lago Maggiore etwa! Denke dir nur! Oder bei Florenz! Und ist es da im Sommer zu heiß, so gehen wir in das Engadin oder an die See. Wir sind ja an nichts gebunden. Wir können leben, wo es uns gefällt, – wie es uns gefällt, und werden uns wahrhaftig nicht hierher zurücksehnen!«

»Also hierher – das steht bei dir fest – sollen wir unter keinen Umständen zurück? Auch nicht für die Sommermonate?«

»Nein, wenn wir hier schon alles auflösen, können wir nicht wieder für kurze Zeit den Hausstand einrichten! Und überhaupt: wenn wir uns schon entschließen, der Heimat für eine Reihe von Jahren den Rücken zu drehen, so müssen wir auch dabei bleiben! Unverbrüchlich! Unter allen Umständen! Darauf bestehe ich!«

Sie war aufgestanden. Ihr Gesicht hatte sich verfärbt.

»Das Ganze hat dir also Papa eingegeben?« fragte sie langsam.

»Das heißt … die Idee ist von ihm. Im übrigen habe ich natürlich…«

»Alles ist von ihm! Durch deine Stimme höre ich förmlich seine Worte. Seine Art zu sprechen sogar. Seinen Tonfall. Du redest ja ganz anders wie sonst, mit einer ganz fremden energischen Stimme. O, Papa ist klug! Er hat deine Aufgabe gut mit dir durchgegangen, und du hast sie mir auch ohne Stocken aufgesagt. Ganz wie er es wollte und es sich zurechtgelegt hat!«

»Das verstehe ich nicht! Ich komme und erkläre dir, daß wir unseren Wohnsitz ändern wollen…«

»Ohne mich nur vorher zu fragen…«

»Du hast dir es ja selbst oft genug gewünscht!«

»Ja – früher.«

»Und im übrigen« – seine Stimme klang unsicher, aber doch versteckt drohend – »ist es das Recht des Mannes, den Wohnsitz zu bestimmen. Die Frau hat ihm dahin zu folgen. Nach dem Gesetz.«

»Ach so!« sagte sie halblaut. »Jetzt weiß ich schon…«

»Und wenn eine Frau das nicht tun sollte,« fuhr er fort, »…ohne zwingende Veranlassung … wo sie im Gegenteil oft selbst darum gebeten hat, von hier wegzukommen … und nun – ich setze nur den Fall – nun würde sie sich plötzlich weigern, so müßte man andere Gründe dahinter vermuten … Gründe … die … nun, du verstehst mich…«

»Ja.« Sie war ganz ruhig geworden. »Also damit hast du nun Papas Trumpf ausgespielt. Ich sah ihn schon lange kommen. Er hat es sich gut ausgedacht. O, Papa ist wirklich klug. Aber man kann auch zu klug sein.«

»Wieso? Das begreife ich nicht?«

»Indem man so ganz plötzlich Entscheidungen herbeiführt, die ein ganzes Leben beeinflussen!«

»Eine Reise nach Italien ist doch keine solche Riesensache!«

»Wir wollen doch kein Versteckens spielen!« sagte sie. »Wir sind doch zwei erwachsene Menschen und können die Dinge beim rechten Namen nennen. Jahrelang habt ihr mich hier ruhig sitzen lassen und euch blutwenig darum gekümmert, ob ich hier in der Einsamkeit halb zugrunde ging oder nicht. Endlich finde ich eine Erlösung von der Einsamkeit. Ich finde durch einen glücklichen Zufall in dem Doktor einen Menschen, der mich wieder aufrichtet, der mir auf den rechten Weg hilft und etwas aus mir macht. Und kaum atme ich auf und fange an, wieder ein bißchen Lebensmut und Hoffnung zu schöpfen, so heißt es: ›Rasch die Koffer gepackt und fort. Sage dem einzigen Freund, den du Zeit deines Lebens gefunden hast, für lange Jahre, vielleicht für immer adieu und reise hinaus in die Welt, wo wir uns natürlich in kurzer Zeit in einem neuen modrigen Winkel verkriechen werden!‹ Dahin treibt es euch ja instinktiv, wie die Eulen in ihren Turm. Ob der am Lago Maggiore steht oder im Odenwald – das ist genau das Nämliche.«

»Wenn du schon den Namen des Doktors nennst« – ihr Mann bewahrte heute in ungewohnter Weise seine feste Haltung – »gut. Es geschieht seinetwegen, oder mehr noch meinetwegen! Dein Vater hat mir heute recht schonungslose Worte gesagt und mir die Augen gründlich geöffnet: Ich bin mir das schuldig! Das darf nicht so weitergehen! Das macht mich lächerlich. Das muß ein Ende haben! verstehst du – das muß!«

»Das alles hat dir Papa gesagt?« Sie setzte sich wieder und legte den Kopf zurück. »Papa ... immer wieder Papa ... Du bist sein Sprachrohr ... freilich wohl ... er kennt mich. Besser wie du, wenn du auch heute sein gelehriger Schüler bist. Aber er kennt mich, wie ich war! Nicht, wie ich jetzt bin. Das ist das Unglück!«

»Ein Unglück wäre es nur, wenn du dich unseren Bitten und unserem Rat unzugänglich erweisen würdest und ...«

Sie hob rasch den Ropf. »Also das ist euer unumstößlicher Entschluß, diese ... diese Flucht vor dem Doktor unten?«

»Von Flucht ist nicht die Rede. Ich nehme dich einfach mit auf die Reise ...«

»Wie man ein kleines Kind vom Feuer wegholt, damit es sich nicht verbrennt! Eben! Das nenne ich eben die Flucht! Wie demütigend und erniedrigend das für mich ist, das ahnst du wohl gar nicht?«

»Derlei liegt mir völlig ferne! Ich tue nur, was wir alle für meine Pflicht halten!«

»Und bei dieser Reise bleibt es?«

»Ganz gewiß!«

Sie sah ihn fest an. »Du weißt, daß das eine Wendung in unserer ganzen bisherigen Ehe bedeutet, indem du plötzlich alle deine Rechte – ich möchte sagen als Herr und Gebieter geltend machst?«

»Ja. Das muß ich! Nach reiflichster Überlegung!«

»Das heißt, nachdem die anderen, vor allem Papa, dir ihren Willen eingeblasen haben! Und du weißt, daß du damit eine Art Entscheidung herbeirufst?«

»Ja! Einen Entschluß, den du eben fassen mußt! Denn bei ruhiger Überlegung wirst du selbst einsehen, daß gar kein anderer Weg bleibt, als von hier wegzuziehen!«

»Möglich!« Sie ließ die Hände sinken und starrte vor sich hin. »Denn wenn ich bleibe ... dann habt ihr uns – den Doktor und mich – ja gerade so weit, wie wir es nicht haben wollten! Papa ist zu klug. Ich hab's schon vorhin gesagt!«

»Also du willigst ein!«

»Ich weiß nicht. Ich muß überlegen. Ich bin ganz betäubt, wenn du da plötzlich lange nach Mitternacht zu mir ins Zimmer kommst und mir Dinge sagst, die mein ganzes Leben ändern ... Geh jetzt! Lasse mich allein!«

Er blieb an der Türe stehen. »Aber ich will Antwort haben!«

»Heute nicht. Jetzt gleich nicht. Das kannst du nicht verlangen!«

»Also wann?«

»Morgen mittag meinetwegen!«

»Gut. Aber es ist ja eigentlich nichts zu überlegen. Unser, ich meine der Familie Entschluß steht fest, und ich möchte dich noch einmal bitten...«

»Gute Nacht!«

Er schwieg betroffen. »Gute Nacht!« sagte er dann mit unsicherer klingender Stimme und ging langsam hinaus. Es war, als ob eine plötzliche Angst in ihm aufgestiegen sei.

Während seine Schritte draußen verhallten, öffnete sie das Fenster. Der Nachtwind wehte warm und wild herein. Wie ein ungestümer Junge tollte er durch das Zimmer, schlug die Blätter des Buches um, ließ die Lampe zittern und die Papiere am Boden hinfliegen und füllte den ganzen Raum mit seinem freien belebenden Hauch.

Sie atmete tief auf. Sie fühlte, wahrend die würzigen Luftwellen ihre Stirne kühlten, wie da drinnen die Erregung schwand. Sie wurde mit einemmal ganz ruhig.

Sie wunderte sich selbst darüber. Vielleicht war es die Ermüdung? Es fiel ihr ein, daß es fast vierundzwanzig Stunden her war, seitdem sie dort oben in den Bergen, über denen noch kaum erkennbar das erste Morgengrauen aufleuchtete, den Schuß auf den Auerhahn abgefeuert und nachher keine Ruhe mehr gefunden hatte.

Aber das war kein körperliches Gefühl. Das kam aus dem Inneren, eine Empfindung des Erlöstseins von dem quälenden Schwanken der letzten Wochen und Monate, ein kaltblütiges Abwarten der Entscheidung, die nun unaufhaltsam, wie da drüben das Morgenlicht, für den kommenden Tag aufstieg.

XIII

Es war kein Regen mehr – es waren Wolkenbrüche, die auf das Dorf niederrauschten. Alle Berge verschwammen in den grauen, strömenden Schleiern, die Wildwasser schossen, ockergelb gefärbt, wie kleine Flüsse in breitem Schwall dahin, und der Forellenbach unten im Tal wälzte trübe, hochgehende Wogen bis weit über seine Ufer.

Darüber hin blies der Sturm. Von Süden kommend, wo er als Föhn die Alpen überschritten, und nun mit seiner letzten Kraft über den Odenwald hin sich tummelnd. Weithin trug er den Pfiff des einlaufenden festlich geschmückten ersten Eisenbahnzuges auf regenfeuchten Schwingen über die Forsten, er warf die am Eingang des Bahnhofes aufgestellte Ehrenpforte mit flüchtigem Ruck in den Schlamm und drückte die qualmende Rauchfahne der Lokomotive platt über die Menschenmenge hin.

Die Versammlung war nichts als ein schwarzes unruhig bewegtes Meer von triefenden Schirmen, unter denen sich die seltsamen, in ihrem Schnitt bis zur Mitte des Jahrhunderts zurückreichenden Zylinderhüte der Hofbauern, die weißen Mullkleider der fröstelnden, an Gesicht und Händen blaurot angelaufenen Ehrenjungfrauen, die Orden und flatternden Schwalbenschwänze der befrackten Würdenträger von auswärts bargen. Nur die Banner der Vereine, der Krieger, Sänger, Turner und Kegler, überragten in bunten, feuchten Falten das Gewimmel der schwarzen Regendächer, und vor ihnen keuchte der mit Moosguirlanden umwundene Leib des Dampfrosses zu den rotgelben Flaggen Badens und der schwarzweißroten des Reichs am Stationsgebäude und an der Fabrik empor, unter der zahlreiche weißgelbe päpstliche Wimpelchen in den Händen der von Ordensfrauen mütterlich geleiteten katholischen Kleinkinderschar durcheinander nickten.

Der Sturm verschlang all die schönen Dank- und Begrüßungsreden, mit denen sich Regierung und Gemeinde, Geistlichkeit und Lehrerschaft, Stationschef und Fabrikbesitzer und viele andere gegenseitig bekomplimentierten, er löste den Chorus der Schuljugend und die Vorträge des Männergesangvereins in eine Reihe ungeahnter Mißklänge auf und riß den reichlich in die Täler niederkrachenden Böllerknall und das Läuten des Kirchleins auf seinen rauschenden Flügeln mit sich fort bis zu dem stumm und finster auf seinem Felsen brütenden Gemäuer des Grafenschlosses.

Innegehalten wurde das Festprogramm trotz des Hundewetters! Immer wieder klang ein gedämpftes Hoch unter dem Schirmwald, schmetterte und fiedelte die Musik ihren naturwüchsigen Tusch, blähten sich oben am Waldrand die Rauchwirbel der Böllerschüsse und klomm ein neuer Herr, ein Blatt Papier in der Hand, die glitschrigen Stufen zur Tribüne hinauf, um eine noch unberücksichtigt gebliebene Respektsperson leben zu lassen.

Allein nicht jeder nahm an der Feier teil! Benedikt Irion, der Maschinenschlosser, lehnte draußen vor dem Dorf barhäuptig und hemdsärmelig an der Schwelle seines Häuschens, eine kurze Pfeife im Mund, und lachte höhnisch vor sich hin. Zwischen ihm und dem Ziegenstall zur Rechten stand ein Gendarm. Sein Genosse befand sich innen unter der niederen Wölbung. Zuweilen kam seine Hand zum Vorschein und reichte ein neues Pack mit Bindfaden zusammengeschnürter Flugblätter heraus, deren schon ein ganzer Stoß im Hausflur aufgeschichtet lag.

»Und als noch welche!« fluchte der Gendarm Eidenmüller, dessen lange Gestalt sich in dem Ziegenstall bedenklich bücken mußte. »Do ... nemme Se!« Er reichte wieder ein paar Hefte heraus. »Selle Hefte kenn' ich! Sie werre ja sehe, Herr Irion, wohin Sie kumme mit Ihrem Babier: ›Still, Kind – die Sozialdemokrate sind im Dorf!‹ Uff dees Flugblatt do sin schon mehr verurteilt! Dees ist verbotte! Dees wisse Sie! So! Jetzt hawwe m'r das Nescht ausgenomme!« Der ehemalige Feldwebel stieg, sich die Stirn trocknend, in den Flur hinaus. »Also doher kummt all das Schandzeug, wo der Schlicksupp und die annere Bürschle des Nachts verteile! Vum Herrn Irion! Ich hab's m'r als gedenkt! Und gut hott er's verschteckelt! Im Pilgerle sein Ziegenstall!«

»Der Pilgerle weiß dadervun nix!« bemerkte der Monteur.

»Dees brauche Se m'r net erscht zu saage, Herr Irion. Dees weiß ich vun alleine, daß der Pilgerle e stiller Mann is, wann'r auch emol von die Freischärling bawwelt! Der wird sich wunnere, wann'r hört, wodruff der Aff do die Zeit üwwer geschlafe hot!«

Er schaute den hinter ihm aus dem Verschlag gekrochenen Trottel an und lachte. Der Dorf-kretin machte ein weinerliches Gesicht. Seine alte Militärmütze saß schief, und der Zigarren-stummel hing erkaltet zwischen den wulstigen Lippen. Er begriff die Bedeutung der Papiere nicht, über denen er aus Stroh und alten Kleiderfetzen sein Nachtlager aufgeschlagen hatte, aber die bunten Uniformen und blitzenden Gewehrläufe der Gendarmen flößten ihm eine un-bestimmte Furcht ein, und plötzlich begann er jämmerlich wie ein kleines Kind zu heulen.

»O sei schtill!« sagte der Eidenmüller unwillig und packte alles zusammen. »Dir dut keiner was, du Simpel! Und Sie, Herr Irion, nehme Sie Rock und Hut und kumme Se mit. Sie sind verhaftet!«

»Aach noch, ihr Leit'!« sprach der Monteur, ohne daß sich etwas in seinem Gesicht bewegte. »Und mei' kranki Fraa da drinne?«

»Bei Ihrer Fraa sinn die Schwestern und der Herr Doktor. Der wird schun nix fehle! Sage Sie ihr, Sie ginge ins Dorf zum Fescht!«

»Ja ... Eier Fescht! Do pfeif' ich druff!« Benedikt Irion machte sich zum Gehen fertig. Der Gedanke, als Märtyrer in die Zeitungen der »Genossen« zu kommen, schien ihm einen Augen-blick zu schmeicheln. Aber dann wurde er wieder nachdenklich und sah nach der Türe des Krankenzimmers.

»Vorwärts! Vorwärts!« drängte der Gendarm. »Ich muß Sie einliefere! Vielleicht, daß Sie in der Schtadt gleich wieder frei gelosse werre. Dees weiß ich net!«

»Und wann mich die Herre net frei losse?«

»No bleiwe Sie in Unnersuchungshaft! Ha, was denke Sie denn eigentlich, Herr Irion? Ihr Rote meint, es mißt' schun alles nach eurem Kopf gehe! Die Leit' verhetze, Unfriede schtifte in der Gemeind', dees verlog'ne Zeug da, dees verbottene, den dummen Fabrikbuwe in die Hand drücke – dees könnt'r! No wolle mir 'mal zeige, was mir könne! Vorwärts, Herr Irion! Oder wolle Sie noch emol zu Ihrer Fraa?«

Der Monteur schüttelte den Kopf. »Ich geh' schon!« sagte er gelassen, klopfte seine Pfeife aus und schritt, ein fanatisches Lächeln auf dem intelligenten, schwindsüchtig hageren Gesicht, zwischen den beiden Gendarmen die Landstraße hinab. Der Dorftrottel stolperte neugierig grin-send und an seinem erloschenen Stummel kauend hinterdrein. So verschwand der seltsame Zug im Regengeriesel, wie die Kehrseite des bunten Bildes am Bahnhof, der Fahnen, Reden, weißge-kleideten Jungfrauen, der Musiktusche und Böllerschüsse des Eröffnungsfestes.

Die Frau Irion ahnte von dem Ganzen nichts. Sie glaubte wirklich, ihr Mann habe sich doch entschlossen, zu dem Fest zu gehen und bei dem Hoch auf Kaiser und Landesherrn den Hut zu schwingen.

»Sell wär' mir lieb!« sagte sie mit ihrer schwachen Stimme zu dem Doktor, der neben ihrem Bette saß. »Ich sag's ihm ja als und als wieder: Was hoschte von dei'm Zukunftsstaat? Deer bis'r kummt, do sind wir lang tot! Unser Herrgott wird schon wisse, warum daß er reichi und armi Leit gemacht hot! Die Reiche könne aach nix dafür, daß sie Geld hawwe! Solle sie's in die Bach werfe, euch zu lieb? Ich war doch oowe uff'm Schloß ... als Mädche ... bei der Frau Gräfin. Ich kenn' die reiche Leut'! Awwer wann ich so zu mei'm Mann redd', no raucht er sei' Pfeif' und lacht alleweil vor sich hin, und ich krieg' nix aus'em raus! Ich hab' oft mei' Not mit ihm, so gut er is. Denn daß'r ins Wirtshaus geht, dees gibt's bei ihm net. Bloß als am Sonntag nach Mann'em fahre oder Darmstadt – zu den Genosse ... davun läßt er net! Der Herr Direktor is schun ganz bees. Und er hot recht! Denn er gibt 'em sei' Brot! Dafür soll der Mensch doch dankbar sein!«

Sie schloß erschöpft die Augen, und der Arzt, der sie nur so lange hatte reden lassen, um draußen das Poltern des Aufbruchs und die rauhen Stimmen der Gendarmen zu übertönen, faßte beschwichtigend ihre Hand und fühlte noch einmal den Puls.

»Es geht alles gut!« sagte er aufstehend. »In einer Woche ist's vorüber. Aber jetzt reden Sie mir kein Wort mehr, verstanden? Es ist gar nicht nötig. Die Schwester weiß genau, was sie zu tun hat!«

Er blickte in das Zimmer zurück und sah, daß zwei Flügelhauben sich in dem Dämmerlicht bewegten. Die Ablösung war gekommen.

»Die Kranke braucht nur Ruhe!« sprach er zu der eben eingetretenen Klosterfrau, einer älteren Person. »Und im übrigen – Sie wissen ja!«

Die andere gab ihm mit einem kurzen Nicken des Kopfes zu verstehen, daß sie die Nachricht von der Verhaftung Irions aus dem Zimmer fernhalten werde. Sehr erbaut schien sie sonst von dem Eingreifen des Arztes nicht zu sein. Sie liebte wie viele ihrer Genossinnen die Selbständigkeit am Krankenbett, wo sie mit bewährten Hausmitteln den Leib behandeln und gleichzeitig mit frommem Zuspruch und der Hilfe des Kaplans die Seele bessern konnte. Aber sie fügte sich schweigend, der straffen Disziplin ihrer Kirche gehorsam.

Draußen auf der Landstraße hörte der Doktor hinter sich rasche, nach Bauernart schlurfende Schritte. Er drehte sich um. Es war die abgelöste Krankenpflegerin, die gleich ihm in das Dorf zurückkehrte.

Ein blutjunges Ding noch, von dessen gesunden, roten Backen die Flügel der für Matronen passenden steifgestärkten Klosterhaube sich seltsam im Winde raschelnd abhoben. Sie hatte nach gewohntem Brauch die Hände über dem Rosenkranz gefaltet und hielt den Blick über das große, an ihrer Brust schaukelnde Kreuz hinab auf den Boden geheftet.

Er blieb stehen, um sie zu erwarten. »Kommen Sie mit, Schwester?« rief er. »Wir haben denselben Weg bis zum Dorf. Zu zweit läuft sich's besser!«

Sie erwiderte nichts und hielt die Wimpern niedergeschlagen. Eine feine dunkle Röte färbte ihr Gesicht noch mehr als sonst. So schritt sie unruhig mit den Kügelchen des Rosenkranzes spielend neben ihm her.

»Es hot alleweil arg viel Kranke!« begann er mit dem Nächstliegenden das Gespräch.

Sie nickte, ohne ihn anzusehen. »Es hot 'ere viele! … Arg viele! Immer im Frühjahr! Do kummt gern das Fieber unter die Leit' und der blaue Huschte und die Sucht und was es so hot!«

Er lächelte über die medizinischen Kenntnisse der kleinen rotbäckigen Bäuerin im Klostergewande neben ihm.

»Und dees Jahr mehr als je!« fuhr sie fort. »Wisse Sie, Herr Doktor … die viele Arweiter! Die Bayern und Italiener. Die kumme von weit her – vom Main 'runner und noch weiter – und bringe's mit. Und gar unner die Kinner. Früher hawwe wir nie die Diphtheritis im Dorfe gehabt und jetzt …« Die Kleine nickte ernst und bekümmert mit dem hübschen Kopf, daß die Haube schwankte.

»Es is e Wunner, daß es noch so abgeloffe und bisher keins geschtorwe is – gelobt sei Jesus, Maria und Joseph! Seit gestern is auch keins mehr krank geworre! Oder hat man zu Ihne noch e Kind gebracht?«

»Doch!« – Er furchte nachdenklich die Stirne. »Ich hab' seit gestern noch ein paar behandelt. Den kleinen Grafen oben im Schloß auch. Er schien etwas erkältet!«

»Ja … 's is e zartes Dingl!« sagte die Kleine.

»… aber ich hab' ihm sorgfältig in den Hals gesehen!« Er sprach mehr zu sich als zu seiner Begleiterin. »Da war nichts. Gar nichts. Ach, Unsinn! Es ist wohl eine Erkältung!«

»Jo … bis uffs Schloß geht so e Krankheit net!« meinte die andere. »Die Herreleut' leewe für sich, wo könne die sich anschtecke? Die kumme in kei' Berührung mit uns. Do könne Sie ruhig sein. Adje, Herr Doktor!«

Die junge Nonne bog in den Garten des Schwesternhauses ein, aus dem das Geschrei der spielenden kleinen katholischen Kinder klang und die beinahe lebensgroßen Holzfiguren der Jungfrau und des heiligen Joseph grellbunt bemalt durch den Nebel schimmerten. Der Arzt lüftete den Hut und setzte nachdenklich seinen Weg fort.

Auf dem Dorfplatz weckte ihn ein Lärm auf. Halbwüchsige Burschen pfiffen da durchdringend zwischen den in den Mund gesteckten Fingern, und einzelne Gruppen von Fabrikarbeitern standen stumm vor dem Hause des Bürgermeisters, an dessen verschlossener Türe der Gendarm Eidenmüller mit barschem Gesichtsausdruck Wache hielt. Es war klar, daß die Verhaftung Irions seine Genossen in große Aufregung versetzt hatte.

»'s is e Kreuz mit dene Leut', Herr Doktor!« sagte der Mann des Gesetzes zu dem vorüberschreitenden Arzt. »Do schteht m'r jetzt und soll sei Dienscht dun und allein all die Männer in Ordnung halte ...«

»Es war doch noch ein anderer Gendarm da!«

»Der hott weiter müsse, Herr Doktor! Uff'n Grenzhof. Dort is e Franzos – Bazaine heißt'r – der Herr Graf hot'n a'g'zeigt! Wegen Wildere! Awwer der Kerl hot mehr uff'm Kerbholz ... Sie hawwe telegraphiert aus der Schtadt. Der is net aus der Fremdenlegion, wie er schpricht! Der stimmt mit 'em Steckbrief vun 'em Lothringer, der aus 'eme preußische Regiment in Mainz desertiert is, wie ein Ei zum annern! Der wird jetzt 'runner geholt, daß ihn sich der Herr Amtmann a'schaun kann. Ich mein', er behält ihn gleich bei sich. Awwer ich wollt', ich wäre jetzt net der einzige Gendarm hier!«

Ein Windstoß trug vom Festplatz herüber wieder einen verwehten Musiktusch und ein gedämpftes Hurra. Die Feier war also immer noch in vollem Gang.

»Da hören Sie ja, wie die Leute Hurra schreien!« sagte der Arzt. »Die sind ganz fidel!«

»Jetzt kreische sie Hurra und nachher schmeiße sie die Fenschter ein! Wie's trifft! Wann gar der Regen uffhört« – der Hüter der Ordnung warf einen prüfenden Blick zu dem sich allmählich aufhellenden Himmel. – »und wann's dunkel wird, schteh' ich für nix. Do könne wir was erleewe. Richte Sie sich nor Ihr Verbandzeug, Herr Doktor! 's gibt strenge Arweit für Sie – heut aawend, wie ich die Leitcher hier kenn'!«

XIV

Der Doktor lachte und sah im Weitergehen auf die Uhr. Es war nahe an halb Elf. Etwas erschrocken beschleunigte er seine Schritte. Es fiel ihm ein, daß er gestern im Scherz versprochen hatte, von zehn Uhr ab die Bazillen für den hohen Besuch vom Schlosse bereit zu halten.

Freilich – wenn eine Dame sich auf zehn Uhr anmeldet, erscheint sie besten Falles gegen Mittag. Der Gedanke beruhigte ihn wieder. Aber als er eben sein Labaratorium erreichte, sah er schon von der anderen Seite Wera quer über die Straße kommen. Den Diener hinter sich, ging sie mit ihrem leichten flüchtigen Schritt rasch des Weges wie sonst. Aber ihr Gesicht zeigte einen veränderten, unruhigen Ausdruck.

Gewohnt, daß alle Vorüberkommenden ihr auswichen, hob sie den Blick nicht von dem kotigen, mit Wasserlachen bedeckten Boden, über den sie sich ihren Pfad suchte, und blieb plötzlich beinahe erschrocken vor dem Kassenarzt stehen.

Jetzt erst, wo er den Schlapphut zum Gruße lüftete, sah er durch ihren Schleier hindurch, wie bleich sie war.

»Es ist doch nichts geschehen?« fragte er schnell. »Ihr Kleiner ist doch nicht schlimmer?«

»Nein – Gott sei Dank! Ich glaube nicht!«

»Kein Fieber?«

»Ein wenig Hitze doch!«

»Und im Hals?« Er zögerte. »Da haben Sie nichts bemerkt?«

»Nein, gar nichts! Das ist sicher! Ich und Elise, wir haben vorhin erst mit einem Löffel und einer Kerze ganz genau nachgesehen und nichts Weißes gefunden.«

Das beruhigte ihn. »Um so besser«, sagte er. »Ich komme nachher selber hinauf. Aber was haben Sie denn dann, Frau Gräfin? Sie machen ja ein Gesicht, als ob die Welt einstürzen sollte?«

Sie erwiderte nicht darauf. »Also das ist Ihr neuer Arbeitsraum?« fragte sie gepreßt.

»Ja! Kommen Sie doch herein! Sie können doch nicht hier im Regen stehen! Da – durch die Scheiben schauen Sie schon, was für Sehenswürdigkeiten Sie drinnen erwarten! Die Präparate sind jetzt militärisch geordnet, die Schüsselchen und Näpfchen blitzblank, die Flaschen mit Farbstoff malerisch gruppiert – rot, grün, blau und die weißen Paraffinblöcke darüber, eine wahre Farbenpracht. Und dann der schöne, große, neue Arbeitstisch mit meinem Zeißschen Mikroskop und dem Mikrotom! Das kennen Sie ja alles schon von früher. Und meine Bazillen schließlich auch! Wenn Sie wollen, zeige ich Ihnen wieder einmal Ihre Lieblinge, die Cholerakommas! Die sind munterer als je und wuseln unter dem Mikroskop schwärzlich und zwecklos durcheinander, genau wie die Menschen draußen auf dem Festplatz.«

» Die sieht man deutlich«, fuhr er fort, da sie schwieg und stehen blieb. »Die hat Koch gründlich aus ihrem Inkognito herausgeholt und gezwungen, Farbe zu bekennen. Aber mich interessiert mehr das, was man noch nicht sieht und noch nicht weiß – was man erst, noch halb im Zweifel, zu sehen glaubt. Ich bin daran, Gräfin – ich fühl' es ganz deutlich – ich bin auf dem rechten Wege. Immer klarer durchschau' ich von Tag zu Tag eines unserer großen Probleme! ... den Krebserreger, den so viele suchen und noch keiner festgestellt hat. Vielleicht bin ich doch der erste, dem es glückt.«

»Das wünschte ich Ihnen von Herzen!« sagte sie halblaut, aber ihrer Stimme fehlte die warme Anteilnahme, die sie sonst seinen wissenschaftlichen Plänen entgegenbrachte.

Er nickte. »Möglich, daß mir darin doch noch einer zuvorkommt. Das ist unberechenbar. Denn von Paris bis Tokio sitzen überall die Kollegen über ihrem Mikroskop und blinzeln, ob sie nicht irgendwie das große Los gewinnen. Vielleicht ist's eben jetzt, in diesem Augenblick gefallen. Aber was ich weiß, das ist, daß ich trotzdem durchdringen werde! Wenn nicht damit, dann mit etwas anderem. Ich habe mehr als ein Eisen im Feuer! Passen Sie auf, Gräfin, was ich in zehn Jahren für ein berühmter Mann bin! Professor an einer Universität, eine Leuchte der Wissenschaft und hoffentlich auch schon angehender Millionär. Das gehört auch dazu. Dann mag ein anderer den Bauern hier die Kröpfe kurieren.«

»Aber woher wissen Sie das alles so genau?«

Er lachte – ein tiefes, beinahe unwirsches Bauernlachen aus breiter Brust. »Weil ich ich bin! Klüger als die meisten, mit Nerven wie ein Pferd und einem Willen – da könnten zehn andere sich drein teilen, und es bleibt noch ein Rest übrig. Und vor allem mit der unumstößlichen angeborenen Sicherheit da innen: ›Du gehst deinen Weg!‹ Deswegen bin ich auch ganz ruhig und zufrieden bei all dem Hundeleben als Dorfarzt. Ja, machen Sie nur so große Augen, Sie arme verwunschene Gräfin vom Schloß! Ihr da oben – Ihr ahnt freilich nicht, daß es noch Leute gibt, wie es auch eure Vorfahren selber waren – Leute, die einfach ihre Fäuste brauchen und in das Gedränge hineinrufen: ›Platz da! Jetzt komm' ich!‹ Davon soll man freilich nicht reden, sondern es tun. Treten Sie doch ein! Dann zeig' ich Ihnen, was ich in der letzten Woche wieder vor mich gebracht hab'. Sie verstehen zwar kein Wort davon, aber es macht mir doch Spaß, es Ihnen zu erklären.«

Sie schüttelte das Haupt. »Seien Sie nicht böse! Heute nicht. Ich habe etwas anderes mit Ihnen zu reden, etwas sehr Ernstes, das mich betrifft und mein ganzes Leben. Da drinnen möchte ich es Ihnen nicht sagen, in Ihren vier Wänden.«

»Herrgott, Gräfin – jeder Mensch, der vorbei geht, schaut doch durch die breiten Scheiben herein. Und da steht ja auch noch der dicke Tagedieb, der Lakai. Der Kerl ärgert mich ohnedies mit seinem Ohrfeigengesicht jedesmal, wenn ich ihn anschau'.«

»Das ist es ja auch nicht, aber ich selbst fühle mich befangen. Ich muß ganz frei sein, wenn ich jetzt mit Ihnen rede.«

»Ja – was ist denn nur passiert?«

»Wie ich Ihnen sage – etwas sehr Ernstes. Sehen Sie, Doktor: Bisher haben wir ja meist miteinander gescherzt oder vielmehr Sie haben sich über mich lustig gemacht, und ich hab' mich womöglich revanchiert, und innerlich waren wir dabei vielleicht manchmal doch ein bißchen anders aufgelegt. Denn wir wissen ja beide genau, wie ernst wir beide uns nehmen. Und jetzt muß sich das zeigen! Jetzt suche ich in Ihnen den Freund – beinahe den einzigen, den ich hab' – einen Freund, dem ich mein Herz ausschütten kann und der mir dann nach bestem Wissen und Gewissen seinen Rat gibt.«

Er nickte. »Also wohin?« fragte er.

»Irgendwohin in den Wald, wo man frei gehen und atmen kann. Nein, nicht nach dem Schloß zu. Lieber nach der anderen Seite ... auf unserem gewohnten Spazierweg.«

Er zögerte. »Dann schicken Sie aber Ihren Lakaien fort. Ich kann es nicht leiden, wenn so ein Esel hinter einem hertrottet. Freilich werden dann die Leute wieder sagen...«

»Was liegt mir an den Leuten?« unterbrach sie ihn ungeduldig.

»Und der Regen? Es tropft noch gehörig.«

»Meinetwegen soll es regnen, mir ist alles gleich.«

»Also gut, dann kommen Sie!«

Sie gab dem Diener einen Wink, zurückzubleiben, und ging schweigend mit gesenktem Kopf neben ihm die Straße entlang. Ihre Schritte wurden unwillkürlich immer rascher. Sie eilte, dem Dorfe und den Menschen zu entfliehen.

»Nun?« fragte er nach einer Weile.

»Nein – oben! Wenn wir in der freien Luft sind. Auf der Höhe!«

Unten in dem Tale merkte man wenig von der Gewalt des Märzwinds. Es war mehr ein unbestimmtes Brausen allüberall, ein zorniger Widerhall rings in der Runde, wo nur die Wildwasser schäumten und abgerissene Äste das am Boden faulende Herbstlaub bedeckten.

»Frühlingsanfang«, sagte der Arzt und drückte sich den Hut fester in die Stirne. »Die Tag- und Nachtgleiche. Man fühlt förmlich das neue leben. Jetzt gibt es drüben wieder Hochwasser im Neckar und hier Erdrutsche und umgestürzte Bäume und weggewaschene Äcker ... die Dichter sollten sich den Frühling in den Bergen nur einmal aus der Nähe ansehen.«

Am Wege standen zwei Männer. Der Forellenfischer in seinen hohen Transtiefeln, der nachdenklich den angeschwollenen, erbsengelb gefärbten Bach betrachtete, und neben ihm der lange schwäbische Flößerknecht.

»Alterle!« sprach der Fischer warnend. »Ich rat' dir: mach', daß du 'nunner kummst und übern Neckar, so lang's noch Zeit is. Sie hawwe schon telegraphiert von Heilbronn. Das Wasser steigt drei Fuß in der Stund! 's war geschtern schon alles uff'm Fluß voll vun Holz und Stroh und Balke. Heut kumme die Dachfirste und Hundehütte und das tote Vieh hinnerhergeschwomme – wenn net gar aach Mensche! Spring, daß du die Fähre noch erwischst, solang' als sie geht. Nachher is's zu schpät. Do kannscht nimmer 'nüwwer in die Schtadt.«

Der Flößer murmelte etwas Unverständliches. Sein Kopf schien schwer und trübe von dem gestrigen Abendtrunk. Aus verschwimmenden Augen starrte er, ohne zu grüßen, die beiden vorübergehenden an und folgte ihnen, gedankenlos gähnend, mit den Blicken, wie sie langsam, deutlich durch den Hochwald erkennbar, zu einer kahlen Anhöhe über dem Dorfe emporstiegen, einem Aussichtspunkt, den ein Rindenhäuschen krönte.

Nun waren sie oben auf der Waldblöße. Über dem welken Buschwerk, den verfaulten Baumstümpfen flatterte krächzend ein Krähenschwarm auf. Sein heiseres Geschrei übertönte das Pfeifen des Windes und das Knarren der laublos hin und her schwankenden Bäume.

Hoch über den Krähen zog der Wolkenflug eilig, als könne er es nicht erwarten, den segnenden, befruchtenden Tau über die schlafenden Länder hinzusprühen. Ringsum ein brünstiges Brausen und Werden – ein zorniges Ringen aus Winter und Nacht hervor zu neuem Leben.

»Also ist's endlich 'mal zu der Aussprache gekommen?« fragte der Doktor, ganz unvermittelt das Schweigen brechend.

Sie sah ihn überrascht an. »Woher wissen Sie denn das?«

»Das ist wahrhaftig nicht schwer zu erraten, Gräfin. Seien Sie froh, daß es so weit ist. Es muß ja gräßlich langweilig sein, sich Tag für Tag dasselbe vorzulügen!«

»Das ist es auch!« sagte sie. »Und ich bin es müde. Aber ehe wir weitersprechen, ein Wort: Wenn ich Sie jetzt um Ihren Rat und Ihre Meinung frage, so darf, wie es bisher war, kein Wort zwischen uns fallen, was mein Mann nicht hören könnte. Verstehen Sie, was ich meine?«

»Ja, also, was gibt's?«

»Sehr einfach. Ich soll wo anders eingesperrt werden! Das Gemäuer da oben ist ja äußerlich sehr fest und dick, aber es scheint meiner Verwandtschaft nicht mehr sicher genug. Den ganzen Tag haben sie gestern über mich beraten. Sie können sich den Kongreß vorstellen: die richtige Mischung! Die Frömmigkeit vertritt mein Vater und mein hochwürdiger Onkel aus Rom – die preußische Disziplin der Onkel aus Potsdam – und weil die beiden von Frauen nicht viel verstehen, gibt auch der dritte, der gottlose alte Onkel aus Paris, den ich sonst noch am ersten leiden mag, seinen Senf dazu...«

»Und was ist beschlossen?«

»Luftveränderung. Ich soll jetzt in einen bunteren Käfig – in Italien, an den Seen. Und im übrigen bleibt alles beim alten! Einsamkeit, Stumpfsinn, Schweigen. Passen Sie auf: In einem halben Jahr bin ich wieder so weit, daß ich den Tag über am Ufer steh' und angle, und alles hier – das Aufwachen der letzten Monate, das Sich-Aufrütteln, alles war vergebens.«

»Fürchten Sie das nicht, Gräfin. Was werden will, das wächst und läßt sich nicht beirren. Sie sind ein denkender Mensch geworden und bleiben es. Und wenn Sie heute dem Entschlusse aus dem Wege gehen, so klopft er in vier Wochen eben wieder bei Ihnen an und immer wieder...«

»Welcher Entschluß?«

Er zuckte die Achseln und schwieg.

»Sie sagen – ich sei ein denkender Mensch geworden!« begann sie wieder. »Gut – durch Sie! Durch den Zufall, daß ich Sie kennen lernte. Wenn wir uns nun trennen – denn ich soll ja auf viele Jahre von hier fort – dann kann ich mich allein nicht weiterfinden, denn ich kenne mich ja nicht aus. Ich weiß ja noch viel zu wenig. Es ist ja alles erst so kurze Zeit her ...und auch meine Willenskraft ist ja noch so jung. Ich werde müde ohne Ihren derben Schlag auf die Schulter und Ihr derbes Vorwärts! Müde und mutlos. Ich sehe schon den Tag, wo wieder die Häkelei und die Modenzeitung sich statt unserer Bücher auf meinem Tische breit machen und ich das wieder gründlich gelernt habe, was sie mir eben abgewöhnt haben – das Gähnen, das aus einem leeren Kopfe kommt.«

»Möglich wär's ja,« sagte er kurz und finster, »und schade wär's auch.«

»Und da möchte ich nun von Ihnen eine Antwort auf die Frage haben, die mich seit Wochen und Monaten, kurz, seit ich eben denke, beschäftigt. Sehen Sie, daß ich Pflichten habe nach außen – das ist klar. Als Frau und Mutter und Tochter, und was ich sonst noch bin. Gut! Aber nun kommt mir in letzter Zeit immer wieder der Zweifel: ›Hat man nicht auch Pflichten gegen sich selbst?‹«

»Natürlich!«

»Das sagen Sie, und ich sage es mir schließlich auch, daß man ein Mensch ist und nicht bloß ein Ding, das nach Belieben herumgestoßen wird und nur anderen dient. Aber nun kommt eben die eigentliche Frage: Wo ist die Grenze? Wieviel Pflichten ist man den anderen schuldig, und wieviel sich selbst?«

»Sich selbst alles und den anderen gar nichts.«

Sie blickte ihn erschrocken an.

»Ja, ja, Gräfin, das ist das große Geheimnis. ›Ich bin ich!‹ ... Und weiter gibt's nichts.«

»Das ... das begreife ich nicht ganz.« Sie schüttelte den Kopf. »Es gibt doch Pflichten, die ...«

»Es gibt keine Pflichten, sondern nur natürliche Gesetze. Aus allen Büchern, die Sie lasen, müssen Sie doch erkannt haben, daß alles in der Welt nach eisernen, unabänderlichen Gesetzen, die keine Macht des Himmels und der Erde umstoßen kann, geschaffen ist und da ist und seine Bahn geht. Jedem Ding ist genau bestimmt, was es sein soll, und es hat nichts anderes zu tun, als das auch wirklich zu sein. Der Mensch auch! Sein Charakter ist ihm angeboren und wechselt nicht. Ihm hat er zu folgen, sowie er ihn erkannt hat. Das ist die einzige Pflicht – die Pflicht gegen sich selbst.«

»Dann wäre man ja aber ganz allein auf der Welt!«

»O nein, mit seinesgleichen. Nur mit denen, die anders sind, hat man nichts gemein und handelt wider die Natur, wenn man ihnen sein ›Ich‹ opfert. Das will die Natur nicht. Sie scheidet nicht erst mit Mühe die Dinge, damit sie sich gleich wieder planlos ineinander mengen. Sie haben aus Darwin gesehen, daß aller Fortschritt auf dem Sieg des Stärkeren über den Schwächeren beruht. Darum gehören die Starken rechts, die Schwachen links.«

»Und wenn man zu spät bereut, daß ...«

»Man kann gar nichts bereuen, was man aus seinem eigensten Wesen heraus getan hat – denn das mußte eben sein, verbieten Sie doch dem Baum da, an dem Sie lehnen, weiter zu wachsen. Er wächst doch und kann nicht anders und macht sich keine Gewissensbisse daraus. Mit einem Wort: Sei, was du bist! Und tu, was du mußt! Das ist der ganze Zweck des Lebens und zugleich sein einziges Glück: daß man nämlich auf dem Platze steht, wo man hingehört.«

Sie erwiderte nichts.

»Nur freilich muß man das auch genau wissen, wer man ist«, fuhr er fort. »Es ist nicht leicht, wirklich zu sich selbst zu kommen. Die meisten leben nur so hin, besonders die Frauen. Neun Zehntel von euch sind da und wissen es selber nicht. Aber dann gibt es auch besonnene Leute, die sich sagen: ›Ich bin ich!‹ Und so einer kann auch andere aufrütteln. So hab' ich Sie wach gemacht!«

»Ich weiß nicht, ob ich's Ihnen danken soll ...«

»Und wie! Es ist doch ein großer Unterschied, ob man eine Blume ist oder ein besonnener Mensch. Das werden Sie jetzt mit Gottes Hilfe, oder vielmehr – Sie sind's ja schon. Ich brauche Ihnen ja eigentlich gar nichts zu sagen. Es geht alles von selber seinen Gang.«

»Ich fürchte es auch!« sagte sie und starrte in die Ferne.

Er lachte. »Warum denn fürchten? Das natürlichste Ding auf der Welt, daß sich das Gesunde vom Moderigen loslöst? Daß man einfach, wenn einem die Stickluft zu sehr den Atem nimmt, die Türe von außen zumacht und in Gottes schöne Welt hinausgeht?«

Sie preßte die Lippen zusammen und blieb stumm.

»Wenn mich einer gefangensetzen wollte!« Er reckte die Schultern. »Ich tät' mich bedanken, und wenn man mir eine ganze Litanei von Pflichten vorerzählt. Sie können freilich sagen, daß Sie eine Frau sind und ich ein Mann. Aber sie sind ein Vollmensch, Sie gehören in die Freiheit.«

»Sie meinen also…« Sie senkte schweratmend den Blick zu Boden. »Ich soll einfach …einfach fort…«

»Nein, Sie sollen nicht fort, Sie müssen fort! Ob mit oder gegen Ihren Willen. Alles, was Sie sind und wie Sie werden und sich von Tag zu Tag weiter entwickeln, drängt Sie unaufhaltsam dazu. Und wenn Sie es heute niederkämpfen, ist es in vier Wochen wieder da und meldet sich immer wieder und immer stärker, bis endlich doch geschieht, was geschehen muß.«

Sie hob die Augen nicht empor. »Gedacht hab' ich schon oft daran, oft seit einiger Zeit. Aber ahnen Sie denn, was das heißt, mit der ganzen Vergangenheit, mit allem, was da war, brechen und …«

»Das heißt gar nichts! Was liegt mir an der Vergangenheit, wenn ich die Zukunft habe? Und gar Ihre Vergangenheit in Schlössern und Klöstern und was weiß ich für verräucherten Eulennestern? Das ist's auch nicht. Sie haben einfach noch Angst! Nicht vor den Menschen – das glaub' ich Ihnen – aber Sie trauen sich selber noch nicht recht. Sie sind sich selber noch so eine funkelnagelneue Bekanntschaft – ein ganz interessanter Mensch, der aber noch allerhand Geheimnisse an sich hat und vor dem man sich doch noch ein bißchen in acht nehmen muß. Liebe Freundin – dies Mißtrauen gegen sich selber müssen Sie sich ausreden, eher kommen Sie nicht weiter und quälen sich ohne Entscheidung hin. Das Schicksal schenkt Ihnen die Entscheidung doch nicht. Einmal im Leben müssen wir doch alle bei Gelegenheit die große Probe aufs Exempel machen – die Probe, ob die Rechnung stimmt und wir das sind, wofür wir uns halten. Das ist Ihnen noch beschieden, und mir wohl auch einmal.«

»Also, was soll ich tun?« fragte sie rasch und hob den Kopf hoch.

»Noch einmal? Was Sie müssen! Das wissen Sie besser als ich. Ich habe nichts damit zu tun und will es nicht. Gerade um Ihretwillen! Am letzten Ende der Dinge kann kein Mensch dem anderen helfen. Er muß aus sich heraus seinen Willen holen und handeln. Nur kein Mittelding – das allein sag' ich Ihnen – keine Verzögerung. Das nutzt nichts und ist eine Quälerei für alle. Es kommt doch immer wieder.«

»Und wenn ich es nun doch immer wieder überwinde…« Sie biß die Lippen zusammen. »Und wenn ich schließlich doch siegreich bleibe?…«

Er schlang die Hände ineinander und sah sie mitleidig an. »Und dann? Um Gottes willen, Sie ärmste Menschenseele – was ist denn dann gewonnen? Also denken Sie, ein Menschenalter sei vergangen, und Sie sitzen wieder da oben im Schloß und fühlen den Herbst kommen und ein Frösteln in allen Gliedern, und fragen sich in einer Ihrer vierundzwanzig Mußestunden am Tage: Was ist nun eigentlich gewesen? Und die Antwort: Nichts, nichts als so eine dumpfe Erinnerung aus der Zeit, in der wir jetzt sind! So ein undeutliches Bild einer flotten, klugen, jungen Frau voll Lebenskraft und Lebenslust bis in die Fingerspitzen, von der Sie kaum mehr begreifen, daß Sie, die alte und ein bißchen stumpf gewordene Dame, das einmal selbst gewesen sind – und ein ebenso verschwommenes Bild eines armen Bauerndoktors, der nach seinem besten Wissen – und dumm war der Kerl wahrhaftig nicht – Ihr Bestes gewollt hat. Leider vergebens! Da sitzen Sie dann und niemand dankt es Ihnen. Niemand denkt daran, daß Sie überhaupt etwas Besonderes geleistet haben. Sie haben ja nur alle Ihre ›Pflichten‹ erfüllt.«

»Aber glauben Sie ja nicht,« fuhr er fort, »daß ich dann etwa als weißbärtiger Geheimrat, Exzellenz und Hausfreund neben Ihnen sitze und bei getrockneten Veilchen und blauen Bändern in Rührung schwelge. So bin ich nicht! Ich bin bis dahin durch und hab', was ich brauche. Sehen Sie, wie ich dem Stein da einen Schubs gebe, und er den Abhang hinunterspringt in immer größeren Sätzen, ganz ungeschlacht durch dick und dünn, immer weiter – so geb' ich mir selber auch einen Schubs durchs Leben und kann mich unterwegs nicht lange aufhalten, so wenig wie der Stein stillstehen und sich ausschnaufen kann.

Also handeln Sie rasch und handeln Sie bald!« Er faßte ihre Hand. »Ich könnt' Ihnen ja leicht von meiner Willenskraft etwas mit auf den Weg geben – so einen elektrischen Schlag von Energie, wie wir uns jetzt an der Hand halten – daß Sie plötzlich ein ganz anderer Mensch sind und den Kopf hochnehmen und fragen: ›Kinder, was kostet die Welt?‹ Aber ich tu's nicht, denn das wäre eben dann mein Wille, der dort auf euer Grafenschloß hinaufsteigt, aber nicht der Ihre. Und sie sollen sich selber frei machen ... von allem!«

Sie zog mit einer hastigen Bewegung ihre Hand zurück und wandte sich, ohne ihn anzuschauen, zum Gehen. »Ich will mit ihm reden«, murmelte sie.

»Jetzt gleich?«

»Ja.«

XV

Am Eingangstor des Schlosses stand der Jäger Wegmann im eifrigen Gespräch mit seiner Braut, dem Kindermädchen Elise. Der Regen schüttete hart vor ihnen in rastlosen Güssen nieder, die Welt lag grau in grau, allein der Waldläufer lachte über das ganze Gesicht, daß die kohlfarbenen Augen und unter dem schwarzen, keck aufgedrehten Schnurrbart die weißen Zähne blitzten.

»Glück muß m'r halt hawwe, Elis'!« sagte er. »Un für unscraans is es halt e Glück, wanner e rechti Herrschaft find't. Dees is net so leicht mit dem heirate derfe! Annerswo brobiert's eener zehnmal un kriegt's von der Herrschaft verbotte! Herngege unsere Leit – die erlaawe's uns net norr – die geewe einem noch Geld dazu und gute Wort'.«

Das Kinderfräulein schwieg. Es lag eine auffallende Blässe auf ihren hübschen, feingeschnittenen Zügen, die nichts Bäuerliches an sich hatten. Sie war ja auch von Hause aus eine Lehrerstochter, sie klimperte etwas Klavier und konnte sogar ein paar Worte Französisch, so daß man sich in den unteren Regionen des Schlosses eigentlich gewundert hatte, als sie plötzlich die Werbungen Wegmanns erhörte.

Der stieß sie mit dem Ellbogen in die Seite. »Ja, so e Herrschaft!« fuhr er fort. »Ich war dir doch ganz baff, wie der Graf vorhin zu mir spricht: ›Wegmann, wie viel Lohn hawwe Se jetzt?‹ Ich sag': ›Fuffzig Mark, Herr Graf.‹ Un er: › Dees kann Ihne bis jetzt gelangt hawwe! Aber jetzt, wann Sie e Fraa hawwe un … un so weiter, no langt's net. Ich geb' Ihne jetzt hunnert Mark uff'n Monat, weil ich mit Ihne recht zufrieden bin, un Sie könne mit Ihrer Fraa die Hinterwohnung im Rentamt beziehe.‹ Du, Elis' – vier Stube un e Küch' – und wann die Herrschafte verreise, nach Italie 'nunner, da derfe m'r aach mit. Du, Elis', e Hochzeitsreis' nach Italie – denk norr! Do hot's dir Affe und Palme, do is es anners wie hier.«

»Ja, 's is schon recht!« sagte Elise. »Ich bin auch froh. Aber jetzt muß ich ins Haus, zum Kind.«

»O mei, des schläft! Alleweil willst du fort von mir, Elis', in dere letzte Zeit? Was hoschte dann norr?«

Sie lachte. Eine flüchtige Röte färbte ihre blassen Wangen. »Was soll ich denn habe? Zu schaffen hab' ich, von früh bis spät, so lang', als das Kind krank is und…«

Sie brach ab und stand rasch auf. Auch der Jäger richtete sich stramm empor, während ihrer beider Herrin, von dem Diener gefolgt, aus dem Regengeriesel draußen eintrat.

»Wo ist mein Mann?« fragte Wera, fast ohne das Paar anzusehen.

»Der Herr Graf sin' oowe!«

»Gut. Sehen Sie, Wegmann, daß man uns jetzt nicht stört. Ich hab' mit ihm zu sprechen. Und Sie, Elise, schauen Sie nach dem Kleinen. Es ist doch nichts Besonderes mit ihm? Nein? – Sollte etwas sein, so finden Sie mich drüben im Arbeitszimmer.«

So hieß das Kabinett des Hausherrn, obwohl noch kein Sterblicher den Grafen Pius hatte arbeiten sehen. Die ganze Rückwand des Zimmers nahm ein mannshoher, in Hunderte von Wappen verästelter Stammbaum ein. Mit dem Rücken an ihn gelehnt, stand der Gebieter des Schlosses da und kaute unruhig an seinem Schnurrbart. Er hatte draußen die schnellen, elastischen Schritte seiner Gattin gehört. Mit ihr trat die Entscheidung in das Zimmer, vor der er, obwohl er sich wieder den ganzen Morgen mit den alten Herren beraten hatte, eine ängstliche Scheu empfand.

Auch jetzt versuchte er nach seiner Art, womöglich alles hinauszuschieben. »Du bist ja tropfnaß!« murmelte er, als sie vor ihm stand. »So im Regen herumzulaufen. Geh doch und zieh dich um, du erkältest dich ja.«

Sie warf den feuchten Lodenmantel lässig über einen Stuhl. »Ich erkälte mich nie. Und jetzt habe ich über Ernsteres mit dir zu sprechen. Ich bringe die Antwort auf gestern.«

»Wegen unserer Abreise von hier?«

»Ja«

»Also – wann soll sie sein?«

»Du kannst reisen, wann du willst. Ich gehe nicht mit.«

Es war still zwischen ihnen. Das trennende Wort war gefallen.

»Ich hab' es mir lange überlegt«, fuhr sie endlich fort, »und hab' gefunden: man hat doch auch Pflichten gegen sich. Als ich dich heiratete, war ich ein halbes Kind. Jetzt bin ich geistig frei und reif geworden und kann es nicht dulden, daß man nach Belieben mit mir schaltet und waltet.«

»Hat dir das der Doktor eben eingetrichtert?« Es zuckte böse um die Lippen ihres Mannes.

»Gesprochen habe ich mit ihm darüber. Freilich.«

»Und das ... das sagst du mir einfach in dieser Stunde ... so ganz ruhig ins Gesicht!«

»Ja, denn ich kann dir eben ganz ruhig ins Gesicht sehen, und er auch. Aber ich will mich gar nicht entschuldigen oder verteidigen. Ich bin eben so, wie ich bin! Und ich bleibe so, und ich kann gar nicht anders sein, weil mich die Natur nun einmal so geschaffen hat. Du hast dich eben in mir getäuscht, Leider. Von mir will ich gar nicht reden...«

»Das heißt ... du hast dich auch in mir getäuscht.«

»In dir nicht. Denn wie du bist, gibst du einem ja nicht eben Rätsel zu raten auf. Aber in meinem ganzen Leben hier – in der ganzen Art unserer Ehe. Was wußte ich von der Welt, wie ich dich heiratete? Was wußt' ich von diesem Waldwinkel hier, wo am lichten Tage die Käuzchen schreien? Du fühlst dich wohl hier mit deinen Briefmarken, deiner Zither, deinen Karpfen. Aber ich...«

»Du sollst ja fort von hier. Ich will es ja selbst.«

»Ja, aber es ist eben doch ein großer Unterschied. Du willst fort von hier, und ich...«

»Nun?« Er trat auf sie zu.

»Ich will fort von dir!« Sie sprach ganz rasch und ruhig, wie sie sich die Worte zurechtgelegt hatte. »Ich möchte meine Freiheit wieder haben, ich brauche sie. Und ich hoffe, du gibst sie mir. Wir quälen uns ja doch nur. Vielleicht durch meine Schuld, gewiß sogar. Ich war eben außerstande, dir das Glück zu geben, das du erhofft hast. Du hast es eben in mir nicht gefunden und...«

»Nein!« Er lachte bitter auf. »Nein, das hab' ich wahrhaftig nicht, und ich war doch gar nicht so unbescheiden. Ich wollte ja nur ein bißchen Liebe. Einen Menschen, der mich lieb hat. Den brauch' ich zum Leben, und hatt' ihn nicht mehr, seit meine Eltern tot sind. Du solltest mir das sein, aber du hast ja nie auch nur versucht, mich lieb zu haben.«

»Ich kann mich doch nicht zwingen!« Sie preßte die Lippen zusammen, daß ihr Antlitz einen harten, feindseligen Zug gewann. »Das muß eben ein Mann sein, der mich wirklich versteht und zu dem ich emporschauen kann ... beinahe, vor dem ich mich fürchten kann...«

»An andere Menschen denken muß man!« sagte ihr Gatte traurig. »Dann hat man sie auch lieb. Du aber denkst nur an dich, immer nur an dich – und nun gar, seit dieser Doktor ... schau, du weißt ja gar nicht, wie ich dich gern gehabt hab', in der ersten Zeit. 's ist ja jetzt lange her, und recht ausdrücken hab' ich's nie können. Aber damals – ach, geliebt ist viel zu wenig! Aufgeschaut hab' ich zu dir. Du kamst mir gar nicht wie andere Menschen vor, sondern wie etwas ganz Besonderes, Ungewöhnliches ... ich kann es gar nicht sagen, wie was. So froh war ich, wie ich dein Jawort hatte. Hier in dem Zimmer bin ich nachts auf und ab gelaufen und vor dem Bilde meiner seligen Mutter stehen geblieben und hab' die Hände gefaltet und gelacht und geweint. Gott weiß, was du alles aus mir gemacht hast ... ein armer, einfacher Mensch, der ich nun einmal bin. Und womit hast du mir das alles gedankt? Mit Teilnahmlosigkeit, mit Langeweile – mit Verachtung Ja, sei still, ich hab's wohl gefühlt – mit Verachtung. Und nun zuletzt mit dem einzigen Wunsche: Fort von mir!...«

»Ja, bitte ... lasse mich fort!« Ihre Stimme klang weicher. »Ich weiß ja – ich bin schuld. Ich hab's ja vorhin schon gesagt. Aber eben darum: Gib mich frei! Mache dich selbst frei. Du wirst dann eine andere finden, die dich besser versteht, die...«

Er schüttelte den Kopf. »Zum zweitenmal will ich das nicht erleben. Ich hab' genug, durch dich. Du hast mir zu bitter weh getan. Du hast mir alle Freude und alles Zutrauen zu den Menschen genommen. Und gegeben hast du mir nur eines dafür – unser Kind.«

Sie schwieg und sah ihn an. Es war eine bange Stille.

»Ich bin dir also nicht genug!« stieß er plötzlich hervor. »Du willst einen Mann, vor dem du dich fürchtest. Nun schön, geh und such ihn! Geh – ich weiß ja, wohin.«

»Das heißt … wirklich … ich bin frei?«

»Ja! Ich hab' auch mit den Onkeln gesprochen. Es geht nicht zwischen uns. Ich seh' es selbst. Reise zu deinen Eltern oder wohin du willst – wann du willst. Ich laufe dir nicht nach, wenn es schon sein muß, ist es mir am liebsten, du gehst gleich.«

Sie sah ihn scheu an. Ein plötzlicher Verdacht stieg in ihr auf. Sie sah hinter ihrem Mann den Schatten des alten klugen Priesters aus Rom und hörte seinen leise zischelnden Ratschlag voll jesuitischer Menschenkenntnis.

»Jetzt kann ich doch nicht fort«, murmelte sie.

»Warum nicht?«

»Wulfi muß doch erst wieder gesund werden!«

Sie stockte, während sie die letzten Worte sprach. Sie bemerkte die Veränderung im Gesichte ihres Gatten. Zum erstenmal empfand sie vor ihm Angst. So hatte sie ihn noch nie geschaut, mit diesem feindseligen Glanz in den Augen und dem verbissenen Trotz in dem sonst so nichtssagenden, gutmütigen Gesicht.

»Wulfi?« fragte er schroff.

»Nun ja … du wirst doch einsehen, daß unser Kind …«

»Unser Kind?« Er lachte auf. »Nein, meine Liebe, eine Frau, die aus dem Hause geht, hat kein Kind mehr.«

Mit drei Schritten stand sie neben ihm, der in sich zusammengesunken und ohne sie anzusehen in einem Lehnstuhl kauerte. »Was sagst du … ich … ich versteh' dich nicht!«

»Du kannst gehen!« murmelte er scheu und verbissen und heftete den Blick auf den Boden. »Wulfi bleibt hier!«

» Mein Kind!«

»Meines!« Er hob die Wimpern, und sie erschrak. Sie hatte sich getäuscht, als sie ihn völlig für einen Schwächling hielt. Tief in ihm, bisher fast verborgen, lebte noch ein Rest von jener Kraft, vermöge derer sein Geschlecht so viele Jahrhunderte siegreich überdauert, die inbrünstige Liebe zu dem eigenen, uralten Blut, ein beinahe tierisches Sicheinsfühlen mit denen, die vom gleichen Stamme waren.

Aber war es nicht auch ihr Fleisch und Blut? Sie bemühte sich, ihre Fassung zu bewahren, und sprach ganz ruhig, während sich ihre Hände auf dem Rücken ineinanderballten.

»Wulfi gehört doch uns beiden«, begann sie. »Das mußt du doch zugeben! Und ich habe mir gedacht, wenn wir – wenn wir voneinander getrennt leben, so müssen wir uns eben in ihn teilen. Einen Teil des Jahres hab' ich ihn für mich, und dann kommt er wieder zu dir zu Besuch, oder du triffst ihn, wo du willst. Das ist doch immer so in solchen Fällen, das wird doch immer so ausgemacht. Und besonders so lange er so klein ist, gehört er doch zu mir …«

»Mir gehört er! Und wenn du weggehst, mir ganz allein. Ich hab' es dir vorhin schon gesagt: ich muß einen Menschen haben, der mich lieb hat und ich ihn. Und wer könnte das sein, wo meine Eltern tot sind und die eigene Frau mich verläßt, als mein Sohn? Den sollst du mir nicht auch noch nehmen und mir entfremden – mit dem Menschen, den du da draußen triffst – daß er schließlich, wenn wir uns sehen, über seinen Vater mitleidig lächelt, wie du über mich lachst. Nein! Wulfi ist ja alles, was ich jetzt vom Leben übrig hab'.«

»Ja – und ich?«

»Du tue, was du magst! Fange dein neues Leben an, wie du's verstehst. Du wirst es schon noch bereuen. Aber vorher nimm von Wulfi Abschied.«

»Ich? Von Wulfi?« Sie beugte sich über ihn. »Ja, ist das nicht mein Eigen? Wulfi und ich – das ist doch dasselbe? Ich kann doch nicht von mir selber weg.«

»Dann bleibe!«

Sie starrte auf ihn nieder. Es bäumte sich alles in ihr auf vor Zorn und Verzweiflung, aber sie hielt an sich. Dies bitterböse Funkeln in seinen sonst so mattblauen Augen lehrte sie Vorsicht. Es war wie der Blick eines wilden Tieres, dem man die Jungen rauben will.

»Dann bleibe!« wiederholte sie. »Das heißt: Ihr haltet mich gefangen hier…bei meinem Kinde. Ihr schleppt mich nach Italien…hinter meinem Kinde her. Ihr macht mit mir, was ihr wollt…durch mein Kind. Er hat freilich keine Kinder, dein Onkel aus Rom. Er hat's dir ja doch geraten, der Jesuit, und kein anderer. Er weiß nicht, wie das tut.«

Graf Pius zuckte mit den Achseln. »Lebe, wie du kannst, ich tu's auch.«

Wie er dasaß, die verkörperte blöde Ergebung in das Schicksal einer unglücklichen Ehe, gegen das in ihr sich alle Fibern sträubten – ein gleichgültiger Klotz an ihrem Fuße, ein kalter Riegel an der Pforte zur Freiheit. Der weißglühende Haß begann in ihr aufzukochen. Sie konnte nicht mehr an sich halten; sie wandte sich um und lehnte sich laut aufschluchzend an das Fenster, und ihre Finger krallten sich in ratlosem Grimm.

Er blieb sitzen, stumm und still. Und dieser Schwächling, diese Puppe, deren Drähte da draußen ihr Vater, der fromme Odenwälder aus Monaco oder der seelenlose römische Priester zogen, war stärker als sie! Er hielt sie fest und bezwang sie gerade mit dem Besten, was in ihr war, mit der Mutterliebe…

Das begriff sie nicht. Sie stand am Fenster in einem dumpfen Erstaunen. Wie im Traume hörte sie das eintönige Ticken der Wanduhr, das Rauschen des Windes, das boshafte Efeuzischeln und die ewige Burg.

Da öffnete sich die Türe. Elise erschien. Auf ihrem Arme, halb schlummernd, der kleine Blondkopf. Er hatte die Augen geschlossen. Die goldenen Locken fielen wirr um das blasse Gesichtchen, das müde an der Schulter der Wärterin lehnte.

»Verzeihung!« sagte das Kinderfräulein. »Aber ich möchte gern Wulfi einmal herbringen und zeigen. Er gefällt mir in den letzten Stunden gar nicht. Er will seine Milch nicht trinken und will nicht spielen und hat für nichts Freude. Nur immer daliegen und schlafen.«

Die beiden Gatten blickten stumm auf das kleine Geschöpf – dies geliebte Geschöpf, das sie in ihrem Hasse aneinander band – diese zarte knospende Blüte, in der der stolze, einst hundertfach verästelte Stammbaum dort in der Ecke als in seinem letzten Sprossen auslief.

»Fieber hat er ja nicht«, fuhr Elise fort. »Aber der Herr Doktor ist heute noch nicht dagewesen. Ich kann mir gar nicht denken, warum? Er ist doch sonst so pünktlich, wenn ich reden darf – ich meine, es wäre doch gut, nach ihm zu schicken.«

Graf Pius stand auf. »Gehen Sie hinunter, Elise: der Kutscher soll sofort anspannen und nach der Stadt fahren und den Physikus holen. Auf der Stelle. Es sei dringend.«

»Herr Graf!« Die hübsche, zarte Person zögerte und vermied, wie immer, ihn anzusehen. »Der Kutscher wird nicht über den Neckar können. Es ist Hochwasser.«

»Ach, Unsinn, Hochwasser!« Der Schloßherr brauste ganz gegen seine Gewohnheit zornig auf. Er soll dem Fährmann fünf Mark geben! Zehn Mark! Dann bringt ihn der im Nachen schon hinüber und zurück. Den Physikus auch, der fürchtet sich nicht.«

»Aber wenn der Herr Doktor inzwischen kommt?«

»Dann soll man ihm sagen, ich ließe danken und hätte den Kollegen aus der Stadt berufen. Seine Bemühungen seien also von jetzt ab überflüssig. Wo steckt Wegmann? Ich will ausgehen. Jetzt gleich.«

»Ich werd' es ihm sagen, Herr Graf.« Elise verließ, das Kind auf dem Arme, das Zimmer. »Mach voran!« sagte sie draußen zu dem schwarzen Jäger, der, im Flur stehend, müßig an der Scheibe trommelte. »Der Herr geht aus.«

»O mei'!« Der verwegene Bursche lachte. »– Jetzt heißt's wieder Karpfe füttere und sich vom Rehbock ausschelte lasse. Aber wege meiner! Hunnert Mark im Monat, Elis'. Dees is e Wort. Un die Wohnung und die Reis' nach Italie.« Er nahm ein Zentralfeuergewehr aus dem Jagdschrank und rieb es mit einem Läppchen ab. »Ich hätt' ja aach lieber e annere Herrn, e hirschgerechten Mann, mit dem man Ehr' einlegt. Der Graf is mir zu still. Aber was hilft's, wann aaner hirschgerecht is un hot ka Geld? Der hot welches und gibt mir's, und dafor dien' ich. Und ich erwisch' ihm doch noch emol den Bazaine, den Lump, und wann der zehnmal droht, er wollt' mich kalt mache. Sell hot schon mancher gesagt, aber getan hot's kaaner. Angst' hawwe sie vor mir, alle zusamme.«

»Wegmann!« tönte ungeduldig unten aus dem Treppenhaus die Stimme des Grafen.

»Ich kumm' schon, Herr Graf!« Der Waldläufer sprang, elastisch wie eine Katze, drei Stufen auf einmal nehmend, die Stiege hinab. »Adje, Elis'! Und mach' net als so e kläglich Gesicht.«

Die hübsche Bonne sah den beiden nach, wie sie, die Flinten über der Schulter, durch den Park dahinschritten. Eine Weile stand sie still, es zuckte etwas auf ihrem blassen Antlitz. Dann fröstelte sie zusammen und trug langsam, mit gesenktem Kopfe, ihren kleinen Pflegling wieder hinüber in sein Gemach.

XVI

Unten im Park wandelten, wie immer um diese Stunde, die alten Herren stumm und gebeugt, die Hände auf dem Rücken, unter dem kahlen triefenden Ulmengeäst auf und nieder. Auch sie folgten mit den Augen dem rasch im Nebelgrau verschwindenden Schloßherrn und seinem Diener.

»Ob er wohl mit ihr gesprochen hat?« fragte der Pariser, verdrießlich an der erloschenen Zigarette kauend.

Der General nickte. »Jetzt eben.«

»Woher weißt du denn das?«

»Sie steht doch dort droben am Fenster und schaut herunter. Und wenn man ihr Gesicht sieht...«

Der alte Roué zwinkerte von der Seite hinauf und wendete sich gleich darauf wieder wie schuldbewußt ab. Ohne weiter ein Wort zu sprechen, setzten sie ihre einförmige Promenade fort.

Die oben beachtete sie gar nicht. Sie sah nur, daß heute einer aus ihrer Dreizahl fehlte. Der hagere Preuße ging da mit seinem langsamen steifen Schritt und neben ihm trippelte nervös, mit seinen immer noch glänzenden Augen unruhig alles musternd, der greise Boulevardier. Aber zwischen den beiden schwarzen Gestalten fegte nicht wie sonst der zischelnde Weiberrock des Priesters das welke Laub am Boden auf. Es schien, daß das schlechte Wetter den verweichlichten alten Römer im Schlosse zurückhielt; wahrscheinlich nebenan in dem großen Saal, in dem mit Hilfe von Füllöfen und Kamin die sonst überall aus dem Mauerwerk, zumal zur Frühjahrszeit, dunstende Kälte gebannt war.

Sie empfand einen seltsamen Drang, ihrem Feinde ins Gesicht zu sehen; denn er war ja doch der eigentliche Feind, der einzige. Er lenkte an seinen Fäden die anderen, seit er aus Rom eingetroffen war, weniger, wie sie jetzt ahnte, seiner Gesundheit wegen, als um die Verhältnisse ihrer Ehe in seiner Art zu ordnen. Er hatte gestern ihren Vater hierher berufen und damit den Stein ins Rollen gebracht, er hatte heute morgen ihrem Manne den schlangenklugen Rat ins Ohr geblasen, sie von ihrem Kinde zu scheiden, er würde mit seiner überlegenen List alles, was sie noch weiter versuchen konnte, zu nichte machen, noch ehe es begonnen. Es war besser, mit ihm unmittelbar zu verhandeln, statt mit den blinden Geschöpfen seines Willens. Vielleicht war doch eine Verständigung zwischen ihm und ihr möglich.

Ohne sich eigentlich Rechenschaft abzulegen, was sie tat, ging sie rasch hinüber zum Saal und öffnete die Türe. Vor dem glühenden Füllofen stand wie ein langer, schmaler, schwarzer Schatten fröstelnd der greise Kleriker und neigte lächelnd das mit einem Käppchen bedeckte Haupt zum Gruße.

Sie stockte. Sie fühlte sich wie immer diesem leidenschaftsfremden Fanatiker gegenüber willenlos werden.

»Ich ...ich habe eine Bitte«, sagte sie zögernd.

Die schmale weiße Hand des anderen machte eine anmutige Bewegung, als sichere sie im voraus gütig die Erfüllung jedes Wunsches zu. »Ich bin glücklich, Ihnen dienen zu dürfen«, sprach er mit dem weichen Tonfall seiner des Deutschen ungewohnten Stimme. »Um was handelt es sich?«

»Um meinen Sohn. Er ist krank.«

»Aber, wie wir hoffen, doch nicht ernstlich.«

»Hoffentlich nicht, aber immerhin darf der Arzt nicht fehlen. Nun ist der Doktor aus dem Dorfe bisher nicht heraufgekommen, und wenn er kommen sollte, hat mein Mann befohlen, ihn nicht vorzulassen, sondern ihm für seine weiteren Dienste zu danken.«

»Nun ...und der Kreisphysikus?«

»Man hat nach ihm geschickt. Aber es ist Hochwasser. Ich bin überzeugt, daß unser Kutscher nicht über den Neckar kann, sondern mit dem leeren Wagen hier wieder vorfährt. Dann kann der eine Arzt nicht kommen, der andere darf nicht kommen, und was aus meinem Kinde wird, weiß Gott.«

»Nun – was soll ich tun?«

»Dem Doktor unten schreiben, daß er als Arzt nach dem Kinde sehen möge. Ich darf das nicht tun. Es würde mißverstanden werden – wie jetzt die Dinge stehen, wenn ich ihn hier ins Haus rufe. Aber Sie – das ist etwas anderes. Durch Sie ist er gedeckt – sich selbst und meinem Manne gegenüber, und kann ruhig seine ärztliche Pflicht ausüben. Denn um die – ich schwöre es Ihnen – handelt es sich ja nur.«

Der Priester schwieg und betrachtete eine Weile nachdenklich das Teppichmuster. »Ja«, sagte er dann plötzlich, setzte sich an einen Tisch und schrieb.

»Ihr Wunsch ist erfüllt!« Er klingelte und übergab den Brief dem eintretenden Diener zur Besorgung in das Dorf. »Der Arzt wird in spätestens ein, zwei Stunden hier oben sein. Ist sonst noch etwas?« setzte er hinzu, da sie zögerte. »Bitte! Ich stehe zu Diensten.«

Sie holte tief Atem. »Ja! Man will mir mein Kind nehmen.«

Der Römer zog erstaunt die Brauen hoch. »Wer denn, um Jesu willen?«

»Mein Mann – und Sie – ihr alle.«

»Welch ein Irrtum«, sagte der Priester kopfschüttelnd.

»Beruhigen Sie sich, es bleibt ganz gewiß bei Ihnen.«

»Hier im Schlosse?«

»Überall, wo sich seine Eltern befinden.«

»Aber wenn die an zwei Orten sind?«

»Das ist unmöglich. Die Frau hat dem Manne zu folgen – nach göttlichem und menschlichem Recht.«

»Wenn ich mich aber doch von ihm trenne?...«

»Dann nimmt man das Kind Ihnen doch nicht.« Er sah ganz erstaunt durch seine Brillengläser zu ihr hinüber. »Sondern Sie, liebe Tochter, verlassen es, verlassen den Platz, an den Sie gehören. Da geschieht Ihnen doch kein Unrecht, sondern Sie selbst begehen eines, und eines der schwersten, die wir kennen.«

Er lächelte ihr beinahe väterlich zu. Die weiche Greisenstimme klang tonlos in ihrem Ohr. Sie fühlte sich seiner jesuitischen Logik nicht gewachsen. »Es ist doch mein Kind«, sagte sie ratlos.

»Gewiß. Drüben liegt es und wartet nur, daß Sie sich wieder an sein Lager setzen und es pflegen. Seien Sie sicher, daß Sie niemand von diesem heiligen Platze vertreibt.«

»Aber ich will fort und es mit mir nehmen.«

Er blieb unbeweglich. »Der heilige Platz, den ich nannte, ist im Vaterhause. Das Wort ›Mutter-haus‹ kennt unsere Sprache nicht. Denn es steht geschrieben, daß das Weib Eltern und Heimat verlassen und dem Manne folgen soll. Geht sie von ihm, so geht sie allein.«

Sie zuckte zusammen. Ihr war, als stände ein freundliches, schwarzes, langes Gespenst vor ihr in der grauen Dämmerluft des weiten kahlen Saales, von dessen Wänden überall die toten Augenpaare, die Schatten der Vergangenheit, auf sie niederstarrten, und sie empfand mit einem eisigen Angstgeriesel, daß gegenüber diesem unerschütterlichen, milde lächelnden Römerkopf alles, alles vergeblich sein würde.

»Wo soll das Kind denn sonst hin?« fuhr er in etwas wärmerem und lebhafterem Tone fort. »Vergessen Sie nicht: er ist der Letzte des Geschlechts. Eine ganze Reihe bedeutender, durch Tugenden und wahren Glauben ausgezeichneter Männer und Frauen schließt mit ihm ab. Ob sie sich fortsetzt, das steht auf seinen zwei Augen. Und dieses kostbare Unterpfand unserer Fortdauer, diesen Erben von Jahrhunderten, sollen wir leichten Herzens davonziehen lassen in die Fremde – Gott weiß, wohin? Denn wer kann ermessen, wie sich unser Leben fügt? Vielleicht käme Ihr Sohn nach langen Jahren als Wunderdoktor oder Freimaurer aus Amerika zurück und machte die Burg seiner Väter zur Kaltwasserheilanstalt, wie das unten am Neckar mit dem uralten Ordensschloß Hornegg geschehen ist. Vielleicht tritt er zum Protestantismus über und hält im Reichstag sozialdemokratische Reden. Vielleicht – doch genug! Das wollen wir doch alles nicht erleben. Er gehört zu uns, als das Letzte, was wir haben. Unter unsere Aufsicht und Erziehung. Darin sind wir alle einig: Ihr Vater, mein Neffe, meine Brüder und ich.«

»Und wer hat ihn denn zur Welt gebracht? Ihr alle zusammen oder ich? Ich! Mit Angst und Schmerzen. Ich hab' ihn zu beaufsichtigen und zu erziehen – nicht ihr.«

»Bis zu einem bestimmten Alter gewiß«, sagte der Priester lächelnd. »Die Pflegerin der Kindheit ist die Mutter. Wer sonst? Später aber kommt die Zeit des Reifens, der Empfänglichkeit für Eindrücke, und da – setzen Sie sich in unsere Lage, liebe Tochter – ich meine, in die Lage gläubiger katholischer Christen. Sie sind durch Einflüsse, die wir kennen, in eine Freigeisterei verfallen, die uns erschreckt und betrübt, ohne daß wir es ändern können, denn Sie sind eben ein erwachsener Mensch. Anders ist es mit der weichen Seele eines Knaben! Sollen seine ersten Eindrücke fürs Leben aus jener Weltanschauung stammen, deren Sie sich rühmen – der öden, materialistischen Weltanschauung eures Darwin, Häckel, Nietzsche, die uns alles nimmt, was wir haben, und uns nichts dafür gibt als Zweifel, Ungewißheit und ein unbefriedigtes Tappen in dunkle Weiten, für die unsere Augen nicht geschaffen sind? Glauben Sie nicht, daß dieser Geist ein freier ist – ich habe ihn mit tiefem Ernst studiert, nicht, wie Sie, mich oberflächlich am Reiz des Neuen berauscht – und bin nur in meiner Überzeugung bestärkt worden, daß der Glaube hoch über dem Wissen steht. Aber ich bin ein alter Mann. Für einen werdenden Menschen ist dieses Gift verderblich, zumal wenn es ihm tagtäglich von seiner nächsten Umgebung eingeflößt wird – von Ihnen und vielleicht von jenem Mann, der einen so unheilvollen Einfluß auf Sie gewonnen hat.«

»Jawohl!« Sie faltete verstört die Hände. »Ich weiß, wie ihr mir Wulfi erziehen würdet, wenn ich ihn euch lasse. In eurem Kollegium in Rom! Unter Ihrer Obhut. Ich hab' das selber durchgemacht in dem belgischen Kloster. Mein armer, stiller, kleiner Wulfi! Wenn ich ihn erwachsen wiedersähe, wäre er mir fremd geworden – ein blasser, scheuer Mensch in der langen Kutte, der mit seiner Mutter nichts zu reden weiß ...nein ...was mein ist, halt' ich mit beiden Händen. Ich geb' es nicht her.«

Der alte Römer lächelte. »Es kommt auch nur auf Sie an, liebe Tochter. Entziehen Sie sich dem Einflusse jenes Mannes, folgen Sie Ihrem Gatten, wohin er Sie in bester Absicht führt – und wir können unbesorgt das Kind in Ihrer Obhut lassen.«

»Und was wird aus mir?« Ihr heißer Atem umwehte im Flug ihrer Worte seine gelblichen, ausgemergelten Wangen. »Begreifen Sie denn nicht, daß ich dabei verrückt werde? Bei diesem Leben? Bei dem Gedanken, so ganz unnütz und töricht in irgendeinem Winkel zu verwelken, ohne daß ein Mensch etwas von mir hat und ich irgend etwas vom Leben. Ich bin doch noch jung ...ich ...ich könnte noch jemanden glücklich machen ...selbst glücklich sein ...alles! Aber nein – da soll ich hier vermodern – mit einem Mann, der mich nicht liebt und ich ihn nicht, die Jahre totschlagen, zu einer Mumie werden bei lebendigem Leibe! Nein – ich kann nicht.«

»Dann gehen Sie und verlassen Sie Ihr Kind.«

Sie lachte wild auf. »Ja, Sie können das ruhig sagen! Sie können das ja nicht wissen. Sie haben ja nie lieben dürfen. Sie haben ja nie Frauen gekannt, nie Kinder besessen. Aber Sie sind doch klug, Sie schauen doch durch die Menschen wie durch das Glas. Da müssen Sie doch auch sehen, was das Höchste und Heiligste ist auf der Welt – das Natürlichste! Kein Tier läßt von seinen Jungen, es stirbt lieber ...und einen Menschen ...es ist so grausam ...so dumm ...so...«

Ihre Hände hatten sich in seinem Priesterrock festgekrampft. Er machte sich los und strich zurücktretend die seidenen Falten glatt. »Lassen Sie das doch«, sprach er gedämpft. »Bleiben Sie ruhig, Sie ändern nichts mit derlei Szenen.«

Sie schwieg. Er sah ihr verzweifeltes Lächeln. Ein Grauen durchfröstelte ihn vor dieser, dem alten Mann unbegreiflichen wilden und leidvollen Zärtlichkeit zu dem mit Schmerzen geborenen Selbst.

»Wollen Sie mir Wulfi lassen, wenn ich weggehe?«

Er schüttelte stumm das Haupt.

»Wirklich nicht?«

»Nein!«

»Ich rede nicht weiter, ich spreche kein Wort mehr. Zum letztenmal?«

»Nein!« wiederholte der greise Kleriker und wartete eine Weile, ob sie etwas erwidern würde. Sie war stumm. Da neigte er leise das Haupt zum Abschied und ging langsam hinaus.

Sie blieb reglos stehen und horchte mit angehaltenem Atem, bis sich das Surren seiner Röcke, den Gang entlang, in jenem Seitenflügel verlor, in dem die drei alten Herren hausten. Dann klinkte sie die Türe auf, sah sich lauernd nach beiden Seiten um und rannte den anderen Flur hinab zum Kinderzimmer.

Bei ihrem Eintritt sprang Elise erschrocken auf. »Gut, daß Frau Gräfin endlich kommen«, flüsterte sie. »Der Herr Doktor läßt sich nicht sehen, und Wulfi – ich weiß nicht, was eigentlich mit ihm ist. Ich bin wirklich in Sorge...«

Ihre Herrin beugte sich über das Bett, in dessen weißen Kissen ein erhitztes, von goldenen Locken umspieltes Gesichtchen ruhte; sie nahm den Kleinen, der apathisch alles mit sich geschehen ließ, aus seinem Nestchen heraus und umwickelte ihn eilfertig mit Decken und Tüchern, zuweilen angstvoll zusammenfahrend, wenn draußen ein Laut, ein Fußtritt ertönte.

Elise wußte sich vor Erstaunen nicht zu fassen. »Aber, Frau Gräfin!« wagte sie endlich einen Einwand. »Frau Gräfin wollen doch nicht jetzt mit ihm ins Freie?«

»Ich mummele ihn ja ganz warm ein.« Sie schlang ihm ein Spitzentuch um den Blondkopf. »Es kommt kein Luftzug an ihn.«

»Aber Frau Gräfin haben ja selber einen ganz nassen Hut und Mantel an. Ich will wenigstens den Schirm holen.«

»Ich brauche keinen Schirm.« Sie öffnete vorsichtig das Fenster und sah hinaus. Der Park war leer. Die beiden alten Herren mußten in ihr Zimmer zurückgekehrt sein und auch sonst ließ sich kein menschliches Wesen erblicken.

Da riß sie mit einem ungestümen Schwung den Knaben zu sich empor und eilte, ohne sich um die ratlos und verdutzt mitten im Zimmer stehende Wärterin zu kümmern, den Flur entlang, die Treppe hinab und hinaus in den Garten.

Niemand war da als das Doggenpaar des Schlosses, das freudig bellend seine junge Herrin umsprang, während sie, ohne sich umzusehen, ihre Bürde fest umklammernd, atemlos wie ein gehetztes Wild quer zwischen den Bäumen hindurch dem Ausgang zuschoß.

XVII

Bazaine, der Knecht auf dem Grenzhof, hatte richtig gerechnet, als er am Tage der Einweihungsfeier keinen Menschen in den Wäldern vermutete. Das Krachen der Axthiebe und der schwere, rauschende Fall der Fichten, von dem den ganzen Winter hindurch die Bergtäler widerhallt, waren ebenso verstummt wie das Johlen der holzsuchenden Kinder, das schwere Knarren der die gefällten Stämme tragenden Radachsen, der Peitschenknall und das heisere Gebrüll der Fuhrknechte. Kein Reisigfeuer kräuselte seinen bläulichen Rauch zur Mittagsstunde über dem kahlen Geäst, kein Waldhüterhund schlug an, wenn er auf steilem Holzpfad ein heimlich von unberufener Hand gesammeltes Reisigbündel zu Tale schleifen hörte – heute standen die Forsten weithin im Belieben des unheimlichen Gesellen, der mit langen, schlenkernden Schritten an der Schneise zwischen Fichtenhochwald und Eichengebüsch hinstrich.

Seine Augen wanderten unruhig nach rechts und links und hefteten sich dann wieder suchend auf den Boden. Einmal bückte er sich, hantierte rasch in Gras und Strauchwerk, und ein kleiner bräunlicher Pelz glitt unter seinen Fingern in die weiten Taschen des nach Soldatenart geschnittenen Mantels, den er trug. Da blieb der Hase, im günstigen Fall auch die dumme Auerhenne und der Fasan, bis er sie spät abends in einem Nachbardorf, mit vor das Gesicht gehaltenem Hut und geflüstertem Wortwechsel, irgendeiner Honoratiorenköchin für ein paar Groschen verkaufte. Oder ein zur Stadt fahrender Bauer nahm den Raub auf eigene Gefahr mit und schlug ihn drinnen los; nicht an die Wildbrethändler, bei denen solche Ware zur Schonzeit sofort aufgefallen wäre, sondern unter der Hand an gute Bekannte, die nicht erst unnütz nach der Herkunft des Bratens fragten.

Bazaine hatte eben den Hasen unter seinem Mantel geborgen und stand nun nach seiner Gewohnheit eine Weile völlig still, nur mit den Augen den Halbkreis vor sich musternd und mit den Ohren nach einem fremdartigen Geräusch suchend, das etwa zwischen dem Brausen des Windes und des Waldes unheimlich als das Knattern eines trockenen Astes, als die leisen Katzensprünge eines sich heranpirschenden Jagdhüters aufklingen mochte.

Aber alles blieb ruhig. Er prüfte noch einmal die Richtung des Windes, um sicher zu sein, daß der ihm ins Gesicht wehte und weither schon den Pfeifenqualm, das Räuspern und Raunen von Männern entgegentragen mußte – dann stieg er gemächlich wie bisher, die Fäuste in den Taschen vergrabend, einen steilen Steg abwärts, der in wenigen Minuten zu dem Grenzhof führte.

Zwei hohe, mit Tannendickicht bewachsene Hänge säumten den glitscherigen Pfad ein. Und in dem Hang zur Rechten regte sich plötzlich hart neben seinem Kopfe ein glänzendes Etwas wie eine gestreckte stählerne Schlange und zielte mit einer gähnend-schwarzen Mündung genau auf seine Stirne. Und jetzt sah er auch dahinter zwei braungebeizte Hände und ein finsteres Burschengesicht mit dunklem Schnurrbart und dunklem Kraushaar.

»Alterle!« sagte der schwarze Jäger Wegmann leise und böse und rutschte, auf dem Bauche liegend, bis an den Rand des Hanges. »Alterle! Rühr dich net, oder 's is aus! Da schau: ich hab' den Finger am Kugelhahn. Wann du schpringst, so schieß' ich.«

»O ... non mousieur! ... Nix schießen! ... Mord!« Bazaine war angesichts der Gefahr kaltblütig stehengeblieben, nur die Hände zog er sachte aus den Taschen.

Der Jäger lachte und schob sich, immer das Gewehr auf den Wilderer richtend, zollweise an dem lehmigen Abhang herab in den Hohlweg, bis er da aufrecht stand. »Wer sieht uns denn?« lachte er. »Der Herr Graf is noch da unne. Und du machst kei' Zeuge mehr wedder mich, wann ich emol geschosse hab'! Dees schwör' ich dir! Da schprech' ich: ›Ihr Herre‹, schprech' ich in Mann'em vorm Gericht – ›der Schote vom Grenzhof hat mei' Gewehr packe wolle und mich umbringe. Und wie m'r so gerunge hawwe, is es losgange und die Kugel in sei' Kopf!‹ Ha – jetzt, wer weiß es denn anners? Do werre die Herre die Achsel zucke und sag: ›Geh haam. M'r kann dir nix beweise!‹

No geh' ich haam und du hoscht dei' Teil für dei' Schlingelege.«

Der Wilderer stand finster und unschlüssig da. Er hatte auf dem Grenzhof nur wenig Deutsch gelernt, aber doch genug, um die Drohungen des Jägers zu verstehen, und wußte: spaßen ließ der nicht mit sich und war der beste Schütze weit und breit. Die Kugel, die der dem Entfliehenden auf wenige Schritte Entfernung nachsandte, die mußte treffen.

» Alleh!« sagte der schwarze Wegmann gebieterisch. »Als zwei Schritt vor mir – den Weg da 'nunner und dann links zum Dorf. Die werre Aage mache!«

Der andere erwiderte nichts, sondern begann finster bergab zu schlendern. Hinter sich hörte er die vorsichtigen Schritte seines Wächters, der, um das geladene und gespannte Gewehr nicht durch ein Straucheln zu gefährden, auf den Fußspitzen von einem Stein zum anderen stieg, und in seinem Kopf jagten sich die Pläne, wie er ihm am besten entrinnen könne.

Vorher wollte er noch einen anderen Versuch wagen.

»Wolle ... Sie ... Geld?« fragte er plötzlich anscheinend gleichgültig und ohne den Kopf zu wenden, vor sich hin. » J'ai de l'argent sur moi! ... ick geben ... swanzig Mark.«

»Halt's Maul!« tönte es hinten zornig.

Bazaine biß sich auf die Lippen und schwieg. In feindseliger Stille schritten die beiden Männer hintereinander her.

Am Wiesengrund unten, wo ein undurchdringliches, ineinander verfilztes Lärchenstangenholz die gräflichen Forsten von dem in nächster Nähe liegenden Grenzhof schied, stand, blaß und teilnahmlos, wie er den ganzen Tag gewesen war, der Jagdherr und harrte seines Büchsenspanners.

»Ich haww'en, Herr Graf!« schrie der selig schon von weitem. »Ich haww'en! Sehen der Herr Graf jetzt, wie ich recht gehabt haww'! Da owwe haww' ich mich verschteckelt. Gerad' in die Büchs' is er mir 'neigeloffe – dumm wie e Kalb. So macht m'r's, ihr Leit'! Jetzt will ich'en norr gleich ins Dorf schaffe – zum Schandarme, daß die Sach' in ihre Ordnung kummt.«

Graf Pius trat etwas zurück, als der hagere Strolch, ihn trotzig anstierend, herangebummelt kam. »Hat der Mensch auch keine Waffen bei sich?« fragte er.

Der schwarze Jäger lachte. »Deer, wenn'r e Flint' bei sich gehabt hätt', Herr Graf – da hätt' er sich net gutwillig gewwe! Awwer er weiß recht gut: ich halt' uff'n, wenn er norr e Schritt vum Weg tut. Un der Schandarm aach.«

»Ein Glück, daß ein Gendarm in der Nähe ist!« Der Graf zuckte bei der kaltblütigen Todesdrohung seines Untergebenen unwillkürlich zusammen. »Da unten am Grenzhof steigt er schon seit einer Viertelstunde herum. Es scheint, daß kein Mensch in dem Gehöft ist.«

Wegmann warf einen raschen Blick hinunter. In der Tat – da unten blinkte es von metallenem Helmbeschlag und blanken Waffen. »O mei!« sprach er verdutzt, immer mit einem Seitenblick seinen Gefangenen bewachend. »E Schandarm uff'm Grenzhof! Dees gönn' ich dem Kaltschmidt! So was is ihm recht.«

»Es ist, als ob er jemanden suchte«, sagte sein Herr.

Jetzt ging dem schwarzen Jäger ein Licht auf. » Den do sucht er!« schrie er frohlockend. »Den Franzose do, wo uff emol Deutsch kann. Den hawwe der Herr Graf doch ag'zeigt beim Bezirksamt. Do hot's den Schandarm geschickt und will sehe, was es für'n Verhältnis hot mit dem Mann. Gelt, Alterle – do guckschte!« wandte er sich lachend an den Bazaine. »Alleweil bischt ins Eise getrete. Do helft dir nix!«

Der Knecht hatte gespannt den Bewaffneten unten beobachtet. Ein leises, sprungbereites Zittern lief bei den Worten des Büchsenspanners über seinen hageren Leib. Auf dem wüsten Gesicht erschien ein Ausdruck verzweifelter Verbissenheit, und plötzlich warf er sich lautlos mit einem Riesensatz seitwärts mitten in das Lärchendickicht.

In einer Sekunde flog die Flinte des Jägers an die Backe. Ein Feuerstrahl schoß krachend aus ihrem Laufe, den einen Augenblick vorher die Hand des Grafen von hinten umpackte und nach oben riß. Die Kugel saß knackend im Holz der nächsten Fichte. Ein paar abgeschossene, grün gefiederte Äste rauschten langsam herab.

Der Wilderer stieß beim Knall des Fehlschusses, der ihn beim Treffen um und um geworfen hätte, einen heiser klingenden Triumphschrei aus, und wie ein Tier auf allen vieren laufend, brach er sich durch das Lärchenholz, in dem kein Mensch aufrecht stehen konnte, seine Bahn, ein unförmlicher, ungestümer Klumpen, wie wenn ein gescheuchtes Wildschwein in das unzugänglichste Stangengewirr trollt.

»Awwer ... Herr Graf.« Mehr vermochte der verstörte Jäger nicht hervorzubringen. Die Waffe, aus der es noch immer blau herausdünstete, sinken lassend, starrte er fassungslos seinen Herrn an.

Der bebte noch unter der Aufregung seines plötzlichen Entschlusses. »Einen Menschen töten!« stieß er hervor. »Um eines Hasen willen einen Menschen töten! Nein, Wegmann ... nein ... nein ... das geht nicht ... das darf nicht sein!«

»Un do läuft er hin ... Himmeldunnerwetter ja!« schrie der Büchsenspanner, allen Respekt vergessend. »Un der Herr Graf sind schuld. Aber ich krieg' en noch. Ich seh', wie sich die Bäum' owwer'em bewege, wo er durchbricht. Ich spring' am Rand lang. Ich fass'en gerad' noch, wann er drüwwe 'rauskummt.«

Mit einem wilden Griff hatte er sein Gewehr aufgeklappt und schob, schon in den Wald eilend, eine neue Kugelpatrone in den Lauf. »Wegmann!« klang es hinter ihm. Er tat, als hörte er es nicht. Aber da tönte es wieder: »Wegmann!« so laut, daß er zauderte, »Wegmann! Zurück! Sie bringen sich um Lohn und Brot.«

Er blieb stehen und schluckte einen Fluch hinunter, dann wandte er sich finster wieder zu seinem Herrn zurück.

»Ich will keinen Mord, Wegmann!« wiederholte jener, atemlos und abgerissen sprechend. »Hören Sie ... ich will keinen Mord ... ich kann das nicht sehen ... und es gehört sich nicht ... einen Menschen um eines Hasen willen ... einen Menschen, der doch sonst nichts getan hat.«

Der Büchsenspanner lachte wild auf und warf mit einer wütenden Bewegung die gesicherte Flinte über die Schulter. »Nichts getan – meint der Herr Graf! Warum läuft er dann do, wie er den Schandarme sieht, wo ihm doch mei' Kugel so gewiß war wie's Amen in der Kerch' – wenn der Herr Graf net dawedder geschlage hätte. Do kann kein's treffe, wammer 'em wedder die Flint' schlägt! Awwer, daß aaner so läuft und sich denkt: ›Liewer e Kugel als e Schandarm!‹ – dees hot doch sei' Grund, Herr Graf.«

»Das mag sein!« erwiderte Graf Pius etwas betroffen und trocknete sich den Schweiß von der Stirne. »Da kommt ja der Gendarm, er hat den Knall gehört.«

»Wer hot denn do geschosse?« schrie er von unten und der blitzende Helm tauchte am Rande des Abhangs empor.

»Ich!« Der Jäger lachte wieder störrisch auf und starrte zum Himmel.

»Auf was denn?«

»Uff die Fichte do! Der Herr Graf hawwe's so gewollt.«

»Das heißt – ich hab' ein Unglück verhindert.« Sein Gebieter warf ihm einen vorwurfsvollen Blick zu. »Gegen einen armen Teufel, den wir beim Wildern ertappten – einen Knecht vom Grenzhof.«

»Den Bazaine?«

»Ja. Was haben Sie denn? Warum stampfen Sie denn so mit dem Fuß?«

»Do hawwe mer's!« Der Gendarm unterdrückte einen wütenden Fluch. »Jetzt is er weg, über alle Berge! E Verbrecher, Herr Graf! E Deserteur aus Mainz. E dutzendmal schon bestraft und im Herbscht beim Transport vors Kriegsgericht wege Totschlag entsprunge.«

»Jetzt guck emol, der Bazaine!« sagte der Jäger höhnisch.

»Bazaine hot sich der Kerl hier aach norr genannt, weil er aus Lothringe her, wo er zu Haus is, den Name kennt. Zu dumm! Jetzt hätte mer'n.«

»Aber tot!« rief der Schloßherr zornig. »Da würde er jetzt liegen, mausetot!«

Die beiden anderen Männer warfen sich einen stummen Blick zu. Es schien, daß sie beide das Leben eines Landstreichers und Deserteurs nicht überschätzten.

»Wir kriege ihn doch!« tröstete sich der Gendarm. »Ja, wenn's Sommer wär'! Aber jetzt, bei dem Rege und der Kält' – wie soll sich dann do der Mann im Freie halte? Der muß in die Dörfer, und wann sie'n dort sehe, so heißt's: ›Hebt'en, hebt'en! sell is er.‹ Jo – dem is sei' Zell' in Bruchsal sicher.«

»Nach Bruchsal käm' er schun net« – der Jäger rüstete sich finster auf einen Wink seines Herrn zum Gehen – »sondern vors Kriegsgericht. Un fangt'en erscht – no habt er'en! Der macht jetzt, was er kann, daß er üwwer'n Neckar kummt un ins Bauland 'rein, oder er laaft nachts den Neckar 'runner nach Mann'em und üwwern Rhein in die Haardt und – hoschte net gesehe – hockt'r in Frankreich und lacht sich was. Bis ihr der hessischen Bullizei geschriwwe habt und dem bayrische Landjäger un dem preußische Schandarm – un alle Herre uff'm Bürro darüwwer gebawwelt hawwe – in dere Zeit bin ich in Baris. Ich kumm' schon, Herr Graf, ich kumm' schon!«

Sie sprachen nichts auf dem Heimweg. Der Büchsenspanner kaute mißmutig an einem Grashalm, und sein Herr ging, ohne rechts und links zu sehen, finsteren Gesichts in seine Gedanken versunken dahin. Ein paarmal verfehlte er trotz der Zurufe des anderen den Weg, blieb dann zerstreut aufblickend stehen und verdoppelte seine Schritte, um bald wieder unschlüssig zu erlahmen.

Der schwarze Jäger wußte nicht, was er daraus machen sollte. Dies Gebaren seines sonst so harmlos lächelnden Herrn war ihm fremd. Er schob es schließlich auf die Erregung von vorhin. Wieder kam der Groll über ihn. Dies unnütze im Wald Spazierenlaufen und sich von Wilderern und Gendarmen Auslachenlassen! Zu was brauchte dann der Herr einen Weidmann wie ihn? Wie der Graf es trieb, konnte er sich ebenso gut von der alten Botenfrau begleiten und von der etwas vorerzählen lassen! Dann war er in der rechten Gesellschaft. Und unwillkürlich lächelte der trotzige Bursche finster bei dem Gedanken, wie anders er als Jagdherr in diesen Gründen schalten und walten wollte.

Am Waldsaum machte er plötzlich Halt und schaute nach dem Schlosse hinüber, die feurigen Augen mit der Hand überwölbend, als traue er ihnen nicht.

»Was haben Sie denn schon wieder, Wegmann?« Graf Pius gähnte nervös.

»Ach, nix, Herr Graf! Ich hab' halt bloß gedenkt, der junge Herr war' net recht gesund. Die Elis' hot's mir gesagt.«

»Nun ja – und?«

»Ha – ich mein' norr, weil se'n doch da durch den Garten trage! Aus'm Haus bringe se'n getrage, Herr Graf, wann die Luft norr net zu rauh is für den jungen Herrn ... un der Rege dazu.«

»Mein Sohn?« Der andere blinzelte in die Ferne, ohne daß seine kurzsichtigen Augen etwas unterscheiden konnten. »Mein Sohn? ... Ich glaube, Sie sind verrückt geworden, Wegmann!«

»Herr Graf! ... Ich werr' doch den jungen Herrn kenne. Die lange gelbe Haar', die hott doch keens von den Dorfkinnern. Do träge se'n.«

»Ja, wer denn? ... Wegmann ... was schwatzen Sie da? Wer denn?«

Der Jäger schirmte sein Auge mit der flachen Hand und stockte etwas. »Die gnädige Frau Gräfin!« verkündete er dann. »Ich kenn' die Frau Gräfin am Gang. Sie hott doch so was an sich ... so etwas Leichtes, wann sie geht. Jo, sie is es!«

»Meine Frau?« Graf Pius blieb verstört stehen.

»Sie macht hurtig, Herr Graf. Ich mein', Herr Graf: weil der Herr Doktor noch net owwe war und die Frau Gräfin hott Ängscht' um das Kind, so is sie in die Hitz' kumme und will's'm selwer bringe.«

»Wegmann!« Die schlaffe Rechte des Schloßherrn umspannte den Arm seines Dieners. »Wegmann ... wenn Sie mir da Unsinn vorreden ...«

»Herr Graf, 's is, wie ich Ihne sag'! uff Ehr' un Gewisse! Sehe Sie, do bleibt die gnädigi Fraa schtehe. Alleweil guckt sie sich um und fängt an zu schpringe! Uffs Dorf zu ... als wenn aaner hinner ihr wär'. Ich hab' die Frau Gräfin noch nie schpringe sehe außer uff der Jagd. Dees kann norr sein, daß der junge Herr kränker geworre is, und sie hot Ängscht und denkt sich: ›Jetzt norr zum Doktor, so rasch wie möglich.‹«

Er fühlte sich krampfhaft am Arm gepackt. »Wegmann«, keuchte die heisere Stimme seines Herrn dicht an seinem Ohr, »Wegmann ... können wir den Weg nicht abschneiden? Geht kein Pfad hinunter?«

»Kei' Pfad net, Herr Graf! M'r müßt' gerad' durch das Buschwerk.«

»Vorwärts!«

Der Jäger sah ihn ganz verblüfft an. »Do könne der Herr Graf net durch! Sell kann ich kaum.«

»Vorwärts!« Ein rauher Stoß gegen die Brust machte ihn taumeln. »Hinunter! Brechen Sie Bahn, ich komm' nach.«

Wegmann war wie betäubt, aber die Gewohnheit des blinden Gehorsams eines herrschaftlichen Dieners überwog sein ratloses Erstaunen. Gefügig wie ein wohlgeschulter Jagdhund sprang er in einem langen Satz hinab in das Gesträuch, das krachend über ihm zusammenschlug, und suchte, mit einer Hand das Buschwerk zur Seite schiebend, mit der anderen die Augen vor den zurückschnellenden nassen Zweigen schützend, für die tastenden Füße den jähen Weg zur Tiefe. Es ging besser, als er gedacht. Der Boden unter den Sträuchern war fest und gab durch sein verschlungenes Wurzelwerk Halt. So brach er sich, strauchelnd, springend und rutschend, durch die Schwere des eigenen Körpers Bahn. Immer höher wuchs die große Eiche unten am Weg, die er sich als Zielpunkt gewählt, vor dem lichter werdenden Dickicht des Abhangs empor. Daß ihm sein Herr auf dieser Rutschpartie folgen könne, hätte er nie geglaubt. Aber zu seinem Erstaunen fühlte er auf dem ganzen Wege hinter sich den heißen Atem und hörte er die Sprünge des anderen, dessen sonst so schlaffen Körper eine unbegreifliche Erregung zu beflügeln schien, und als er, unten angelangt, mit einem gewaltigen Hirschsprung über die Böschung auf die Straße setzte, flog dicht neben ihm ein zweiter dunkler Schatten durch die Luft und taumelte gegen ihn an.

Er hielt den Strauchelnden fest. »Do is die Frau Gräfin!« murmelte er verstört und wies nach vorn.

Es bedurfte seiner Worte nicht. Graf Pius hatte, noch völlig atemlos und schwindlig, die schlanke Gestalt bemerkt, die, das Kind auf dem Arm, kaum zehn Schritte vor ihnen erstarrt vor Schrecken mitten auf dem Wege stand.

Er ging langsam, nach Luft ringend, auf sie zu. Sie blieb wie gelähmt. Der Anblick ihres Mannes entsetzte sie. Es war etwas Tierisch-Wildes in seinem Blick, wie der funkelnde Trotz in den Augen der Ahnenbilder oben – ein Wahnsinn des Jähzorns. Sie fühlte: in dieser Sekunde war er imstande, ohne eine Wimper zu zucken, zu morden!

Sie war ganz willenlos, betäubt durch seine plötzliche Verwandlung. Sie begriff nicht, wie es geschehen konnte – aber da hob er den Kleinen von ihrem Arm, ohne daß sie sich rührte, und gab ihn an Wegmann.

»Tragen Sie den jungen Herrn aufs Schloß zurück!« gebot er mit heiserer, von heftigem Keuchen unterbrochener Stimme. »Er soll gleich wieder ins Bett gebracht werden. Während ich weg bin, mordet man mir hier mein Kind. Aber ich lasse es mir nicht morden und nicht stehlen.«

Der schwarze Jäger stand ganz ratlos. Er fing langsam an, zu begreifen.

In den Augen seines Gebieters leuchtete es wieder unheimlich auf.

»Vorwärts!« knirschte er. »Gehen Sie mit dem Kinde hinauf. Schauen Sie sich nicht um, sprechen Sie kein Wort, antworten Sie auf keine Frage. Tun Sie allein, was ich Ihnen befehle! Ich bin Ihr Herr – sonst niemand. Vorwärts!«

Der Büchsenspanner erwiderte nichts. Er griff stumm an den Hut und stieg, die leichte Last auf dem linken Arm, den Weg hinauf.

Die beiden Gatten blieben stehen und starrten sich an.

»Und du...« keuchte er, »du gehe, wohin du willst. Gehe nur zu ihm! Aber Wulfi siehst du nicht wieder – nie mehr in deinem Leben!«

Sie blickte zu der Höhe hinauf, wo eben noch hinter der Parkmauer das schwarze Kraushaar des Jägers und die goldenen Locken seines jungen Herrn sichtbar waren und gleich darauf verschwanden. Da senkte sie den Kopf und schlich langsam, willenlos den Weg hinauf, zurück in das graue Schloß zu ihrem Kinde.

Er war ihr in einiger Entfernung gefolgt, bis sie in dem Vorflur verschwand und wie ein dunkler Schatten leise die Treppe hinaufging, ohne den herabkommenden Büchsenspanner zu beachten, der sich scheu an ihr vorbeidrückte, und, noch immer erhitzt und verstört, vor den Grafen trat.

»Der junge Herr sind wieder oben«, meldete er. »Die Elis' bringt ihn alleweil zu Bett.«

Der andere trocknete sich den kalten Schweiß aus dem bleichgewordenen Gesicht. »Wegmann«, murmelte er. »Ich glaube ... außer Ihnen hat niemand das ... das da eben gesehen.«

»Nein, Herr Graf.«

»Wegmann – sind Sie ein katholischer Christ?«

»Herr Graf! Sell mächt' ich hoffe.«

»Dann schwören Sie mir, Wegmann, daß Sie keinem Menschen je erzählen werden, was Sie eben gesehen und gehört haben.«

»Dees schwör' ich Ihne, Herr Graf – so wahr mir Gott helf'!«

»Ich danke Ihnen, Wegmann.« Er erfaßte die braune Rechte des Burschen und drückte sie. »Sie sind ein treuer Diener. Ich vergess' Ihnen das nicht. Sie müssen immer bei mir bleiben, Wegmann, versprechen Sie mir das. Ich will Ihnen auch ...«

Er brach ab. Eine breitschulterige Gestalt verdunkelte den Eingang und trat, den Schlapphut lüftend, herein.

»Guten Tag, Herr Graf!« sagte der Kassenarzt kurz, schon im Begriff, den triefenden Wettermantel abzulegen. »Ist der kleine Patient oben? Ja? Dann will ich gleich nach ihm sehen.«

Der Jäger hatte im Antlitz seines Herrn mit schrecken die Zeichen neu erwachender jäher Wut gelesen. Mit einem Satz sprang er zwischen die beiden.

»Basse Sie uff, Herr Doktor!« stieß er hervor. »Sonst gibt's e Unglück.«

Jetzt bemerkte auch der Arzt die Verwilderung in den Zügen seines Gegenüber. Aber er blieb ganz ruhig. »Ein Unglück?« fragt' er. »Wieso? Was ist denn geschehen?«

»Wegmann!« Die Stimme des Grafen klang dumpf. »Vorhin habe ich Sie verhindert, Menschenblut zu vergießen. Aber wenn dieser Mann da nur noch einen Schritt macht und Miene macht, die Treppe hinauf zu meinem Kinde zu gehen, so brauchen Sie Gewalt gegen ihn. Nehmen Sie Ihre Flinte herunter. Auf meine Verantwortung. Ich befehle es!«

Der Kassenarzt war stehengeblieben. »Bringen Sie sich lieber nicht ins Zuchthaus, Wegmann«, sagte er kaltblütig, »Ihr Herr sitzt die Strafe doch nicht für Sie ab. Und Sie, Herr Graf – wollen Sie mir nicht wenigstens erklären, was diese Tollheit heißt?«

Der Graf antwortete ihm nicht, er wendete sich zu seinem Jäger. »Und wenn dieser Mann jetzt nicht auf der Stelle weggeht, Wegmann!« knirschte er zwischen den Zähnen, »wenn er sich überhaupt noch einmal auf meinem Grund und Boden sehen läßt, so entfernen Sie, oder wer sonst da ist, ihn mit Gewalt! Sagen Sie's den Dienern. Ich hab's befohlen – ein für allemal.«

»Dafür werden Sie mir denn doch Genugtuung geben!« Der Doktor setzte gelassen seinen Hut auf.

»Jawohl, Genugtuung vor Gericht! Sie locken mir meine Frau aus dem Hause – Sie wollen mir mein Kind rauben! Vor das Strafgericht gehören Sie wegen Kindesraubs. Und wenn ich es nicht tue, geschieht es nur mit Rücksicht auf meinen Namen. Es braucht nicht alle Welt zu wissen, was Sie hier angestiftet haben. Aber ich bin jetzt auf meiner Hut. Sehen Sie sich vor!«

»Unzurechnungsfähig sind Sie!« Der Doktor wendete sich zum Gehen. »Und ich verzichte darauf, Ihre wahnsinnigen Anschuldigungen überhaupt zu beantworten. Nur um meine Pflicht als Arzt bis zuletzt zu erfüllen, möchte ich Ihnen dringend raten: Ziehen Sie sofort an meiner Stelle einen Kollegen bei. Es ist möglich, daß Ihr Kind schwer krank wird. Ich hab's Ihrer Frau nur nicht sagen wollen, um sie nicht unnütz vor der Zeit aufzuregen.«

»Ich brauche Ihren Rat nicht! Wenn einer mein Kind umbringen will, sind Sie es. Das Kind steht Ihnen ja allein im Wege! Sie haben das Kind krank gemacht – Sie allein. Ich werde Sie den Gerichten überliefern.«

»Zu dumm!« sagte der Arzt kurz, zuckte die Schultern und ging, ohne sich umzusehen, zum Tor hinaus.

XVIII

Das Lärmen, Johlen und Pfeifen, das ihm aus dem Dorfe entgegenklang, wie er von der Burghöhe niederstieg, berührte ihn nicht. Es war ja die selbstverständliche Zugabe zu einer ländlichen Feier.

Erst als er den Brunnenplatz erreicht hatte, blieb er stirnrunzelnd stehen. Die Fenster am Hause des Bürgermeisters waren sämtlich eingeworfen! Nur noch einzelne Splitter staken in den leeren Höhlungen mit ihren zerschmetterten Blumentöpfen und schief hängenden Läden. Immer noch flogen unter dumpfem Kollern die scharfkantigen, zum Schottern der Chaussee benutzten Porphyrsteine aus den Gruppen der lachenden Fabrikburschen, die ringsum, die Hüte im Genick, die Zigarre im Mund und meistens in seliger Angetrunkenheit standen.

In einer Ecke lehnte das Pilgerle und schaute verklärt zu. Seine Jugenderinnerungen von gestern abend wurden wieder wach, »'s geht uff achtunverzig!« sagte er freundlich zu dem Doktor und lüpfte mit der Linken seine Kappe von den langen Silbersträhnen, die um das faltige Gesichtchen hingen. »So hot's achtunverzig a'gefange! Do hot der Rahn, der nacher nach Amerika is, geschtanne un gekrische, m'r sollt' die Hersch' totschieße, die als in de Saate laafe däte – zu dere Zeit waren Ihne noch mehr Hersch' wie jetzt – gleich so hunnert Stück uff emol und so groß wie die Peerd' – selle Hersch' gehöre dotgeschosse, hot der Rahn als gekrische. Un der Herr Graf, der Großvatter vum jetzige, e großer, dicker Herr, is 'runnergekomme vom Schloß und hot in die Leit' 'reingeredd, was er norr gewußt hot … gerad' wie alleweil der Herr Direktor … awwer's hot nix 'badd – un der Herr Direktor schwatzt aach umsonst.«

Der Kassenarzt bemerkte erst jetzt, daß sein Freund mitten zwischen den Leuten stand und mit ihnen verhandelte. Sie hörten ihn, an den Hüten rückend, geduldig an. Aber ihre Antwort war immer dieselbe: »Jo, Herr Direktor! Awwer der Irion muß 'raus.«

»Der Irion muß nicht heraus!« schrie endlich der Fabrikant wütend, als er zum zehntenmal dieselbe störrische Erwiderung bekam. »Der Teufel hole euren Irion. Ich habe ihn nicht eingesperrt, aber wenn er da drinnen im Gemeindekotter sitzt, dürft ihr ihn nicht befreien. Das ist Aufruhr!«

Die Burschen entgegneten nichts. Aber kaum drehte er ihnen den Rücken, so setzten sie ihre Hüte fest, griffen in die Hosentaschen und begannen von neuem ihr Bombardement.

»Verflucht und zugenäht!« Der Fabrikant trat zornig zu seinem Kassenarzt, »was sagst du nun? Nett – was?«

»Wo stecken denn die Gendarmen?«

»Der Eidenmüller ist drinnen im Bürgermeisterhaus. Allein kann er doch nicht viel machen. Der andere ist vorhin erst von einem blödsinnigen Spaziergang nach dem Grenzhof zurückgekommen, wo er einen Deserteur gesucht und natürlich nicht erwischt hat, und jetzt unten im ›Ochsen‹ beschäftigt. Dort sind wieder einmal italienische und bayrische Erdarbeiter handgemein. Die einen stechen mit ihren Brotmessern, die anderen lupfen ihnen dafür eines mit dem Stuhlbein übern Schädel – jetzt fehlt nur noch, daß der Gesangverein ›Harmonie‹ und der Athletenklub ›Eintracht‹ sich in die Haare geraten – dann ist die ländliche Idylle fertig.«

»Losse Sie den Irion 'raus!« brüllte eine tiefe Stimme. Es schien, daß jetzt auch erwachsene Männer sich allmählich an dem Treiben beteiligten. »Losse Se'n 'raus!« Ein Hagel von Steinen prasselte auf den Dachschindeln.

»Da sieht man erst, was dieser Kerl für einen Einfluß hat!« Der Fabrikbesitzer drehte sich nervös eine Zigarette. »Wenn ich, ihr Brotherr, von dem sie alle leben, eingesperrt würde – da krähte kein Hahn danach. Oder es gäbe ein reines Volksfest, allgemeines Gaudium. Aber dieser Proletarier – unter uns gesagt: es war eine Eselei, ihn festzunehmen. Na, zu machen ist nichts. Ich gehe jetzt nach Hause. Komm mit und rauche eine Zigarre bei mir.«

»Lieber nicht!« Der Arzt wandte sich seiner Wohnung zu. »Ich wäre heute ein schlechter Gesellschafter.«

»Dann also nicht! Dann werde ich mit meiner Frau vierhändig Klavier spielen, um diesen wüsten Lärm zu übertönen. Ach, lieber Doktor, es gibt viele Phrasen in der Welt. Und eine der dümmsten – das merke ich jetzt – ist die von dem Segen der Kultur. Siehst du: meine Fabrik, dieser viereckige Kasten da hinten auf der Wiese, ist entschieden ein Stück Kultur. Und was bringt sie einem? Ich empfinde den Besitz wie eine drückende Last, wie eine Kugel am Bein, die mich am Davonlaufen hindert; meine Arbeiter kommen sich in den vier Wänden als Sklaven, als Märtyrer vor; die Frau Irion ist dabei verunglückt, die Polizei verhaftet im Schweiße ihres Angesichts ihren Mann, die Menge randaliert, du flickst mit Todesverachtung die Löcher in den Schädeln – ja, ist denn dieser allgemeine Haß, diese allgemeine Verbitterung Fortschritt? Ist das Zivilisation?«

Ein heftiges Poltern und vielstimmiges Geschrei unterbrach ihn. Der Mut der Burschen war gewachsen. Sie hatten die Deichsel eines Leiterwagens ausgehoben und rannten damit unter großem Hallo wider die Türe des Bürgermeisteramts. Ein stämmiger Mensch mit einer alten Artilleriemütze auf dem Kopfe leitete sachgemäß unter dem schallend, wie ein Kommando immer wiederholten Ruf: »Zu – gleich! Zu – gleich!« den Ansturm, bis das Holz splitterte und dröhnend aus den Angeln nach vorn über die Treppe fiel.

Der Weg war frei, aber es trat niemand hinein. Im Eingang stand der Gendarm Eidenmüller und nestelte, an seinem Schnurrbart kauend, den Revolver aus dem Lederfutteral.

»Horcht emol, ihr Lausbuwwe da unne!« sprach er dabei. »Daß ’er’s wißt: Ich schieß’! Ganz heilig schieß’ ich. Wann ihr Uffruhr treibt, muß ich mei’ Pflicht tun. Also, daß mir keines do ’reingeloffe kummt – sonst gibt’s e Unglück, ihr Leitcher.«

Die Gruppen unten traten unwillkürlich zurück und blieben stumm stehen. Ihnen gegenüber der Gendarm in der Türe. Es wurde ganz still. Aber dann flog plötzlich von irgendwoher ein Stein gegen den Mann der Ordnung. Zwei, drei andere Schotterstücke folgten, und brüllendes Gelächter begleitete die zornige Bewegung, mit der jener sich nach dem Übeltäter umsah. Und wieder ein Stein und wieder einer. Es war klar: wenn der Gendarm sich nicht entschloß, blindlings in die Menge hineinzuschießen, konnte er seinen Posten nicht behaupten.

Da plötzlich kam ihm Hilfe. Ein Haufen Männer tauchte aus der Seitengasse auf, wo der Dorfbäcker wohnte. Aus dessen Holzvorräten hatte sich ein jeder mit einem wuchtigen, weißgeschälten Eichenprügel bewaffnet. So marschierten sie heran, nicht in geschlossener Kolonne, aber doch in ziemlichem Gleichschritt und militärischer Haltung, ein robuster junger Bauer weit voraus.

»Sie däte käme!« schrie eine Stimme. »Seller is der Kaltschmidt!«

»Der Kaltschmidt vom Grenzhof?«

»Jo. Und die vum Kriegerverein.«

Eine starke Bewegung entstand unter den Gruppen, auf die der Hofbauer kampflustig zuschritt. »Jetzt geht ’er awwer nach Haus!« schrie er, seinen Knüttel schwingend, »oder wir zeige euch den Weg. Dees gibt’s net, hier mit Schteiner nach’m Bürgermeischter und Schandarme schmeiße! Dees leide m’r net.«

»Ha – was geht denn das Ihne an?« gellte eine Stimme aus der Menge.

»Dees geht uns an, weil dees unsere Gemeind’ is. Und ihr Fawrikler seid e hergeloffene Bagasch’. Laaft doch retour, von wo ihr kumme seid. Wir hawwe euch net gerufe – wir Landwirt’ – wir brauche kei’ Fawrik. Wir hawwe unser Hof un Äcker un Vieh und Gescherr. Dees is unsere Gemeind’! Verschtanne?«

»Hainer – mach’ dein Messer uff!« riet die helle Stimme eines kleinen Fabrikburschen. Auf diese Herausforderung hatten die anderen nur gewartet. Ohne weiteres Kommando kreisten plötzlich die weißen Knüttel über den Köpfen der Kolonne und senkten sich mit dem weitausholenden, beim Dreschen üblichen Schwunge hernieder in die aufschreienden und eilig auseinanderstiebenden Gruppen. In wenigen Augenblicken war der Platz leer. Nur aus der Ferne tönten laute Schimpfworte und gelle Pfiffe, die Hunde heulten, und aus den Fenstern schauten neugierige Gesichter auf die Straße.

Der junge Hofbauer sah stolz um sich und trocknete sich mit einem großen roten Taschentuch den Schweiß von dem Gesicht. »So mächt m’r’s, ihr Männer!« sagte er. »Norr net lang bitte. Dees sin ungebildeti Leit’; mit dene muß m’r deutsch redde. No verschtehe sie’s!«

»Do hott eins geblutt!« Sein Nebenmann wies auf die roten Flecken im Schlamm des Bodens, in dem festgetrampelt ein alter Filzhut und eine abgerissene Krawatte staken, und machte ein unsicheres Gesicht. »Geblutt wie e Schwein!«

»Do auch ... do auch!« schrieen mehrere Stimmen.

»Loss't sie!« lachte der Kaltschmidt. »Dees is gesund im Frühjahr. Und wann's e paar Täg Haft koscht, die mach' ich gern ab. Dafor wisse die Fawrikler jetzt, wie sie dran sind, und daß wir uns net uze losse. Alleh, ihr Männer! Jetzt gehe wir do ins Wirtshaus und schtifte Ruh, im Fall daß die Bürschle es nochemol browiere.«

Das Gepolter, Türenschlagen, Gelächter und Geschrei der unten eintretenden Bauern drang empor zu dem Zimmer des Arztes, dann ein Soldatenlied aus heiseren Kehlen, mit einem sonderbar verstümmelten Kehrreim »von Hohenzollerns hochgetürmtem Gipfel – wo unberührt die Eintracht steht«.

Und nicht lange dauerte es, als sich bei ihm einige Opfer der Schlägerei mit blutverklebten Schädeln zum Verbinden einfanden. Erst ein alter freundlicher Bauer, der die Sache von der heiteren Seite nahm, und, während ihm der Doktor Heftpflasterstreifen über die unbedeutende Schramme klebte, vom Jahr Siebzig erzählte. Damals habe er mitgefochten bei Nuits – er sprach es nach Landesbrauch Nuitz aus – an jenem Tage, wo die vielen, arg vielen Badenser gefallen seien. Da sei es bös hergegangen über die Franzosen. Aber freilich – damals seien die »Sozen« noch nicht erfunden gewesen. Die Esel würden ja nicht auf die Franzosen schießen, sondern warten, bis der Mélac wiederkäme und das Heidelberger Schloß noch einmal in die Luft sprengte. Mit den Sozen, das sei ein Unglück – die gehörten weggeschafft – ins Afrika. Dort könnten sie teilen!

Die beiden Fabrikburschen, die sich über den Hof heraufgeschlichen hatten, widersprachen nicht, sondern standen stumm und ängstlich da. Sie fürchteten sich vor dem Arzt und bissen krampfhaft, um nicht in Ohnmacht zu fallen, die Zähne zusammen, während er ihnen einen zerbrochenen Finger schiente und eine Hautwunde im Hinterkopf mit Nadeln zusammenheftete.

Dann aber entstand ein wüster Lärm. Einige stämmige Kerle brachten den langen schwäbischen Flößerknecht herbei, der von einem Italiener einen Messerstich in die Schläfe bekommen hatte. Der eine drückte ihm mit der Hand die Temporalisader zu. Sobald seine Finger sich lockerten, spritzte das Blut zwei, drei Schritte weit und stieß der völlig betrunkene Patient einen greulichen Fluch aus, daß er heute abend noch sämtliche Italiener totschlagen werde.

Es kostete geraume Zeit, bis der ungebärdige, im ganzen Zimmer umhertorkelnde und alles ihm Begegnende beiseite stoßende Schwabe auf einen Stuhl niedergezwängt, an Kopf, Händen und Beinen festgehalten und wie ein Opfertier dem Arzt überliefert worden war. Nun, da der Doktor, ungeachtet der von jenem versuchten Fußtritte, die Arterie glücklich mit der Pinzette gefaßt hatte und unterband, begann der Schwarzwälder plötzlich, unter der Einwirkung des Blutverlustes und des Rausches, bitterlich zu weinen und jammerte wie ein kleines Kind bei jeder neuen Naht: man solle ihm nicht weh tun.

Endlich war der lange Flößer geflickt. Der gespenstig wie ein weißer Turban um seinen Haarschopf gewickelte Mullverband gab ihm ein feierliches Ansehen, und er selbst geriet in Rührung. Unsicher dastehend, mit einem besinnungslosen Lächeln auf dem gelbgewordenen Gesicht, versuchte er eine häufig durch Schlucksen unterbrochene Dankrede an den Herrn Doktor, bis ihn der endlich an den Schultern umdrehte und samt seinen Begleitern hinausschob.

Andere Patienten waren nicht mehr vorhanden. Die in den Dorfwirren leichter Blessierten bemerkten gewöhnlich erst am nächsten Morgen, wenn sie ihren Rausch ausgeschlafen hatten, die Glassplitter im Schädel, und suchten dann im Laufe des Tages oder der Woche, wenn es nicht von selber gut werden wollte, den Doktor auf.

Auch unten in den Wirtschaftszimmern wurde es ziemlich still. Der Kriegerverein zog singend in einem gemeinsamen Trupp weiter. Die rauhen Stimmen und schweren Schritte verhallten draußen, und allmählich breitete sich etwas Ruhe über die erregte Sonntagnachmittagsstimmung des Dorfes.

»Zu dumm!« sagte der Doktor wieder vor sich hin und entlockte, an seinem Schreibtisch sitzend, der Pfälzer Zigarre mächtige Rauchwirbel. Was eigentlich vorhin im Schlosse vorgegangen, wußte er nicht. Es ließ sich kaum erraten. Aber jedenfalls etwas Unvernünftiges. Und in dieser Unvernunft trieb man dem kleinen Patienten da oben töricht den Helfer in der Not von der Schwelle.

Vielleicht brauchte das Kind dringend einen Retter. Wenn das im Anzug war, was er hier im Dorfe an den Betten der Kleinen bekämpfte! Der böse Feind, dessen schlimmste Tücke erst seit wenigen Jahren durch das heilkräftige hellgelbe Elixier im holzverschlossenen Glasfläschchen, das stets bereit in seinem Wandschrank stand, – durch das Serum gebrochen war.

Es klopfte leise an seiner Türe.

»Herein!« rief er barsch und sah, sich im Stuhle umwendend, ein feines, blasses Mädchengesicht, von einem dunklen Umschlagtuch umrahmt, in das Zimmer schauen.

» Sie sind's, Fräulein Elis'!« Er stand rasch auf. Sein erster Gedanke war, daß seine Befürchtung sich erfüllt hatte und man ihn nun doch in letzter Not um Beistand anging. »Also geht's schlimmer oben?«

»Nicht viel, Herr Doktor. 's is eigentlich alleweil gleichgeblieben.«

»Habt ihr wenigstens nach dem Physikus geschickt?«

»Ja. Aber er is noch nicht dagewese.«

Sie schwieg verängstigt. Einen Augenblick empfand er Lust, sie nach ihrer Herrin zu fragen, aber er wollte keinen Dienstboten zum Vertrauten machen. »Also – was ist's, Fräulein Elise?« forschte er. »Haben Sie Zahnweh, oder soll ich Ihne 's Herz kurieren?«

»Ach – mir fehlt nix, Herr Doktor«, sagte das hübsche Kinderfräulein gezwungen lächelnd. »Und nun gar am Herz! Ich bin doch mit'm Wegmann verlobt. – Da hab' ich einen Brief von der Frau Gräfin an Sie. Ich soll auf Antwort warten.«

»So – dann geben Sie her.« Er bezwang seine Erregung. »Und setzen Sie sich einstweilen, Fräulein Elis'.«

Sie nahm auf einem Stuhl hart an der Türe Platz und sah, mit ihrem nassen Schirm spielend, ihm schweigend zu, wie er langsam, die Stirne furchend, auf und nieder ging und las:

»Lieber Freund! Ich kann nicht fort, sie lassen mich nicht. Sie lassen mir mein Kind nicht. Ich hab' es versucht und wollte mit ihm fort – umsonst. Und seitdem passen sie zu gut auf, und es ist ja auch krank. Es muß bleiben, wo es ist, und ich bei ihm – jetzt wenigstens. Sie sagen freilich, man hätte nur eine Pflicht – die gegen sich selbst. Aber es ist nicht so! Jetzt, in diesen schweren Stunden, empfinde ich eine ganz andere Pflicht: ich bin Mutter, vor allem Mutter. Das war nicht einmal ein Kampf, das war mir gleich ganz selbstverständlich, so schwer es ist – eben die Prüfung, von der Sie heute sagten, daß jeder sie einmal im Leben bestehen muß. Ich hab' die Prüfung hinter mir, so unglücklich ich mich fühle, und weiß jetzt ganz genau: Mein Platz ist nicht da draußen, wo ich sein möchte, sondern da, wo ich sein muß – bei meinem Kinde. Zu erklären gibt es da nichts – es ist eben so! Vielleicht wird alles noch besser, wir müssen hoffen und harren. Freilich, ich glaube nicht mehr recht ans Glück! Gute Nacht für heute, lieber Freund.« –

Er legte finster das Blatt mit den seinen, flüchtig hingeworfenen Schriftzügen auf den Tisch. »Ein rechter Weiberbrief! ›Hoffen und harren – vielleicht wird alles noch besser!‹ Nur Geduld und ewig Geduld. Als ob davon schon jemals etwas auf der Welt sich geändert hätte! Bei Männern sicher nicht. Die Frauen freilich, die fügen sich und verstehen das Warten, und lehren es am Ende auch noch den Männern, wenn die danach sind und für solch unbestimmtes Hoffen und Fürchten sich und ihr Leben hingeben...«

Er war ja nahe daran. Seine Arbeit, das Heiligtum seiner Tage, verblaßte ihm immer mehr und wurde ihm gleichgültig und inhaltsleer gegenüber dem Unsichtbaren, Überstarken, das zwischen seiner Studierlampe und jenem matt leuchtenden roten Fenster hoch oben in der Dunkelheit lebte und webte. Gut! Solch einen Sturm mußte durchmachen und sich zum Siege führen, wer nicht arm leben und nicht arm sterben wollte. Aber rasch, mit starkem Wollen und rücksichtsloser Tat! Im Anfang war die Tat und nicht das Warten, das vielleicht Jahre hindurch seine Spannkraft lähmte, bis endlich gar doch alles im Sand verlief und nichts brachte als die Reue, vom eigentlichen Lebenswege um eines Weibes willen abgewichen zu sein.

Er fühlte sich betäubt, unfrei, von einem dumpfen Grimm befangen, daß seine Macht über sie gegenüber ihrer Mutterliebe versagt hatte. Es war ihm, als habe er eine demütigende Niederlage erlitten. So ging er zornig und stumm auf und nieder, ohne sich um Elise, die still in ihrer Ecke saß, zu kümmern.

Da klopfte es an der Türe. Der Gendarm Eidenmüller erschien, den Helm auf dem Kopfe, mit umgehängtem Gewehr.

»Gu'n Aawend!« sagte er. »Bin ich hier recht beim Herrn Doktor?«

»Ja. Haben Sie auch was abgekriegt? Steinwurf oder was?«

»Ahba, Herr Doktor! 's is norr: wir wolle jetzt den Irion fortschaffe uffs Amtsgericht.«

»Und was hab' ich damit zu tun?«

»Herr Doktor! Der Irion möchte Ihne, bevor daß er fortgeht, noch emol spreche. Ich möcht's dem Mann net abschlage. Ich mein', 's is wege seiner Fraa. Hawwe Sie vielleicht e Vertelstündche Zeit?«

»Gewiß!« Der Arzt nahm Hut und Stock und folgte dem Gendarm hinüber in das Haus des Bürgermeisters. Es war kein angenehmer Gang. Überall trat der Fuß auf Schottersteine und Glasscherben. Und auch im Innern des Hauses sah es unwirtlich aus. Die Holzsplitter der aus den Angeln gerammten Türe bedeckten den Flur und von allen Seiten strich der Wind durch die eingeworfenen Fenster.

In der Schreibstube, einem kahlen Raum mit Aktenregalen, Münz- und Gewichtstabellen und hektographierten Erlassen an den Wänden und einem großen Tisch in der Mitte, saß Benedikt Irion. Sein intelligentes, kränkliches Gesicht hatte den gewohnten verbissenen Ausdruck. Als der Arzt eintrat, erhob er sich und blieb neben dem Tische stehen.

»Sein Sie net bös, Herr Doktor!« sagte er stockend und überzeugte sich mit einem Blick nach der Türe, daß der Gendarm draußen geblieben war. »Ich hab' Ihne doher bitte müsse, weil ich net zu Ihne kann. Un jetzt soll ich 'nunner uffs Gericht. Und do liegt's mir halt so hart an, daß mei Fraa krank is...«

»Es ist ja keine Gefahr, Herr Irion! Ich werde jeden Tag nach ihr schauen, Sie können unbesorgt sein. Wann Sie wiederkommen, ist Ihre Frau wieder ganz gesund.«

»Jo – wann kumm' ich wieder?« Irion zuckte gleichgültig die Achseln. »Wammer 'mol in Unnersuchungshaft is, do derf einem die Zeit net lang werre. Do hockt m'r und verdient nix, un die Fraa is krank und kann aach nix verdiene. O mei, o mei, 's is a beese Welt!«

Der Arzt schüttelte den Kopf. »Sagen Sie mal, Herr Irion,« fragte er, »Sie haben, scheint's, Ihre Frau recht lieb?«

»Jo, Herr Doktor – dees haww' ich!«

»Und könnten doch eigentlich ganz zufrieden sein.«

»Jo, Herr Doktor! Was ich brauch', dees haww' ich.«

»Nun – und es tut Ihnen doch auch niemand etwas zuleid. Ihr Arbeitgeber will Ihnen wohl, bei Ihren Arbeitskollegen sind Sie 'ne Respektsperson, oben auf dem Schlosse sorgt man sich für Sie – ich tue, was ich kann...«

»Jo, Herr Doktor!«

»Nun also, Mann! Fühlen Sie denn keine Reue, daß Sie sich jetzt so mutwillig hinter Schloß und Riegel bringen, womöglich um Lohn und Brot, und sich von Ihrer kranken Frau trennen müssen? Weswegen denn nur?«

»Weswege?« wiederholte der Maschinenschlosser und hustete. Ein fanatisches Lächeln überflog sein schwindsüchtiges Gesicht. »Ha – weil sie die Babiere gefunne hawwe! Unne im Bett vun dem Trottel, den der Pilgerle in Pfleg' hot.«

»Das weiß ich schon allein! Aus welchem Grunde aber müssen Sie denn so unnütze Papiere besitzen und verbreiten?«

»Jo, Herr Doktor!« Der Monteur sah ihn an. »Wann Sie frage: ›Is der Irion do zufrieden?‹
so sag' ich: ›Jo, und's geht 'em gut!‹ Wann Sie awwer frage: ›Is der Arweiter do zufriede?‹ so
sag' ich: ›Awoll, er is net zufriede un's geht 'm net gut.‹«

»Warum wollen Sie denn aber alle Arbeiter vertreten?«

»Herr Doktor ... dees hot der Mensch in sich, oder er hot's net in sich. Ich haww's in mir.
Sell is mei' Werk im Leewe. Doderfor bin ich do uff der Welt. Sell muß sein!«

»Aber wenn nun Ihre Frau...«

»Do hot's ka Fraa und ka Kinner! Do hot's nix anneres, als daß eins sei' Werk im Leewe hot.
Do kann ich net rechts gucke und net links gucke – ich muß druff zu. Un dabei bleiw' ich, un
wann sie mich zehnmal einschperre! Ich haww' schon mehr im Gefängnis gesesse – deretwege!«

Er hatte mit halblauter Stimme, ohne jede Erregung gesprochen. Nur das fanatische Lächeln
wich nicht von seinen hageren Zügen.

Der Arzt wandte sich zur Türe. »Na – denn gute Nacht, Herr Irion!« sagte er und ging heimwärts. –

»Ach was Fraa und Kinner! Man muß sei' Werk im Leewe hawwe!« Die Worte des Monteurs
klangen in ihm nach. Diese ganze Welt weißglühenden Hasses gegen alles Bestehende und
gläubiger Hoffnung auf das Glück einer dereinstigen allgemeinen Gleichheit war ihm, dem
Vertrauensmann der kranken Proletarier, wohl bekannt. Er verstand das, ohne es zu billigen
oder zu verdammen, wie in seinen Augen überhaupt nichts böse und nichts gut war, sondern
die natürliche Folge einer natürlichen Ursache, und in diesem Falle eines der Symptome der
sozialen Entwicklung gleich dem ratlosen schläferigen Grimm der Schloßgesessenen da oben,
dem Galgenhumor des nach Sibirien verbannten Fabrikanten, dem trotzigen Hohn der reichen
Hofbauern über die Fabrikler, dem ganzen Widerstreit alter und neuer Menschen und Dinge,
den der erste Pfiff der Lokomotive in diesem einsamen Waldtal entfesselt hatte.

Aber der Irion selbst – der interessierte ihn heute! Der Kerl war wahrlich stärker als er! Der
ging ruhig seinem Lebensziel nach, und mochte es auch ganz verkehrt und unerreichbar sein,
und schaute sich nicht erst nach Weib und Kindern um. Der ließ sich nicht beirren wie ein
anderer, viel gelehrterer Mann, der über dem Mikroskop und den wissenschaftlichen Büchern
nur an das eine rote Fenster da oben in der Nacht denken mußte und alle Ruhe und Sammlung
verlor ...

Nein, was der arme Fanatiker da unten vermochte, das vermochte er auch: das unbeirrte
Festhalten am selbstgewählten Lebenswerk. Mochte ihm dabei folgen, wer wollte! Und wer es
nicht konnte, der blieb eben hinter ihm zurück. Er hatte keine Zeit, still zu stehen und lange
zu warten, ob Gut, Ehr', Kind, Weib, wie es Martin Luther, der größte aus seinem deutschen
Bauernblut, genannt, ob die auch alle hinter ihm herkeuchten. Waren sie da, so freute er sich
ihrer. Blieben sie aus, so ging er eben allein seinem Ziel entgegen.

Mit schweren, festen Schritten trat er in sein Zimmer. Eine weibliche Gestalt stand da zögernd vom Stuhl auf. Er erschrak. »Herrgott, Fräulein Elis' – ich hab' Sie wahrhaftig ganz vergessen. Seien Sie nicht bös!«

»O nein, Herr Doktor! Ich möcht' nur gern zum Schloß zurück. Es ist schon spät und ...«

»Ja – fürchten Sie sich heute nicht, allein zu gehen, wo alles voll von betrunkenen Burschen
ist?«

Sie wies mit dem Kopfe nach dem Fenster. »Der Wegmann begleitet mich. Drunten steht er
und wartet. Wenn der bei mir is, nimmt sich keiner was 'raus. Vor dem haben sie alle Angst.«

»Na – dann ist's gut. Also adieu, Fräulein Elis'!«

Sie zögerte. »Ich soll doch der Frau Gräfin Antwort auf den Brief bringen!«

»Antwort?« Er nahm an dem Schreibtisch Platz und schob sich seine Präparate herbei. »Da ist
eigentlich nicht viel Antwort. Einen schönen Gruß und gute Besserung für den jungen Herrn!«

»Und sonst nichts, Herr Doktor?«

»Sonst erzählen Sie der Frau Gräfin, was Sie hier sehen: Ich hätt' mich ruhig an den Tisch
gesetzt und wieder zu studieren angefangen.«

»Jawohl. Adje, Herr Doktor!«
»Adieu, Fräulein Elis'!«

XIX

Unten stand der schwarze Jäger und drehte ungeduldig seinen Schnurrbart.

»Dees hat emol e Ewigkeit gedauert!« sagte er. »Was hoscht denn um Gottes wille mit'em Doktor gehabt!«

»Vergesse hat er mich!« Elise spannte ihren Schirm auf. »Einfach dasitze lasse! E halbe Stund' und mehr. Gott weiß, was der Mann im Kopf hat!«

»Ich weiß es!« Der Waldläufer sah sie mißtrauisch von der Seite an, »und du auch. Uns beiden macht die Herrschaft nix mehr vor! Du warst dabei, wie sie mit 'em Kind uff'm Arm weggeloffe is, und ich hab's ihr wieder mit ihm abgenomme und retour getrage. Wir wisse jetzt, wie der Has läuft. Für uns heißt's jetzt norr das Maul halte!«

»Ja – meinst, ich werd's ausschelle lasse!« Das Kinderfräulein schürzte ihr Kleid und ging neben ihm her. »Man muß doch froh sein, wenn man auf die Art sein' sicheren Lohn und Brot hat!«

»Eben! Drum sollst du net so lang beim Doktor schtecke. Der Doktor is jetzt unser Feind. Man kann net zwei Herre diene! Unser Herr is der Graf oowe. Das vergeß du ja net!«

Sie erwiderte nichts und beugte den hübschen Kopf nach vorn, um, so gut es ging, die Wasserlachen und Schmutztümpel der Dorfstraße zu vermeiden. Auf der Gasse begann es sich jetzt, wo die Gendarmen in der Richtung nach dem Bahnhof verschwunden waren, wieder zu regen. Die schrillen Pfiffe der halbwüchsigen Burschen tönten da und dort, dazwischen das selbstgefällige Lallen eines Betrunkenen und ferne Tanzmusik, und wiederum flogen plötzlich ein paar Steine gegen das Bürgermeisterhaus und klapperten gleich darauf die Schuhsohlen der nach vollbrachter Tat flüchtenden Helden um die Ecke.

Es war auch nicht geraten, lange zu verweilen. Die Bauern vom Kriegerverein hielten scharfe Wache. Eben kamen sie wieder singend in einem geschlossenen Trupp das Dorf heraufmarschiert, an ihrer Spitze der Vorsitzende Kaltschmidt, der seinen Sieg inzwischen schon reichlich im Wirtshaus gefeiert und seinen Hut kampflustig weit aus dem geröteten Gesicht in den Nacken zurückgeschoben hatte.

»Und ... von ... dem ... vergossenen ... Pulverdampfe...« sang er, seinen Stock schwingend, und brach plötzlich ab. »Hier wird net mit Schteine nach 'em Bürgermeischter geschmisse, ihr Fawrikler! Dazu is der Bürgermeischter net do! Merkt's euch, ihr Fawrikler! Du do hinne ... du hoscht aach geschmisse! Du bischt aach einer!«

»O mei'! Losse Sie mich in Ruh'!« sagte der schwarze Jäger finster und faßte seine Braut am Arm, um rascher vorbeizukommen. Er fühlte sich allein dem betrunkenen Haufen gegenüber nicht ganz behaglich. »Dees könnte Sie doch sehe, wer ich bin!«

»Jesses – der Wegmann!« Das Gesicht des jungen Hofbauern färbte sich dunkelrot. Er hatte jetzt erst gehört, daß die Gendarmerie auf seinem Grund und Boden eine Haussuchung nach einem Deserteur gehalten hatte, und empfand das als Vorstand des Kriegervereins als eine böse, von ihm persönlich erlittene Schmach. Mit den Männern des Gesetzes konnte allerdings er, der staatstreu gesinnte Mann, nicht rechten. Die taten ja nur ihre Pflicht, wenn sie auf eine Anzeige hin den verdächtigen Wilderer Bazaine sich einmal näher ansehen wollten. Aber von wo kam die Anzeige? Aus der Ecke, aus der aller Ärger in der Welt den Grenzhof traf, aus dem gräflichen Schloß! Die allgemein ruchbar gewordene Schande, daß er, der Mannheimer Dragoner, dem der Großherzog selbst die Hand gedrückt, einen entflohenen Militärgefangenen als Knecht bei sich im Hause, wenn auch wider Wissen, aufgenommen, diese Schande, die ihn jetzt als Zeugen vor Gericht und wohl gar um seine Stellung an der Spitze des Kriegervereins brachte, die hatten doch wieder aus reiner Rachsucht der Graf und sein Diener dem Herrn Oberamtmann aufgedeckt. Oder vielmehr der Diener allein. Sein Herr war ja eine Null.

So begann beim Anblick des Feindes die Wut in dem ohnehin vom Wein erhitzten Bauern zu kochen. »Der Wegmann!« wiederholte er höhnisch. »Guckt norr, ihr Männer! Der Wegmann!«

Der Büchsenspanner musterte ihn mit stechenden Augen von der Seite. »Wann hab' ich mit Ihne zusammen das Vieh gehüt', Herr Kaltschmidt, daß Sie ›Wegmann‹ zu mir sage! Ich sag' ›Herr‹ zu Ihne! Tun Sie's aach, wann Sie schon schwätze müsse!«

Der andere lachte auf. »Jo, Herr! Du bischt mir e schöner Herr! Weischt, Alterle: Ich bin e Herr! Ich erb' Haus un Hof, un Acker un Vieh un Gescherr! Un hab' mei Knechte, für die bin ich Herr! Awwer du – du bischt ja selwer e Knecht! Du läufst jo hinner deinem Grafe her. So viel wie dein Simpel vun Grafe bin ich als noch!«

»So komm doch!« Die hübsche Elise war sehr blaß geworden und drängte ihren Bräutigam weiter. »Fang doch nicht mit den betrunkenen Leuten an!«

Der Jäger stand unschlüssig. Daß man ihn gerade vor seiner Braut höhnte, trieb ihm das heiße Blut zu Kopf. »So e Mischtbauer vergleicht sich mit meinem Grafe!« sprach er endlich laut und verächtlich und ging weiter. »Da soll eines net lache!«

Die Bauern hinter ihm lachten wirklich alle laut auf und am lautesten der Kaltschmidt.

»Jo, dein Graf!« schrie er, »un dees sagt er auch noch ganz frei und offen un tut sich gar noch dick damit!«

Der Jäger drehte, schon in einiger Entfernung, den Kopf.

»Jo, meinst denn, ich sollt' mich schäme!«

»Ich tät' mich freilich schäme!«

»...daß ich in sei'm Dienst bin? 's kann net a jeder e dummer Protz von Hofbauern sein!«

»Ich schaff' mei' Arbeit so gut wie du! Dees is es net. Dees weißt du selwer! Du weißt schon, was ich mein'! Dees weiß das ganze Dorf...«

»Pscht!« klang es aus den Gruppen der Bauern. »Halt's Maul, Kaltschmidt, du Rindvieh!« flüsterte eine unterdrückte rauhe Stimme, und es war, als lege sich ihm eine Hand über den Mund. Dann wurde es still.

»Jetzt komm doch ...Jesus, Maria und Joseph!« Elise begann vor Angst zu weinen. »Willst du mich hier vor den vollen Bauern stehen lasse?«

»Ja – ich geh' schon!« Er machte ein paar Schritte, ganz verdutzt, weniger von der Andeutung des Hofbauern als von der beklommenen Ruhe, die seitdem drüben herrschte. »Du – was meint denn der?« fragte er endlich.

Sie zerrte ihn atemlos mit sich. »Glaubst denn, ich horch' auch noch zu?« stieß sie hervor. »Wann ihr dasteht und euch schimpft, daß man glauben möcht', 's gibt gleich Mord und Totschlag! Mich soll die Gräfin noch 'mal Sonntags 'runner schicke!«

»Ach – wer tut denn dir was?« sagte der Jäger ärgerlich, »von dir hat doch keiner geredd'!«

Er blickte sie an und sah mit Schrecken, daß sie vollkommen weiß im Gesicht war. Ihre Zähne schlugen aufeinander. Sie atmete hastig und regellos. Das konnte nicht die Angst wegen des Zusammenstoßes sein. An derlei war man hier gewöhnt. Das mußte einen anderen Grund haben!

In seinen Augen leuchtete es auf. Er drehte sich um. »Horch emol, Kaltschmidt!« schrie er in die Weite hinein, »für was soll ich mich denn schäme, was das ganze Dorf weiß?«

»Wer lang fragt, kriegt kei' Antwort!« klang es zurück.

»Ich will's aber wisse!«

»Ha – dann frag' die, die's angeht, und net mich!«

Die Stimmen verloren sich in der Ferne. Die Bauern schienen in das Wirtshaus zurückzukehren. Man hörte ihr unbestimmtes Murmeln. Dann wurde es ganz still.

Der Jäger stand eine Weile in Gedanken da.

»Jetzt – was meint er dann norr?« murmelte er. »Geht jetzt dees gar auf dich und den Herrn Grafe?«

»O – was du dir denkst ...Wann du auf alles hörst, was so e betrunkener Bauer vor sich hinbawwelt! Der schwätzt noch viel, wann der Abend lang is!«

»Ich hab' genug gehört!« sagte der Bursche finster. »Warum bischt dann so geel im Gesicht, Elis'?«

Sie zupfte ihn zitternd am Ärmel. »So komm doch!« Und da er sie immer weiter unverwandt anstarrte, brach sie plötzlich in Tränen aus. »Ängst' hab' ich!« schluchzte sie, ihr Gesicht unter dem Taschentuch bergend. »Da soll eins nicht Ängst' kriege, wenn man mitten in eure Händel 'neingerät! Was gehen die mich an?«

»Ja – was gehe die dich an?« wiederholte Wegmann und setzte sich langsam wieder in Marsch. Eine Weile schritten sie schweigend nebeneinander her. »Jetzt schlag's dir aus dem Kopf!« sagte sie endlich mit lauterer Stimme als bisher. »Man muß sich ja schäme ...daß du auf so was nur hinhorchst...«

Er lachte auf. »Ich glaub's doch net! Denn sunscht ...weißt ...mit mir is net zu spaße. Dees wisse die da unne wohl! Und der da oowe aach!«

»O mei'! Jetzt sei aber emol still!« Sie wurde heftig. »Der da obe – der Graf, der hat...«

»Der hot mir hunnert Mark uff'n Monat versproche...« ergänzte der Büchsenspanner nachdenklich. »Un frei' Wohnung! Dees is mehr, als irgend e herrschaftlicher Jäger hier 'rum bekomme tut. Jetzt warum?«

»Ha – weil er dich gern hat!«

» Mich?« Der Waldläufer riß einen Grashalm vom Weg und kaute daran. »Na ja! Sell wird's wohl sein!«

»Gott sei gelobt, wann du wieder bei Verstand bist!« Die hübsche Bonne trocknete sich die Tränen.

»Mit euch Männern hat man sei' Kreuz! Als Zank und Ärger!«

Sie näherten sich dem Schloß. Der Jäger pfiff, um einen Angriff der Doggen zu verhindern. Dann traten sie in die Halle. »Jetzt mach, daß du 'naufkommst!« sagte er in gleichgültigem Ton. »Die Frau Gräfin wird schon auf dich warte.«

»Und du – was hast denn du da vor?

»Nix Besonderes!« Er nahm seine Büchse, die noch geladen dahing, von der Wand. »Ich hab' bloß noch was zu tun. Unne im Dorf...«

Damit ging er mit langen Schritten wieder in das Tal hinab.

Im Wirtshaus »Zum Baum im Odenwald« saß der Kriegerverein vor vollen Gläsern. Aber es herrschte eine gedrückte Stimmung. Namentlich das Haupt der Runde, der junge Hofbauer, war schweigsam und wieder ziemlich nüchtern geworden. Verdrießlich an seinem Schnurrbart drehend, die Zigarre im Mund, schaute er auf die feuchte Tischplatte und ließ die Vorwürfe eines Freundes über sich ergehen, der in der Uniform der Mannheimer Dragoner neben ihm saß.

»Dees war, weiß Gott, überflüssig, Kaltschmidt!« warnte der Urlauber. »So was sagt m'r doch net! Was geht denn dees dich an! Jetzt hot er sein Floh im Ohr! Jetzt paß uff, Alterle, was draus werd!«

»Nix werd draus!« erwiderte der Hofbauer störrisch. »So was kreischt man emol im Zorn hin, un bis morge is es vergesse!«

Aber da schüttelten die anderen nachdenklich die Köpfe.

»Dees werd net vergesse!« Der Dragoner trank bekümmert sein Bier aus und entfernte sorglich mit dem Taschentuch einen Schaumspritzer von seinem gelben Ärmelaufschlag. »Denk' norr, du hätt'st e Braut und no käm' eens daher und tät' sie schlecht mache mit 'm annere! Herrgottdunnerschlagja! Und no gar der Wegmann! E hitziger, hinterlischtiger Mann! E Italiener! So gut wie e Italiener mit seine schwarze Aage und Haare. Guck doch norr mol die Italiener an, wo uff der Bahn arbeite. Die vergesse nix! Sell sin rachsüchtige Leut'! Wann man dene was getan hot – dees hebe sie sich uff und warte, bis die Zeit do is und dann ...o mei'! – Und der Wegmann is gerad' so!«

»Ihr mit eurem Wegmann!« Der Bauer hieb zornig die Faust auf den Tisch. »Als der Wegmann! Als ob der Gott weiß was wär'! Angst habt ihr vor 'em! 's ganze Dorf! Weil's heißt, er putzt sei' Feind als emol ganz heimlich aus dem Hinterhalt mit 'ner Kugel weg! Gesehn hot's freilich noch keiner!«

»Nein. Bewiese hot's ihm keiner!« sagte der Dragoner. »Dazu hot der Mann zu viel Schick! Aber denk' an den Wilderer aus'em Hessische, den sie vor drei Jahre owwe im Wald gefunne hawwe. Do hot er gelege mit der Kugel im Leib und als noch spreche wolle und net mehr könne. Aber wann er noch hätt' spreche könne, ich weiß, was der für e Name gesagt hätt'!«

»Und der Ölmüller!« rief eine andere Stimme, »dem abends e Kugel durchs Fenster in die Lamp' geflogen is, wie er gerad' den Kopf gedreht hot. Sonst war's aus mit 'em! Der Wegmann fehlt sonst net gern! Dei' Hof liegt aach hart am Wald! Kaltschmidt – mach nächste Zeit die Läde fescht zu. Ich rat' dir gut!«

»Ha – wenn ich doch norr sag', was wahr is!« Der junge Bauer schaute unruhig seine Freunde an, »Was das ganze Dorf weiß. Ihr alle. A jedes bis uff'n Wegmann selwer! Dem sagt's freilich keiner, weil m'r schon weiß, wie los dem e Kugel in der Büchs' sitzt. Jetzt hot's der Mann davon! Jetzt laaft der Mann 'rum wie blind und wird hinner'm Rücken ausgelacht und merkt nix, und wann er mit 'em Kopf dawedder rennt!«

»Was soll ich denn merke?« fragte hinter ihm eine tiefe Stimme. Da stand der schwarze Jäger, der sich während des allgemeinen Lärms unbemerkt mit seinen katzenartig lautlosen Bewegungen herangeschlichen hatte. Er hielt das gespannte Gewehr schußfertig in der Hand.

»Rühr' dich net!« sagte er zu dem bleich werdenden Hofbauern. »Bleib sitze, wo du bischt! Un ihr annern Männer aach! Sonst gibt's e Mord! Da zeig' ich's dem Kaltschmidt, wie m'r die Leut' übern Haufe schießt. Also norr ruhig, ihr Männer!«

Der Gewehrlauf blinkte drohend in dem Dämmerlicht und darüber funkelten die kohlfarbenen Augen aus dem gelblichen Gesicht des Waldläufers. Es ward unheimlich still in dem Herrenstüble. Man hörte nichts mehr als das Ticken der Schwarzwälder Uhr an der Wand.

»Also was is denn?« sprach der Hofbauer endlich mühsam. Große Schweißtropfen traten auf seine Stirne. »Warum fuchtelst du mir mit dei'm Schießprügel so vor de Nas' 'rum? Was willst denn?«

Der Jäger war ganz ruhig. »Du sollst mir sage, was ich net weiß und ihr und die annere Leut' alle wisse, so daß ich 'rumlauf' und zum Gelächter bin! Dees sollst du mir sage! Jetzt uff der Stell'! Und ohne viel Geredd'! Auf gut Deutsch. Sonst mach' ich dich kalt!«

Der Kaltschmidt schaute verstört um sich. Nichts regte sich in der Runde.

»Ich mach' dich kalt – verstehst! Do hab' ich den Finger am Hahn! Also 'raus mit der Sprach'!«

Der andere schwankte immer noch. Da ging Wegmann in Anschlag. »Jetzt frag' ich zum letztemol – also was is es? Eins – Zwei...«

»Die Elis' hot's doch mit dem Grafe!« sagte der Bauer laut und entschlossen. »Sell weiß jedes Kind im Dorf. Bloß Sie net, Herr Wegmann!«

Der Büchsenspanner zeigte einen Augenblick die weißen Zähne unter dem Schnurrbart. Man erkannte nicht recht, war es Lachen oder eine Drohung.

»Also richtig dees!« sprach er langsam. »Und woher weiß denn dees jedes Kind?«

»Ha – dees spricht sich doch 'rum!«

»Ja – wann's emol angefange hot? Wer hot's angefange? Wo hot's angefange?«

»Wo werd's angefange hawwe? Oowe uff'm Schloß! Bei euch! Die Gärtner und Kutscher und was es do hot – die sind Ihne net grün, Herr Wegmann, die sind Ihne neidisch, weil Sie so viel Lohn bekomme, und hawwe Angst vor Ihne!«

»Und die hawwe's euch gesagt?«

»Oft. Sonntags im Wertshaus. Seit Woche!«

»Und was hawwe sie gesagt? M'r schwätzt doch net so ins Blaue druff los!«

Aber jetzt wurde der junge Bauer störrisch. »Ich hab' genug geredd'! Ich laß mich net so aushorche. Sie sind ka Schandarm!«

Der schwarze Jäger hob wieder mit funkelnden Augen die Büchse. »Wer net redd, kriegt e Kugel. Was hawwe sie gesagt? Hot eener den Grafe und die Elis' gesehe und gehört, was sie zusamme geredd hawwe?«

»Der Lorey. Sie wisse, der große, starke Mann, wo im Park uff Taglohn geschafft hot. Jetzt is er nüwwer in die Pfalz. Do is er Straßewart geworre!«

»No – und der?«

»Der hot sich des Aawends an dem dicke Turm zu schaffe gemacht, an dem ›Trutzkaiser‹! Ich mein' – er hat was geschtohle und dort verschteckelt – weil doch keines gern do hingeht wegen dem Russ', der do liegt – also kurz und gut – do hot er des Aawends gehockt und hot zwa Leut' kumme sehe und is in die Büsch' gekroche, daß ihn die Brombeere verschtoche hawwe, und hot gemerkt, daß dees der Graf und die Elis' waren, und hot gehört, was der Graf geschproche hot…«

»Und was hot der Graf geschproche?«

»Er hot der Elis' gesagt, sie sollt' Ihne heirate! Recht bald! Und er wollt' schon dafür sorge, daß sie ihr gutes Auskommen bekäm' und alles in die Reih' käm'! Und die Elis' hot geheult und am End' gesagt: Ja – dees müßt' sie tun! Sie säh's selwer ein. 's blieb ihr nix mehr übrig! – So, jetzt, wisse Sie's! Sie hawwe's ja höre wolle, Herr Wegmann!«

»Un dees is wahr?«

»Uff Ehr' und Seligkeit: dees hot uns der Lorey selber erzählt – wie er sich aus Zorn betrunke hot, weil er wege Ihne aus 'em Dienst entlasse worre is, und wir ihn geuzt hawwe, daß er jetzt Straßewart bei den Pälzer Krischern werre müßt! Und wenn Sie dem net glaube, so frage Sie doch die Elis' selwer!«

»Sell will ich!« sprach der schwarze Jäger und ging ohne Gruß in die Nacht hinaus.

Als er, in langen Sätzen bergaufwärts geeilt, wieder den Park betrat, sah er zwischen den Bäumen eine dunkle Gestalt. Es war Elise, die da in Todesangst harrte, was er wohl mit der Flinte im Dorfe angefangen habe.

Er trat auf sie zu, ergriff sie bei der Hand und führte sie in den hellen Lichtschein der Laterne am Schloßportal. »Jetzt schau' mir ins Gesicht!« sagte er, ihr Handgelenk festhaltend. »So! Ganz gerad' ins Gesicht und gib mir Antwort: was hoscht damals am Russ' mit dem Grafen geredd' wege mir und unserer Heirat?«

Sie begann am ganzen Leib zu schlottern. »Was meinst? Am Russ'?«

»Do hat euch einer zugehört und mir's jetzt ebe' erzählt!«

Im nächsten Augenblick mußte er sie mit beiden Armen halten. Sie brach vor Schrecken geradezu in sich zusammen. »Tu' mir nix!« stammelte sie. »Jesus, Maria und Joseph – tu mir nix zuleid. Tu dein Gewehr weg!«

Er riß sie wild auflachend in die Höhe. »Steh uff! Weiber schieß ich net tot! Steh uff! sag' ich. Jetzt is net Zeit zum Plärre! Jetzt gehst do bei und erzählst mir alles, wie's gewese is. Was dann kummt, weiß ich!…«

XX

Oben im Schloß saß man bei Tisch. Stumm wie bei einem Leichenmahl. Die drei Greise, sorgenvoll und grämlich, mit zitternden Händen sich bedienend, gegenüber die blassen Züge des Schloßherrn, der nicht von seinem Teller aufsah, und seiner still und teilnahmslos dasitzenden Gattin, am Büfett die schleichenden Schritte des hageren alten Schotten und an den Wänden all die buntscheckigen Gestalten einer längst verstorbenen, einst so lebenslustigen Welt, verwegene Männer und üppig lächelnde Messalinen, die aus großen Augen auf die stille trübe Runde ihrer Nachkommen und den von Kerzen und Silber flimmernden, mit kostbaren Gewächshausblumen geschmückten Tisch hinabstaunten.

Draußen klatschte der Regen an die Scheiben, einer der Greise hüstelte zuweilen auf, im Hintergrund hantierte der hagere Schotte fast geräuschlos mit dem Geschirr, wie um einen Schwerkranken nicht zu stören, im Kamin krachten die Buchenscheite und umkräuselten sich zuweilen bläulich von niedergedrücktem Rauch, wenn wieder einmal ein Windstoß das Gemäuer umbrandete und in der Ferne das Gepolter abbröckelnder Steine der Wucht seines Anpralls folgte.

Dann war wieder alles still. Leer und tot, eine ungeheure Öde außen und innen. Und so würde man morgen wieder sitzen und übers Jahr auch und für alle Zeiten und allmählich in dem Rokokospiegel gegenüber sehen, wie das Haar sich grau färbte und die ersten Runzeln die verblühten Züge durchfurchten. Und schließlich würde man welk und müde wie die drei abgestorbenen Männer da, in Decken gehüllt, vom Diener gestützt, die mit Medizin gewürzte Mahlzeit nehmen, bis endlich wieder einmal das Kapellenglöckchen unten über der Gruft bimmelte, wo das » hic jacet Pius ab Wodenstein, miles« auf jeder zweiten wappenverschnörkelten Steintafel prangte, und eine neue Grabplatte würde sich stöhnend über eine neue Gruft wälzen, in der alles begraben lag – Jugend, Hoffnung und Glück.

Ein unermeßliches Grauen ging durch Weras Brust, während der Diener die beinahe unberührten Gerichte abräumte und neue auftrug. Sie hielt diese stumme Komödie bei Tisch nicht mehr aus, die man vor der Dienerschaft spielte, um nicht deren Argwohn nach all den Vorgängen des Tages zu erwecken. »Verzeihung«, sagte sie aufstehend mit gepreßter Stimme. »Ich will nach Wulfi sehen. Er ist allein. Ich habe Elise ins Dorf geschickt. Ich weiß nicht, wo sie bleibt.«

Die Herren nahmen stumm wieder Platz, als sie den Saal verlassen hatte. Den beiden Junggesellen, dem Roué und dem Priester, war Mutterangst und Mutterliebe ein wohl zu begreifendes, aber schwer mitzuempfindendes Ding. Der General aber sah ernst vor sich hin. Er wußte, was es hieß, ein Kind zu verlieren. Unwillkürlich dachte er sich aus, wie alt sein Sohn jetzt sein würde. Schon in den Dreißigern! Rittmeister in der Gardekavallerie. Oder Diplomat. Und jedenfalls verheiratet. Frau und Kinder um ihn, der ehrwürdige Stamm in jugendgrünem Reis, und er selbst, der Alte, ein Patriarch unter den Seinen, statt hier einsam im einsamen Schloß…

Er lächelte bitter. Dort unten im Schloß lag eine kleine Steinplatte. Drei Tage hatte das arme Geschöpfchen gelebt, drei armselige Tage. Noch kaum Mensch geworden, ward es schon wieder zu Staub, vor langer, langer Zeit.

Auch ihm und den beiden neben ihm war die Zeit der Staubwerdung und Auferstehung, wie sie sein gläubiger Sinn erhoffte, nahe! Vielleicht dem ganzen Geschlecht! Drüben, in den Armen jener jungen Frau, fieberte der Letzte – ein schwächliches, hinfälliges Wesen, wie jenes, das ihm einst der Tod entrissen.

Wenn auch der kleine Eitelwolf starb? Plötzlich, er begriff nicht wie, kam ihm der Gedanke. Er erschrak und blickte verstohlen seinen bleich und still am Tische sitzenden Neffen an, der sich gegen seine Gewohnheit ein Glas Rotwein nach dem anderen eingoß. Er wußte, nach einem solchen Schlag würde der schwache Mann sich seiner unglücklichen Ehe entziehen und nicht den Mut zu einer zweiten finden. Dann war es zu Ende. Hinter ihm zerbrach das Wappen mit den Wisentköpfen und klang der alte Spruch: »Heute noch Wodenstein und nimmermehr!« Und draußen, ja draußen ging die Welt wohl ruhig ihren Gang. Im Tal unten pfiff und summte die Fabrik, die Eisenbahnzüge rollten, und aus dem Abteilfenster bog sich wohl neugierig der

Kopf eines Touristen, um das im Reisehandbuch besternte alte Schloß einen Augenblick zu besichtigen.

Draußen brauste der Wind stärker, und wieder grollte es von stürzenden Steinen.

»Du solltest die Mauern wirklich stützen lassen!« murmelte der Pariser.

»Wozu?« Der junge Graf sah stumpf in die Kerzenflamme. »Wozu?« wiederholte er nach einer Weile mechanisch, in seine Gedanken versunken.

»Dann lasse wenigstens besser einheizen!« Der Priester stand fröstelnd auf. »Durch das ganze Schloß spürt man seit heute morgen einen eiskalten Luftzug.«

Der General zündete sich eine Zigarre an. »Das ist immer im Frühjahr!« sagte er zwischen den Zähnen. »Die Kälte steckt tief in den dicken dumpfen Mauern und kriecht, wenn es draußen warm wird, ans Tageslicht.«

Auch der Pariser drehte sich eine Zigarette. »Ein schöner Trost!« sprach er melancholisch. »Also weil es in der ganzen Welt Frühling wird, müssen wir frieren! Aber du hast recht! Was alt ist, ist kalt und muß frieren. Das Schloß ist alt, wir selbst sind alt, drum klappern wir mit den Zähnen! So geht's! › Tout passe, tout casse, tout lasse!‹«

»Alter Unglücksrabe!« Der General stocherte mit finsterem Gesicht in dem Kamin. »Auch noch dies Gekrächze zu dem Sturm und Regen draußen und dem bleiernen Schweigen bei Tisch! Du wirst einen traurigen Eindruck mit nach Rom nehmen«, wandte er sich an seinen anderen Bruder, »wenn du zurückfährst!«

»Vorderhand reise ich nicht. Solange Eitelwolf krank ist und...«

Er brach ab. In der Türe stand Wera, fahl im Gesicht. Ihre Lippen, ihre Hände, ihr ganzer Körper zitterte.

Sie sah ihren Mann an. »Komm mit!« stieß sie sie tonlos hervor.

»Um Gottes willen – was ist denn?«

»Komm mit! Zu Wulfi!«

Jetzt erfaßte auch ihn ein Beben. Er sprang auf und verließ verstört mit seiner Frau den Saal.

»Was gibt es denn?« wiederholte er beklommen, während sie zusammen in das dämmerige Krankenzimmer traten.

»Als der Doktor zuletzt da war...« sie sprach langsam, schwerfällig, wie ein Mensch, der an seine eigenen Worte nicht glaubt, »...gestern mittag fragte er mich, ob ich keine grauweißen Flecken im Hals gesehen hätte. Ich sagte nein. Ich hatte nichts gesehen. Bis jetzt. Jetzt eben aber...«

»Jetzt sind sie da?« Er schrie fast auf.

Sie nickte, vor Schrecken ganz ruhig, beinahe gleichgültig.

»Die weißen Flecken?«

»Ja, die Diphtheritis. Sie ist im Dorf. Dort hat er sie sich geholt. Er ist sterbenskrank.«

Ihr Mann machte ein paar unsichere Schritte gegen das Bettchen. Sie hielt ihn zurück. »Störe ihn nicht! Du kannst doch nichts sehen! Dazu gehört eine geschickte Hand und ein Licht und ein Löffel. Vorhin hatt' ich alles. Da hab' ich den weißen Belag gesehen. Ganz deutlich.«

Er sank auf einen Stuhl und trocknete sich wie geistesabwesend die kalten Schweißperlen von der Stirne. Zu sprechen vermochte er nicht.

Einige Minuten rollten bang zwischen den beiden dahin, die sich haßten und doch einander näher fühlten als irgend wer sonst in der Welt, in ihrer Not um den gemeinsamen Liebling, – die feindselig voneinander wollten und doch vor Angst aufschrieen, daß das schwache Band, das sie zusammengefesselt hielt, zerreißen könnte.

»Es muß gleich etwas geschehen!« stieß er endlich hervor. »Wenn es wirklich das ist, dann tut höchste Eile not!«

Sie zuckte die Achseln. »Es kann gar nichts geschehen, ehe nicht der Arzt kommt! Der allein kann helfen!«

Er trat zum Fenster, blickte auf die Uhr und starrte in die Dämmerung hinaus. Nichts war zu sehen, als die eintönig niederströmenden Regenschleier und unten die Lichtpunkte des Dorfes.

Das, wonach er spähte, die Laterne des um die Waldecke zurückkehrenden Wagens, das wollte nicht kommen.

Wieder war das bange Schweigen im Krankenzimmer. Draußen auf dem Flur huschten leise Tritte und flüsterten Stimmen. Unter der Dienerschaft hatte sich das Gerücht von der Verschlimmerung verbreitet.

Und immer noch rollte nicht der ersehnte gelbe Doppelstern der Laterne drüben um den undeutlich sich abzeichnenden Bergvorsprung.

»Dieser Kutscher!« murmelte er zwischen den Zähnen. »Wo bleibt der Kerl? Er könnte, weiß Gott, schon wieder da sein!«

Er drehte sich um und sah, daß auch die drei alten Herren inzwischen ins Zimmer getreten waren. Stumm und ernst standen sie da, wie Totenwächter, mit ihren schwarzen Kleidern, den grämlichen Greisengesichtern. Ein leises Seufzen ging durch den Raum – ein kindlicher Angstlaut. Wera huschte auf den Fußspitzen zu den drei Alten hin. »Ich bitte Sie … gehen Sie …« flüsterte sie. »Wulfi erschrickt, wenn er im Fieber solch dunkle Gestalten da im Schatten sieht …«

»Also es ist wirklich die … die Krankheit?« Der General, der schon die Türklinke in der Hand hielt, wagte den Namen nicht über die Lippen zu bringen.

Sie nickte stumm.

»Ja – und der Arzt?«

»Der Arzt!« Es fuhr wie ein unterdrückter Schrei aus ihrer Brust. »Sie sehen ja – es ist keiner da! Der da unten wird nicht ins Haus gelassen und der Physikus aus der Stadt kommt nicht.«

Von ferne klang ein leichtes Rollen, – ein Peitschenknall. Graf Pius warf einen Blick durchs Fenster und eilte dann, ohne ein Wort zu sagen, zur Türe hinaus.

»Gott sei Dank, der Kreisphysikus!« murmelte der General. »Nun können wir uns trösten! Nun muß ja alles noch gut ausgehen!«

Sie starrte schweratmend nach der halboffenen Türe, durch die die drei alten Herren, so schnell es ihre zitterigen Glieder erlaubten, dem Arzt entgegengegangen waren. Sie vermochte ihnen nicht zu folgen. Es hielt sie fest bei ihrem Kind. Nur eine Minute noch … dann mußten ja die schweren Schritte den Flur entlangkommen, das gedämpfte Gemurmel der Männer klang näher, es klopfte an der Türe, der Helfer … der Retter in der Not trat ein …

Aber alles blieb still. Sie hörte nichts als das Hämmern ihres Herzens und draußen den Nachtwind.

Und jetzt, ferne, von unten aus dem Hof, eine zornige Stimme, die Stimme ihres Mannes. Ihr antwortete niemand. Die Stimme tönte immer wieder … abgerissen … leidenschaftlich … mit einem ganz fremdartigen Klang …

Eine schreckliche Ahnung durchzuckte sie. Sie eilte über den Flur, die Treppe hinab, in den Vorhof.

Da keuchten die Pferde, in eine weiße Dampfwolke gehüllt, aus der als gelbe trübe Kugeln die Laternen des Wagens flammten. Und der Wagen selbst war leer!

Davor stand ihr Mann. Er hielt seinen Kutscher vorne an den Brustknöpfen gepackt, als ob er ihn erwürgen wollte, und warf dem bleich gewordenen Mann die wütenden Worte ins Gesicht.

»Ein untreuer, gewissenloser Diener sind Sie!« keuchte er. »Ein Mörder sind Sie, jawohl! Sie tragen die Schuld, wenn hier ein Unglück passiert! Sie allein! Weil Sie meine Befehle nicht ausführen. Weil Sie schlapp sind und feige. Jawohl – ein Feigling sind Sie!«

»Herr Graf!« sagte der Kutscher rauh. »M'r soll die Leut' nicht ins Unrecht setze! Der Herr Graf tun mir unrecht! Der Herr Graf hawwe mir gesagt: ›Schpanne Sie an und fahre Sie 'nüwwer ins Schtädtche zum Physikus. Der junge Herr wäre net recht wohl, der junge Herr wär' verkältet un der Herr Physikus möchte doch 'mol nachschaue!‹ No verkältet – Herr Graf – do kammer sich nix Schlimmes denke …«

»Aber inzwischen ist es schlimm geworden!«

»Herr Graf! Sell haww' ich net wisse könne! Und wie ich zum Neckar kumme bin – Herr Graf – Sie sollte den Neckar sehe! So arg war's Hochwasser schon durch Jahre net! Der Fährmann hot gekrische vor Lache, wie ich 'em gesagt haww', ich wollt' 'nüwwer. ›O mei'!‹ hot'r gekrische. ›Ich haww’ Fraa un Kinner! Bei sellnem Wasser fahr’ ich keines! Bei sellnem Wasser kann keines ’nüwwer! Rüwwer schon von der anderen Seit’, wo sie die große Boot’ hawwe un mehr Leut’!‹ No haww’ ich m’r denkt, Herr Graf: dees bressiert ja net so, weil der junge Herr doch bloß verkältet is, und da wär’s Beschte, m’r telegraphiert ’nüwwer zum Physikus.«

»Wie denn? Das Postamt ist geschlossen. Es ist sieben Uhr vorbei. Und sogar wenn ich den Vorsteher herauspoche, nehmen sie es ihm drüben nicht ab! Er kriegt die Depesche nicht vor morgen früh, und dann ist es zu spät. Durch Ihre Schuld! Sie machen mich unglücklich durch Ihre Feigheit! Auf niemanden von euch kann man sich verlassen. Spannen Sie nicht aus! Ich fahre selbst und hole den Physikus.«

Er trat zu den Pferden und riß ihnen ungestüm die Decken herab, während die Diener und die alten Herren ihn erstaunt und ungläubig ansahen. Da fühlte er sich an der Schulter berührt. Er drehte sich um. »Was willst du?« fragte er rauh gegen Wera hin. »Jetzt hab’ ich keine Zeit!«

»Ich muß dir etwas sagen, ehe du fährst! Verstehst du – ich muß!«

»Also – nur rasch!«

»Nein – hier nicht! Komm in das kleine Empfangszimmer nebenan! Nur zwei Minuten!«

»Schnell – was gibt es?« fragte er, kaum daß sie eingetreten waren.

»Bleibe ruhig bei dem, was ich dir jetzt sage! Siehst du: So fern wir einander sind, bei Wulfi empfinden wir doch dasselbe und bitten und beten, daß er uns erhalten bleibt. Das kann er nur durch den Arzt und das Serum.«

»Ich hole ja den Arzt! Halte mich doch nicht auf!«

»Und bist du sicher, ihn hierherzubringen? Zu rechter Zeit? Es kann so viel unterwegs geschehen!«

Er zuckte zusammen. »Ich bringe ihn!« murmelte er. »Und es bleibt ja auch keine andere Wahl!«

»Doch! Den Doktor aus dem Dorf rufen lassen.«

Er trat zurück. »Das sagst du mir ins Gesicht?«

»Warum nicht! Jetzt ist alles andere einerlei. Jetzt handelt es sich nur um Wulfi. Dort unten ist die Hilfe. Wir brauchen nur die Hand danach auszustrecken!«

»...nach dem Menschen, dem du heute das Kind ausliefern wolltest!«

»Das hab’ ich nicht gewollt. Ich wär’ nach der Fabrik gegangen – zu der Frau des Direktors! Zu niemand anders! Wenn das meine Absicht gewesen wäre, mit Schimpf und Schande, mein Kind auf dem Arm, zu einem Manne zu laufen, den dann alle Welt für meinen Liebhaber hätte halten müssen – wenn ich schon so weit gewesen wäre, dann, glaube mir, hätte ich es wenigstens geschickter angefangen. Aber ich hab’ ja gar nicht nachgedacht. Nur fort wollt’ ich – nur fort, gleichviel wohin!«

»Zum Doktor! Und dieser Mensch, dem ich vor den Dienern mein Haus verboten und ihn weggejagt hab’ – der, meinst du, würde jetzt kommen?«

»Wenn ich ihn bitte, ja!«

Er lachte auf. »Und mir den größten Freundschaftsdienst fürs Leben erweisen, mein Kind retten? Gerade dies Kind, das allein zwischen ihm und dir steht, das dich zurückhält, von hier fortzugehen, zu ihm. Das weiß er doch! Er weiß, daß dies Kind sein größtes Unglück ist, daß es ihm allein im Weg ist! Sonst nichts! Ist es weg, so erreicht er sein Ziel! Er hat Wulfi vielleicht schon in diesen Tagen umzubringen versucht...«

»Lästere nicht!« schrie sie auf.

»...und ihn soll ich ans Krankenbett rufen? Nein, meine Liebe, nein. Ihm liefere ich Wulfi nicht aus, damit er hier ohne Kontrolle und Sachverständige mit ihm macht, was er will! Nein – retten will ich Wulfi!« Er griff nach Hut und Stock. »Über den Neckar fahre ich! Ich weiß, ihr traut mir für gewöhnlich so etwas nicht zu! Aber es gibt Fälle, da kommt plötzlich eine Kraft über einen. Da kann man, was man will!«

Er eilte hinaus. »Wo ist Wegmann?« schrie er. »Sie, Kutscher, kann ich nicht brauchen. Sie sind feige! Sie kehren ja doch wieder um! Wegmann fürchtet sich nicht. Er ist mein Freund in der Not! Er soll kutschieren! Wo ist Wegmann?«

Da stand der schwarze Jäger, aus dem Parkschatten getreten, plötzlich neben ihm. Niemand beachtete in der Aufregung seine leichengelbe Blässe und das unheimliche Glühen seiner Augen.

»Herr Graf befehlen?« fragte er heiser.

»Wegmann – kommen Sie mit über den Neckar?«

Der Waldläufer lachte, fast zum Schrecken der Umstehenden, laut auf. »Mit dem Herrn Grafen?« fragte er rasch. »Jetzt gleich?«

»Freilich! Sie verstehen sich ja auf alles! Sie werden auch ein Boot über den Neckar bringen!«

»Und ob!« Der Büchsenspanner drängte sich, als könne er es nicht erwarten, an den Wagen. »Ich schaff's allein. Ich brauch' den Fährmann net! Es braucht kein drittes mitzufahren!«

»Natürlich nicht!«

»Ich bin als Bub' oft mit den Fischersleut' gefahre! Ich kann mit Ruder und Schallbaum umgehe, daß es e Art hot! Ich bring' Sie hin, Herr Graf! Jetzt freilich – e Spazierfahrt wird's net!«

Er kletterte auf den Bock und ordnete mit zitternden Fingern, mühsam seinen keuchenden Atem bemeisternd, die Zügel. Graf Pius stieg ein.

»Noch einmal!« hörte er an seinem Ohr das heiße Flüstern seiner Frau und fühlte, wie ihre Hand sich um seine Schulter krampfte. »Dort unten ist die Hilfe! Du fährst an ihr vorbei! Blindlings in die Nacht hinein! Bedenke, was du tust! Versündige dich nicht an unserem Kind!«

Er schüttelte den Kopf. »Um Mitternacht bin ich mit dem Physikus da! Vorwärts, Wegmann!«

Der schwarze Jäger hieb, mit der Zunge schnalzend, auf die Pferde. Der Wagen flog hinaus in das helle Dämmern der ersten Nacht.

Von oben, aus dem Kinderzimmer, an dessen Fenster Wera lehnte, konnte sie ihn noch eine Strecke weit undeutlich im Scheine des zwischen den zerrissenen Regenwolken hervortretenden Mondes hinpoltern sehen. In dem halboffenen Gefährt saß, in sich zusammengesunken und fest in den Mantel gewickelt, die reglose Gestalt ihres Gatten.

Und plötzlich schoß es ihr durch den Kopf, daß zum erstenmal, seit sie ihn kannte, ihr Mann sich in eine Gefahr begab!

In eine Lebensgefahr! Mit dem Neckar war nicht zu spaßen. Das hatte sie in den fünf Jahren ihrer Waldeinsamkeit jeden Frühling aufs neue aus den Erzählungen der Landleute, den Zeitungsberichten erfahren, wenn der Eisstoß kam oder warmer Regen den Schnee des Schwarzwaldes schmolz. Ohne zwingende Not vertraute sich in solchen Zeiten keiner zur Nacht dem Neckar an. Ihr Gatte tat es wohl auch nicht. Er überließ dem tollkühnen Wegmann das Wagstück und wartete indessen. So wäre es wenigstens sonst seine Art gewesen. Aber heute schien er so verändert, so völlig selbstvergessen nur von dem Gedanken beseelt, sich seinen Sohn aus allen Bedrohungen zu retten – heute traute sie ihm doch zu, daß er hinter seinem Jäger in den schwankenden Nachen stieg und ihn hinausstieß in die Dunkelheit und das Wellenbrausen.

Und dann? Was konnte dann geschehen? Sie fuhr zusammen und erschrak vor sich selbst. Sie wagte nicht weiterzudenken…

Durch die Monddämmerung schaute sie wieder dem Wagen nach. Mit unverminderter Eile rollte er dem fernen Fluß zu. Und in ihm zeichnete sich undeutlich die in sich gefallene, schlafend oder träumend in eine Ecke gedrückte Gestalt ihres Mannes ab. Wieder klang verräterisch in ihrem Ohr das böse Rauschen des Neckars, und ein finsterer, kaum ausgedachter Gedanke kreiste wie ein schwarzer Vogel vom Schloßfenster hinter dem Wagen her.

Und dort – ihre Augen öffneten sich weit – dort auf der Landstraße lebte, wie durch ihren Willen ins Dasein gerufen, eine schwarze Gestalt. Die hatte sie bisher weit und breit nicht gesehen. Sie mußte mit einem Sprunge aus dem Walde her hinter dem Wagen aufgetaucht sein.

Ein langer hagerer Geselle war es, der sich einen Augenblick scheu nach beiden Seiten umsah. Dann rannte er dem Gefährt nach und schwang sich behende hinten auf.

Unbemerkt. Der Jäger hatte genug zu tun, um die warm gewordenen Pferde zu halten, und sein Herr lehnte brütend in der Ecke. Durch die rasch zunehmende Wolkendämmerung konnte Wera nur noch undeutlich seine Umrisse erkennen und in seinem Rücken, wie ein schwarzer Klumpen zwischen den Rädern kauernd, den blinden Passagier.

Wenn nun ein Unglück geschah? Sie stöhnte auf. Dann kam der Arzt nicht und alles war verloren.

Sie klingelte und ließ den Kammerdiener zu sich bescheiden.

»Schicken Sie sofort einen zuverlässigen Menschen die Landstraße hinunter zum Neckar!« befahl sie dem eintretenden hageren Schotten. »Er soll beim Fährmann nachschauen, ob mein Mann wohlbehalten an das andere Ufer gekommen ist. Man muß es ja an der Bootslaterne sehen können, wenn die auf der anderen Seite still steht.«

Der Schotte verbeugte sich. Ihm schien es das beste, wenn er selbst auf dem sonst von dem Herrn Grafen benutzten Pferde den dunklen Weg hin und her machte. So ginge es am schnellsten und sichersten!

»Ja, tun Sie das!« Sie nickte ihm zu und entließ ihn. Dann atmete sie tief auf. Sie hatte die seltsame Empfindung, daß nun keine Gefahr mehr drohe! Aber immer wieder folgten ihre Gedanken dem fernen Wagen, wie er weiter und immer weiter dem pfeilschnellen Wellenschuß des Neckars zurollte, von der Nacht umgeben, vom Sturm umpfiffen und hinten zwischen den Rädern der unbekannte schwarze Gast.

XXI

In den Fenstern des Schlosses blinkte noch überall Licht. Die Sorge ließ trotz der späten Nachtstunde niemanden schlafen. Es war ein Raunen und Flüstern in den Gängen, ein leises Hin- und Herschleichen, eine gespenstige Unruhe durch das ganze öde Gemäuer bis hinab zum Eingang der Gruft, hinter deren Gittern still unter verschnörkelten Steinplatten die alle ruhten, die vorher hier gelacht und geküßt, gegähnt und gebetet hatten. Eine große Wasserlache stand hier auf den Quadern des Bodens und zog sich als breite, feuchte Spur die längs der Kapelle hinauflaufende Seitentreppe empor. Oben drängten sich im Flur der Gärtner und ein paar Arbeitsleute in einer dumpf murmelnden Gruppe zusammen und traten verstört auseinander, als die drei alten Herren, durch die Unruhe aus ihrem Brüten im Saale aufgeschreckt, herankamen.

Der General legte dem Gärtner die Hand auf die Schulter. »Was ist denn nun wieder los?« fragte er, und es zuckte vor mühsam verhaltener Erregung unter den weißen Bartstreifen.

»Ha... die Elis', Herr Graf!«

»Was ist mit ihr?« »Sie war doch seit dem Abend schon weg – kein Mensch hat gewußt, wohin. M'r hat sie bloß mit dem Wegmann stehe sehe – kurz, eh' der mit dem gnädigen Herrn weggefahre is– und dann net mehr...«

»Na... und nun?«

»Alleweil hawwe wir sie aus'm Parkteich gezoge! Ich war gerad' heut nacht noch auf und hör' uff emol so e Plumpser und sag' zu meiner Fraa: ›Jetzt, was is denn dees? – weil ich mir gedenkt hab', es sind welche do, wo Karpfe stehle wolle – und mach' mer gleich den Nachen los. Und wie ich drin bin, kummt auch gerad' der Mond 'raus und ich seh' die Elis' zehn Schritt besser rechts im Wasser und hab' sie eben noch am Arm lange könne und 'raushole...«

»Also ist sie nicht ertrunken?«

»Ah bah, Herr Graf! Ich hab' sie erwischt. Awwer sie is ganz von sich. Sie weiß net, was sie spricht, Sie hot's Fieber. Dodrin liegt sie uff'm Gastbett. Die Frau Gräfin war schon bei ihr.«

»Ja – und hat man denn eine Ahnung, warum...«

Da zuckten die Leute die Achseln und sahen sich vielsagend an. Aber zu sprechen getraute sich keiner.

»Wie halt die Weiber sind, Herr Graf!« sagte endlich der Gärtner nachdenklich. »Die wisse jo selwer net, was sie tun! Jetzt – geschad't wird's ihr net viel hawwe! 's is wahr: das Wasser is kalt. Awwer sie war ja net lang drin! 's is mehr die Aufregung! Die is ihr aufs Herz geschlage. Dees gibt sich auch wieder...«

»Gibt sie denn gar keine Auskunft?«

»Sie redd' ganz verworre! Immer von dem Jäger Wegmann! M'r solle um Gottes willen den Wegmann net mit dem Herrn Grafe fortlasse. Sie sei zu spät gekomme! Eben sei'n die beiden weggefahre gewese. Der Wegmann müsse zurück! Sonst geh' es 'n Unglück! So geht das Geredd' weiter!«

»Verstehst du das?« fragte der General den Pariser.

»Nein! Wegmann ist doch der zuverlässigste Mensch, den wir haben! Wie sollte der Übles im Schilde führen? Weiß der Himmel, was die Elise jetzt in ihrem Fieber durcheinander wirft! Es ist ja sicher, daß die beiden glücklich über den Neckar sind. Unser Brown, den Wera an die Fähre schickte, hat ja deutlich die Bootslaterne drüben landen sehen. Warum seitdem alles totenstill bleibt und Pius nicht zurückkommt, daß weiß freilich der Himmel!«

Wieder sahen sich die Schloßbediensteten schweigend an. Eine durch die Scheu vor ihrer Herrschaft stumm bleibende Angst lag in allen Blicken.

»Hawwe Sie denn selbst die Latern' am annern Ufer gesehn?« fragte endlich der Gärtner halblaut den herbeigekommenen Kammerdiener.

Der Schotte nickte. »Ich selbst. Das Boot ist sicher drüben!«

»No – dann kann ja nix bassiert sein!«

»Aber was wird denn nun mit Elise?« fragte der General.

»Ha – die Frau Gräfin hat sie halt ins Bett lege lasse und in warme Tücher wickeln! Mei 'Fraa hat geholfe und sitzt jetzt drin bei'er! Denn die Frau Gräfin – die hot ja heut kei' Sinn dafür. Die is drüwe beim junge Herrn. Do tät' die Elis' auch not. 's geht ja alleweil schlechter mit dem kleine Herrn. Awwer nein – muß die in Wasser schpringe – gerad' heut!«

»Ja – man sollte aber doch den Arzt...«

Der Gärtner zuckte die Achseln und blickte die anderen Bediensteten vielsagend an. »M'r derfe doch net, Herr Graf! Er derf doch net mehr ins Schloß. Der gnädige Herr hot's doch befohle! M'r müsse schon uff'n Physikus warte...«

»Wenn der nur endlich käme...« Der General sprach mehr zu sich als zu den anderen.

»Jo – Herr Graf...'s wär' Zeit! Längscht! 's is bald zwei Uhr nachts! Er müßt' schon seit gut zwei Stunde hier sein. Wir hawwe's uns als und als wieder ausgerechnet. Denn ... mei' Kinner hawwe's aach gehabt! Dees kenn' ich! Do heißt's kei' Zeit verliere! Und schon wege der gnädigen Frau! ...Herr Graf ...wie die gnädige Frau vorhin hier bei der Elis' war – m'r hawwe all zusamme e Schrecke gekriegt. So weiß hot sie im Gesicht ausgeschaut wie e Totes. M'r sieht ihr die Angscht an um den jungen Herrn ...und daß der Physikus net kommt. Ich und mei' Fraa – wir hawwe schon gebetet, daß er doch endlich 'mol komme dät' – awwer m'r mag noch so lang in die Nacht 'naushorche – es rührt und regt sich nix.«

Die alten Herren erwiderten nichts. Langsam gingen sie durch die Gruppen der Dienerschaft zurück nach dem Saal und setzten sich vergrämt wieder in den Eichenstühlen nieder, schwarze stumme Gestalten in dem halbdunklen Raum, in dem beim Zitterspiel des Kaminfeuers undeutlich die bunten Bilder an den Wänden leuchteten, all die Vorfahren des Letzten des Stammes, der da drüben mit dem Tode rang.

»So geht das nicht!« sagte der General plötzlich laut. »Pius kommt nicht zurück. Wir wissen nur, daß er glücklich über den Neckar gelangt ist. Aber seitdem ...Wenn unser Neffe nicht mehr weiß, was er tut, so müssen wir für ihn handeln, ehe es zu spät ist. Wir haben schon Stunden um Stunden mit dem Warten verloren. Gott weiß, was er dort drüben treibt.«

»Sehr einfach!« murmelte der Pariser. »Entweder weigert sich der Physikus, zu fahren...«

»So ist der doch nicht!« widersprach der hagere Preuße ärgerlich. »Er ist doch ein beherzter Mensch – ein alter Junggeselle, der sich nicht vor Tod und Teufel fürchtet. Und nun gar hierher – eine Berufung ins Schloß! Nein! Das kann nicht sein.«

»Dann ist er über Land!« hub jetzt der Priester mit leiser, schwankender Stimme an, »und Pius hetzt irgendwo in der Nacht hinter ihm her!«

Der General sprang auf. »Und wo findet er ihn? Und wann? Und wann kommt er endlich mit ihm? Wenn nichts mehr zu retten ist! Natürlich – er ist der Vater! Er hat das Recht, zu tun, was er will! Aber schließlich – wir sind doch die Angehörigen des Geschlechts. Das Geschlecht steht auf den zwei Augen da drüben...«

Die beiden anderen nickten stumm. Es war, als fühlten sich die drei Greise, die in der Fremde draußen ihre Heimat gefunden, jetzt plötzlich wieder eins mit dem Mutterboden ihres alten Stammes, einsam in der tiefen Nacht, die sie umgab, und düster durch die Fenster hereinlugend, für immer alles in der ewigen Burg zu überschatten drohte.

»Also – was tun?« Der Pariser drehte verstört seinen schwarzgefärbten Schnurrbart.

Der General ging im Saale auf und ab. »Helfen kann nur der Arzt. Unten im Dorf ist er. Man muß ihn holen!«

»Ich habe ihn schon einmal heute mittag heraufgebeten – auf Weras Wunsch!« Der Priester starrte zu Boden. »Und gegen den Willen ihres Mannes! Und als der Doktor kam, wies ihn Pius, wie er uns selbst erzählte, unter unsinnigen Schmähungen und Todesdrohungen von der Schwelle. Glaubst du, daß ein Mann wie der Doktor das vergißt?«

»Das freilich nicht – aber...«

»Er würde uns antworten: ›Meine Herren, die Dienerschaft hat Befehl, mich nicht in das Schloß hineinzulassen! Mich, nötigenfalls mit Gewalt, von dem Krankenbett fern zu halten! Daran muß mein bester Wille scheitern.‹«

»Nun – das könnten doch wir der Dienerschaft befehlen...«

»Und wenn er drinnen ist und unser Neffe kommt plötzlich zurück – was doch jeden Augenblick geschehen kann – mit dem Physikus – und trifft den anderen, dem er das Haus verboten hat? Solch einer Szene setzt sich doch kein Mann von Selbstbewußtsein aus!«

»Man würde doch den Wagen in der Ferne rollen hören! Dann ist noch Zeit...«

»Ich kenne diesen Doktor ja erst seit gestern!« sagte der alte gräfliche Kleriker. »Aber er macht mir nicht den Eindruck, als würde er wie ein Dieb in der Nacht davon fliehen!«

»Wer sagt uns schließlich, daß Pius so bald wiederkommt? Gott weiß, wann das geschieht! Hinüber in die Stadt ist er über den Fluß gekommen. Der Diener hat's gesehen. Aber vielleicht ist gar keine Möglichkeit, über den Neckar zurückzufahren. Dann hat doch der Doktor hier freie Hand!«

Der Priester nickte. »Ja. Und nun höre das, was der da unten sich jedenfalls auch schon überlegt hat: Pius hat ihm mit klaren Worten, in Gegenwart seines Jägers, den tollen Vorwurf ins Gesicht geschleudert, er beabsichtige seinen Sohn umzubringen...«

»Das war in der Erregung...«

»Er hat vor uns und anderen denselben unsinnigen Verdacht wiederholt! Er traut dem Doktor zu, daß er diese Gelegenheit benutzen würde, das einzige Hindernis auf seinem Wege, den Kleinen drüben, zu beseitigen!«

»Aber das ist doch...«

»Das ist handgreifliche Unvernunft – natürlich. Dafür stammt es von Pius! Aber nun setze dich in die Lage des Doktors: Er weiß gar nicht, wie es mit dem Kinde steht. Er ist auf Vermutungen und Laienberichte angewiesen. Er kommt und findet – ich setze das nur als entfernte, aber schreckliche Möglichkeit –, findet, daß er nicht mehr helfen kann! Nehmen wir an, all seine Mühe bliebe umsonst – weißt du, was Pius dann morgen in der sinnlosen Erregung, in die ihn der Trauerfall versetzen würde, tut: Er ist imstande und zeigt den Doktor wegen fahrlässiger Tötung vor Gericht an! Dann hat er seine Ehre als Arzt, sein Ansehen, seine ganze Existenz in einem Skandalprozeß zu verteidigen! In die Gefahr begibt sich niemand, der nicht muß! Und am wenigsten dieser Doktor! Er hat ja alle Karten in der Hand – dank der Sinnlosigkeit unseres Neffen. Er braucht ja nur ruhig unten zu sitzen – kein Mensch kann ihm nach dem, was vorgefallen ist, verargen, wenn er seine Hilfe ablehnt – und braucht, wenn der Kleine kränker und kränker wird –, ohne einen Finger zu rühren, ohne sich selbst irgendwie schuldig zu machen, eben nur dem Schicksal seinen Lauf zu lassen, das Pius verhindern wollte.«

»Vergiß doch nicht,« der General blieb verstört stehen, »er hat doch einen Beruf – ähnlich dem deinen! Den Beruf, mein' ich – die Leiden seiner Nächsten zu lindern – selbstlos zu sein...«

»Ja«, sagte der Römer. »Nur daß mein Stand mir die Pflicht der Demut auferlegt! Ihm nicht! Er ist ein Mann von hartem Holz! Wer so ist und so beschimpft wurde, kann nicht so leicht vergeben und vergessen!«

Jetzt plötzlich sprang der Roué auf. »Aber versuchen müßte man es doch!« stieß er in einem Ton der Verzweiflung hervor, der seltsam der sonstigen blasierten Ruhe des spöttischen Klubmanns widersprach. »Man müßte wenigstens zu ihm gehen, ihm vorstellen, wie...«

Der greise Kleriker schüttelte den Kopf. »Wenn wir gehen, nützt es gar nichts...Das müßte jemand anders sein! Du weißt schon, wer...«

Er brach ab. Die Türe hatte sich geöffnet. In ihr stand Wera. Ihr Gesicht schimmerte totenweiß unter der Kapuze des Regenmantels, der um ihre Schultern hing.

Sie nickte dem General zu. »Bitte, komm...!« sagte sie tonlos.

»Wohin?«

»Hinunter! Zum Doktor!«

Die drei Alten schwiegen und sahen sich an.

»Ich weiß es jetzt ganz genau...« Weras Stimme klang unheimlich ruhig. »Wulfi ist verloren, wenn nicht bald Hilfe kommt. Pius bringt sie nicht. Seit Stunden bleibt er aus. Was ich in der Zeit gelitten hab' – drüben an dem Bettchen, wie ich die Minuten und Sekunden gezählt hab' und auf den Knien gelegen und gehorcht, ob noch kein Wagen rollt – mein Haar hätte grau werden können seit Mitternacht! Und alles umsonst – ganz umsonst! Aber jetzt kann ich nicht mehr. Er soll mir mein Kind nicht umbringen! Er will es retten und erreicht nur das Gegenteil! Ich hab' ihn beschworen, wie er wegfuhr – ich hab' ihm gesagt: Da unten ist die Hilfe! Du brauchst nur die Hand danach auszustrecken! Umsonst – er ist wahnsinnig und verblendet in die Nacht hinaus! Und ich mußte hier sitzen, mir die Zähne zusammenbeißen und warten. Aber jetzt ist's genug! Komm, Onkel!«

»Willst du wirklich selbst gehen?«

»Ja – jetzt gehe ich! Du mußt mit mir und dabei sein! Wir reden nichts miteinander, was du nicht hören könntest. Aber du selbst bleibe still!«

»Aber vergiß nicht...«

»Ich will nichts hören! Da ist Leben oder Tod für mein Kind! Auf weiter kommt es nichts an. Du hast selbst dein Kind verloren – dein einziges! Du weißt, was das ist!«

Der General folgte ihr. »Aber wird er es auch tun?«

Sie wandte den Kopf nicht um. »Ja«, sagte sie im Fortschreiten. »Ich weiß, er tut's!«

XXII

»Durch das Meer der Träume
  Steuert ohne Ruh,
  Steuert meine Seele
  Deiner Seele zu...«

Der Fabrikbesitzer warf, während er den Gesang seiner Frau am Klavier begleitete, zuweilen einen verstohlenen Blick durch die dunklen Scheiben auf die Gasse hinaus. Er war nicht recht bei der Sache, ja er musizierte eigentlich heute mit der hübschen Amerikanerin bloß deswegen bis nach Mitternacht, um die innere Unruhe zu übertäuben. Die Vorfälle bei der Verhaftung Irions, der Sturm auf das Bürgermeisterhaus, die Schlacht zwischen dem Kriegerverein und den Arbeitern gingen ihm nicht aus dem Sinn. Am Ende streikte ihm die Gesellschaft morgen! Oder sie kamen heute doch noch und warfen ihm die Fenster ein, oder es passierte sonst etwas, obwohl seine Frau ihn schon zehnmal wegen seiner Nervosität ausgelacht hatte.

Eben trat sie ihm beim Singen energisch auf den Fuß, um ihn darauf aufmerksam zu machen, daß er wieder daneben gegriffen – da ließ er plötzlich die Hände gänzlich von den Tasten sinken und sprang auf. »Es ist jemand im Nebenzimmer!« rief er, nach hinten eilend. »Ich höre es ganz deutlich. Ich will doch mal nachsehen, wer...«

»Laß dich nicht stören!« erwiderte von innen eine tiefe Stimme. »Ich sitze schon seit einer halben Stunde hier und höre zu. Guten Abend, Frau Direktor!«

»Guten Abend, Doktor!« rief die Amerikanerin. Sie hatte sich jetzt selbst an das Klavier gesetzt und begann zu phantasieren. »Wo kommen Sie denn so spät nachts noch her?«

»Ich ging vorbei und sah das Haus erleuchtet und die Türe offen. Kein dienendes Wesen in Sicht. Da bin ich herein! Aber wenn ich stör’...«

»Oh, gar nicht! Wollen Sie etwas zu trinken haben?«

»Danke. Nein.«

Damit beruhigte sich die hübsche Hausfrau und ließ die Finger über die Tasten gleiten, um den weinerlichen Singsang eines draußen herumtorkelnden Bauern zu übertönen. Ihr Gatte hatte sich neben den späten Besuch gesetzt und bot ihm eine Zigarre an.

»In dem ganzen Nest ist noch Leben!« sagte er. »Jetzt geht der Gendarm mit dem Gemeindediener von Haus zu Haus und notiert sich die Namen der Helden der heutigen Schlacht. Morgen treten mir dann die Kerle ganz bekatert zur Arbeit an, und es geschieht heilig irgend ein Unglück.«

Der Kassenarzt erwiderte nichts.

»Wo kommst du denn her?« forschte der Hausherr. »Von einem Kranken?«

»Nein. Ich bin bloß so in der Nacht herumgelaufen.«

»Du?« Der Fabrikant lachte herzlich. »Das ist das Neueste.«

»Ja. Man hat manchmal so Stimmungen. Es ist Eselei – das brauchst du mir nicht erst zu sagen – aber da hält man’s dann zu Hause nicht aus und stapft im Regen und Dunkel herum und zerbricht sich den Kopf...«

»Aha!« meinte der andere triumphierend. »Ich hab’s dir immer gesagt, daß die Welt nicht bloß aus galvanisierten Fröschen und Cholerakulturen besteht. Es steckt noch was dahinter. Das hast du Materialist nie glauben wollen...«

»Ich glaub’ es auch jetzt nicht!« Der Doktor blies finster den Zigarettenrauch zur Decke. »Ich sage dir ja: Es sind Stimmungen. Unfaßbares Zeug. Es kommt und geht. Zumal bei Musik. Deine Frau singt wirklich recht hübsch. Ich hab’ ihr die ganze Zeit andächtig zugehört...«

»...›durch das Meer der Träume‹...« wiederholte er nach einer Weile und sah vor sich hin. »Findest du nicht, daß heute eine seltsame Nacht ist?«

»Wieso? Es stürmt und gießt draußen wie jede Nacht. Und sonst...«

»Das meine ich nicht. Oder vielmehr doch – dies Stürmen ist es eben! Siehst du nicht, daß heute nacht niemand hier Ruhe findet? Alles ist wach in diesem gottverlassenen kleinen Erdenwinkel. Oben im Schloß sind alle Fenster hell. Der kleine Graf liegt krank. Sein Vater jagt, wie ich höre, draußen durch die Nacht und über den Neckar, um den Physikus zu holen, seine Mutter sitzt am Bett und niemand schließt ein Auge. Ebensowenig ihr hier. Ihr sitzt und musiziert. Draußen lärmen die Bauern und die Arbeiter. In der Stube neben mir läuft der Kaplan auf und ab und seufzt – Gott weiß, warum. Der Irion sitzt mit Gottes Hilfe im Gefängnis … Kurzum, es ist eine verrückte Unruhe in der kleinen Welt. Beinahe eine Angst, möcht' ich sagen …«

»Angst? Wovor?«

»Ja … wer das wüßte! Stimmungen kommen im Frühjahr … Altes stirbt, Neues lebt auf … man hat das Gefühl: Es kommt eine große Wandlung in allen Dingen. Für jeden. So verschieden es ist, was die Leute alle hoffen und fürchten. Sogar ich bin davon angesteckt, und das will etwas heißen!«

Der Fabrikant nickte. »Ja. Denn sonst bist du schon langweilig! Mit deiner ewigen Alleswisserei!«

»Und nun.« Der Kassenarzt strich sich nachdenklich den Bart. »… nun fang' ich doch an, die Leute wenigstens zu verstehen, die da meinen, daß wir überhaupt nichts wissen. Wir steuern in einem Meer von Träumen. Was uns führt – wohin es uns führt, das weiß der Himmel. Dieses Gefühl habe ich heute nacht zeitweise, als treibe alles einer großen Entscheidung zu, einem großen Wendepunkt im Leben. Aber wieso, darauf wäre auch ich selber neugierig. Und nun gute Nacht. Jetzt gehe ich wieder nach Hause …«

»Gute Nacht!« rief von innen durch ihr Klavierspiel die Hausfrau. » Take a drink, bevor Sie gehen …«

»Deine Frau hält mich schon für einen Gewohnheitsalkoholiker.« Der Kassenarzt bot seinem Freund die Hand. »Aber so weit bin ich noch nicht. Das kommt erst noch, wenn mein Leben sich auch weiter so blödsinnig zwischen kranken Bauern und mikroskopischen Präparaten abspielt! Das hat keinen Zweck!«

»Das sagst du von deinen geliebten Bazillen?«

»Ja – ich bin ganz aus dem Geleise geworfen heute nacht. Man hält sich oft für schwächer, oft auch für stärker, als man ist. Frag' nicht. Und Sie, Frau Daisy, legen sich schlafen. Das ist nichts für die Nerven – Konzerte bis zum Morgengrauen. Gute Nacht!«

Als er im »Baum zum Odenwald« die Treppe zu seinem Zimmer hinaufstieg, sah er durch die Spalten nebenan noch Licht und hörte rastlose Schritte. Er blieb stehen und klopfte.

»Geisterst du schon wieder 'rum, Hochwürden!« schrie er unwirsch. »Was soll denn das Rumtappen? Ich bitt' mir Ruh' aus!«

Ein Riegel wurde zurückgeschoben. Paulus Eberles derber junger Bauernkopf mit der Tonsurscheibe in dem buschigen Haar erschien in der halboffenen Türe. »Komm 'mal herein!« sagte er kurz.

Der Doktor trat ein und blieb mitten in dem kahlen Stübchen stehen, als dessen einziger Schmuck von der Wand über dem Bett die Madonna mit dem Kinde grüßte. »Was gibt's denn?« fragte er. »Freund und Kaplan – du schaust miserabel aus. Soll ich dir was verschreiben?«

Der junge Priester lachte trotzig und schüttelte das sonnenverbrannte Haupt. »Du kannst mir nichts verschreiben!« sagte er. »Das ist alles jetzt schon getan und erledigt. Das liegt jetzt alles schon hinter mir!«

»So?« Der andere setzte sich. »Kurierst du dich selber? Womit denn? – wenn man fragen darf – und was denn?«

»Dadermit!« Paulus Eberle schlug sich mit seiner großen kräftigen Hand auf die Brust, daß es dröhnte, und nickte. »Dadermit. Von innen kommt's! In sich muß man's habe! Dann zwingt man's!«

»Was denn, Hochwürden?«

»Die Versuchung. Die große Versuchung im Leben! Die macht man nur einmal durch. Dann hat man gewonnen! Für immer. Gott sei Dank – seit einer Stund' ist's geschehen!«

»Wer hat dich denn versucht?«

Der junge Bauernpriester ging rasch auf und nieder, daß seine schwarzen Röcke rauschten. »Meinst, das werd' ich dir sagen?« sprach er. »Keinem! Du sitzst nicht im Beichtstuhl. Aber ich. Ich hab' mir selber meine Sünden gebeichtet und hab's gefühlt, wie ich sie losgeworden bin.«

»Also schön!« sagte der Doktor trocken. »Da gratulier' ich dir, Hochwürden! Werd' nur nicht zu heilig. Sonst muß ich mich ja neben dir schämen.«

Der andere achtete nicht auf den Spott. »Jetzt bin ich frei!« fuhr er fort, und seine Wangen röteten sich etwas. »Und hab' Zutrauen zu mir gewonnen und gesehen, wer ich bin. Ich bin nicht dazu da, hier im Dorf zu versauern. Ich geh' fort! Bald!«

»Wohin denn?«

Paulus Eberle dampfte die Stimme. »Ich will Missionar werden. In Afrika oder in China.«

»Du, Kaplan? Warum denn?«

Der blasse junge Bauer im schwarzen Rocke lachte. »Ich sag' dir ja: Ich hab' gewonnen! Ich hab's überstanden!«

»Überleg's dir!« Der Doktor stand auf. »Geld hast du ja zum Glück auch keins!«

»Ich will morgen zum alten Kaltschmidt gehen, auf den Grenzhof. Das ist ein frommer Mann. Der hilft mir, wo's die Heidenbekehrung gilt. Ich sag' dir: 's is alles voll in mir. Ich hab' schon so 'ne Sehnsucht. Nur fort! Nur fort!«

Der andere lachte, die Klinke in der Hand. »Heute nacht ist schon einmal bei uns der Sturm im Wasserglas. Schlaf jetzt! Sonst verschläfst du noch die Frühmesse!«

»Ja – geh nur!« Der Kaplan drückte ihm die Hand. »Ich will dir schreiben – aus Afrika. Ja – eh' ich's vergess' – drüben bei dir sitzt ja dein Vatter, Doktor!«

»Mein Vatter? Wo kommt denn der her?«

»Er hat zur Stadt wollen – mit Butter auf den Markt – und hat gehört, daß es Hochwasser auf dem Neckar hat. Da ist er zu dir herauf, weil noch Licht war!«

»Himmeldonnerschlag ja!« Der Kassenarzt eilte über den Flur und riß die Türe zu seinem Zimmer auf. »Da sitzt er wirklich! Vatter – ich schick' doch dir und der Mutter Geld genug, daß ihr lebe könnt. Was mußt du jetzt doch wieder damit anfange und die ganze Nacht durch mit 'em Zentner Butter auf dem Rücken über den Odenwald auf den Markt laufen? Das leid' ich nicht!«

»O mei!« Das alte Waldbäuerlein, das sich steif-beinig aus der Sofaecke erhob, wo es, ein Glas Branntwein vor sich, eine Stunde hingeduselt hatte, lachte ihn gutmütig an. »Wie alt bin ich denn? Sechzig Johr un e bißche was drüwwer. Is dees e Alter für e Mann? Laß du mich norr mei' Butter trage! Ich hab' mei' Kundschaft in der Stadt...«

»Die soll anderswohin! Das fang' nicht wieder an. wenn du Geld brauchst, Vatter, so sag's!«

Der Alte greinte verschmitzt. Es machte ihm Spaß, daß sein Sohn keine Ahnung hatte, wie er sich nach wie vor jede Woche zweimal aus seinem mehrere Dörfer entfernten Heimatflecken die ganze Zeit hindurch nachts an dem »Baum im Odenwald« vorüber zur Stadt gestohlen hatte, um seinen ihm liebgewordenen Kleinhandel mit Butter, Handkäsen und manchem anderen nicht aufzugeben. Auch jetzt stand eine schwere Traglast dieser Art neben ihm am Boden und dabei ein höchst verdächtiger, fest zugebundener Sack. Vater und Sohn sahen den an und stumm wieder weg. Natürlich steckten wieder gewilderte Hasen darin. Diesen kleinen Zwischenverdienst ließ sich der Alte nicht rauben – weniger aus Geiz, obwohl auch der bei ihm reichlich entwickelt war, als aus einer innerlichen Freude an einem verbotenen kleinen Wagstück.

Der Waldbauer war überhaupt noch trotz seines gekrümmten Rückens und greisen bartlosen Gesichts zu allen Spaßen aufgelegt. Bauernwitz und Bauernschlauheit zwinkerten aus den hellen kleinen Augen, und er hatte eine besondere Gabe, sich, wenn er wollte, so dumm zu stellen, daß nicht nur die Leute in der Stadt dem traurigen kleinen Waldgesellen auf den Leim gingen, sondern selbst die Honoratioren auf dem Lande sich von ihm betören ließen, wenn er in seinem fadenscheinigen schwarzen Tuchrock, mit der zitterigen Faust auf den Knotenstock gestützt, in der Küchenecke stand und der feilschenden Hausfrau leise und kläglich etwas von den teuren Zeiten vorhüstelte.

»Ich brauch' kei' Geld!« sagte der Alte heiter zu dem Doktor. »Ich verdien's mir! Do brauchst du dich net darum zu schäme! A jedes schafft, solang' es kann. Wann du dei' sechzig Jahr' uff'em Buckel hoscht, kannst aach net ausspanne un bei Fraa un Kinnern hocke, sondern laafft aach noch akkerat wie jetzt durchs Dorf herum M den kranken Leut'...«

»Da bist du letz, Vatter!« sagte sein Sohn. »– Bis dahin bin ich ein reicher Mann!«

Das Waldbäuerlein lachte und bewegte befriedigt die zahnlosen Lippen, als habe der andere einen be-sonders guten Witz gemacht. »Sell möcht' ich erlebe!« nickte er. »No wunner' ich mich über nix mehr. Du und e reicher Mann! Vielleicht gleich da oowe uff'm Schloß, an Stell' vum Grafe! Wünsch dir's norr! Das Wünsche koscht nix! Do kann m'r biete, solang als m'r will!«

»Warum denn net?« sagte sein Sohn. »Möglich is alles uff der Welt, Vatter!«

Das erhöhte die Heiterkeit des Butterhändlers. »No – dann läßt mich auch emol im Chaisewägelche in die Stadt fahre. Die werre Aage mache, wann ich mit mei'm Sach' zu Wage ankomm'! O mei – o mei! Was hawwe die Leut' heut für Gedanke! Meint der, er gehört noch emol zu den reiche Leut' – zu den Grafe – Willst net gleich Ferscht werre? 's kummt auf eens 'raus!«

»Vatter, Vatter!« Der Doktor setzte sich neben ihn auf das Kanapee. »Du schwätzt daher und überlegst net. Meinst, es bleibt alles in der Welt, wie's is? Fehlgeschosse! Es wird immer und ewig alles neu. Von unne 'rauf wird's neu, aus dem Bode 'raus, von wo alles Leben kommt und wir die Herren sind, wir, die Bauern und Bauernsöhn'! Und was oowe is, stirbt ab. Der erscht', der vor undenklicher Zeit das Schloß da oowe gebaut hot, des war kei Simpel, wie der Graf jetzt – dees war e Kerl wie ich! Sonst hätten's doch die annere net gelitte. So awwer hat er getan, was er gewollt hat, und sich genommen, was er gewollt hat. Denn er war eben der stärkste Mann. Und nach dem kommt wieder emol e Mann, der is stärker wie die annere! Und steigt 'nuff vum Tal in die Höh'! Und annere mit ihm aus dem Bauerngrund, wo wir hier unne hocke, und 's gibt e neue Welt. Und die wird aach emol vergehn. Es dreht sich alles im Kreis!«

»Jo, bawwel' du norr!« sprach das Bäuerlein ahnungslos und behaglich. »Schau du norr, zu was du's bringst. Ich hab' mei' Schuldigkeit getan. Damals, wie die Erbschaft von mei'm Bruder aus Amerika gekumme is. Viel war's ja net und net uff emol. Alle halwi Johr mol so e bißche. Jetzt, was damit mache? Do hawwe sie mir zugeredd': Loß du dein Bub' schtudier«. Der Bub' is klug – dees sieht m'r. Der weiß, was er will. Und wann der geischtlich wird – no – du hoscht dann uff'n Doktor gelernt und mir is es aach recht, und die Wies' und das Kartoffelstück und was wir uns im Anfang von der Erbschaft hawwe kaufe wolle – dees is längst verschmerzt und vergesse und 's ist gut zehn Johr, daß die Mutter net mehr darüwwer klagt. Aber du und e reicher Mann – ach, du lieber Gott ja!«

Er brach ab und seufzte. »Jo – ich wüßt' schon e Mittel!« fuhr er dann plötzlich, listig mit den Augen zwinkernd, fort. »Ich kumm' doch viel unner die Leut'! Üwwerall uff'm Weg zwischen mei'm Dorf und der Stadt. Do is mehr als eine, in den Wirtshäusern und Mühlen und Höfen und was es so Besseres hot – die möcht' nix als e Frau Doktor werre! Wie die Weiber heutzutag' sind! Die wolle hoch hinaus. Die wolle e gebildete Mann, der net uff'm Acker schafft. Do halt' dich dran! Ich kenn' mehr als eine Gelegenheit! E reichi Heirat – domit bringt e Mann was hinner sich!«

Er sah den Sohn erwartungsvoll an. Der stand auf und lachte. »Jetzt hör' aber uff, Vatter!« sagte er. »Damit is es genug!«

Das Waldbäuerlein war verdutzt. »Willst du denn gar net heirate?« forschte er.

»Ich weiß noch nicht!« Der Doktor trat an die Türe. »Vielleicht doch! Dann wirst du dich wundern, sag' ich dir. Aber jetzt sei mal still! Es kommt wer die Treppe 'rauf!«

Der alte Butterhändler verstummte und rieb sich nachdenklich mit der braunen Hand das Stoppelkinn. Durch ihr Schweigen klangen von unten leise Tritte und Gemurmel die Stufen empor.

XXIII

Unten in der Wirtsstube schauten Kaltschmidt und die Männer vom Kriegerverein, die seit dem Überfall durch den schwarzen Jäger halb verdutzt, halb wütend beieinander saßen, mit großen Augen auf den Flur hinaus, als trauten sie selbst ihren von schlechtem italienischem Rotwein umnebelten Sinnen nicht recht. Niemals seit Menschengedenken hatte einer der Schloßbewohner seinen Fuß in die Räume des »Baums im Odenwald« gesetzt. Das war ein völlig unwahrscheinlicher, ein unfaßbarer Gedanke.

Und doch standen da die Gräfin selber und der General, bleich und verstört in dunklen Mänteln, und verhandelten halblaut mit der Wirtin. Die nickte lebhaft und führte sie dann die Treppe hinauf zu den Gastzimmern.

Die Bauern sahen sich an. Sie wußten, daß auf der Burg eines krank lag. »Dees schaut bös aus!« meinte nachdenklich der Mannheimer Dragoner und biß die Spitze von einer neuen Pfälzer Zigarre ab. »Jetzt hole sie gar schon den Kaplan. Wenn der schon gehen muß und das Bürschli versehe...«

»Zum Kaplan laufe sie doch net selwer!« wider-sprach sein Nachbar. »Do hätte sie geschickt. Die sind zum Doktor 'nuff!«

»Der kummt doch erst recht ohne dees!« Der Dragoner schüttelte den Kopf. Die Frage war schwer zu lösen. Und auch der Diener, der den Herrschaften mit der Laterne durch die Nacht geleuchtet hatte und nun wartend unten im Flur stand, ließ sich auf keine Auskunft ein. »Der junge Herr is arg krank!« sagte er kurz und bekümmert und leerte schweigsam, nach oben horchend, sein Bierglas.

Dort oben, im Zimmer des Arztes, hatte das Waldbäuerlein beim Eintritt der Gäste schleunigst seinen Butterpack und den geheimnisvollen Sack aufgeladen und sich still zur Türe hinausgedrückt. Daß sein Sohn noch so spät nachts Besuch von so vornehmen Leuten bekam, verwirrte ihm. Da wollte er nicht stören.

Die anderen blieben einen Augenblick stumm voreinander stehen. Der Arzt bot den beiden mit einer Handbewegung Platz an. Wera schüttelte den Kopf.

»Wulfi ist krank!« sagte sie schnell. »So krank, daß wir das Schlimmste fürchten müssen ... ohne Arzt...«

Er blickte fragend auf. »Und der Physikus?«

»Er kommt nicht! Mein Mann ist drüben in der Stadt – das hat man von unserem Ufer aus gesehen – aber er scheint ihn dort umsonst zu suchen. Vielleicht ist er über Land, vielleicht selbst krank – jedenfalls bleibt alles dort drüben stumm und still, und hier verrinnt die kostbare Zeit...«

»Und nun soll ich...« Er brach ab und trat einige Schritte von ihr hinweg ans Fenster.

»Ja. Sie.«

»Ich weiß alles, was Sie mir sagen können!« fuhr sie fort, ehe er etwas erwiderte. »Gewiß, kein Arzt braucht derlei zu vergessen oder kann es überhaupt... Sie so wenig wie irgendein anderer...«

»Das sagen Sie mir?«

Sie ging auf ihn zu und sah ihm ins Gesicht. »Ja. Eben ich! Jedem anderen Menschen auf der Welt können Sie es abschlagen – müssen Sie es vielleicht, weil Sie es Ihrer Selbstachtung schuldig sind – aber mir nicht!«

Er antwortete nicht. Der General, der bisher im Schatten der Türecke gestanden, warf einen Blick auf die beiden und verließ leise das Zimmer. Man hörte, wie draußen die Bohlen des Hausflurs unter seinem Tritt knarrten, während er vor dem Gemache auf und nieder schritt.

Innen war es kurze Zeit still. Dann hob der Arzt den Kopf.

»Sie sagen – Ihnen darf ich es nicht abschlagen?« fragte er. »Ich habe ja aber alles getan, was ich konnte. Ich habe meine Pflicht erfüllt, bis...«

»Gestern«, sagte Wera, »lehrten Sie mich: Es gibt keine Pflicht gegen andere. Nur gegen uns selbst. Ich hörte Ihnen zu und konnte es nicht verstehen. Und als ich nach Hause kam und vor der Wahl stand, mein Kind preiszugeben, um mich selber frei zu machen – da merkte ich, daß

Sie unrecht hatten. Nein, lieber Freund... Wir leben nicht uns! Mit unserem Besten wurzeln wir in anderen Menschen. Das zu erkennen, das ist die Probe auf das Exempel, von der Sie gestern sprachen, die Abrechnung mit sich. Gott sei Dank – ich habe die Prüfung bestanden.«

»Sie haben es mir geschrieben!« sagte der Doktor. »Aber ich...«

Sie ließ ihn nicht ausreden. »Jetzt sind Sie in der großen Prüfung darin, die gestern über mich gekommen ist – daß man mit sich selbst kämpfen muß und sich selbst bezwingen!«

»Ich weiß sehr wohl, was ich von Ihnen verlange!« fuhr sie fort, da er schwieg. »Das arme kleine Wesen da oben ist das Kind Ihres Feindes, es ist sein Werkzeug, mich da oben in Gefangenschaft zurückzuhalten und uns beide für immer zu trennen. Solange mein Kind lebt, verlasse ich es nicht. Solange es lebt, ist es das Verhängnis auf Ihrem Weg. Und doch sollen Sie es am Leben erhalten! Gerade Sie, als der Mann, zu dem ich, seit ich ihn kenne, emporschaue und der einen Einfluß auf mich geübt hat wie nie ein Mensch zuvor. Vor mir können Sie sich nicht erniedrigen und klein machen, Ihr eigenes Bild in mir zerstören! Sie sollen hinaufgehen und das Kind Ihres Feindes retten und keinen Dank davon haben. Das sage ich, ganz hart und grausam. Das habe ich gestern durchgemacht, und was ich tragen kann, das können Sie erst recht!«

»Die Mutterliebe trägt viel! Aber was soll mich dabei halten?«

»Die Pflicht! Das, was Sie nicht anerkennen, lieber Freund, und was doch Ihr ganzes Leben ausmacht, die Pflicht gegen andere! Man hat Leben und Tod in Ihre Hand gegeben, in einem Vertrauen, das man kaum einem anderen Beruf auf der Welt schenkt – nicht, damit Sie nach Gutdünken Leben und Tod austeilen, sondern nach bestem Wissen und Gewissen – ohne Ansehen der Person – ob es ein Bettlerkind am Wege ist oder mein Wulfi dort oben – Sie müssen helfen.«

»Und wenn ich wieder herunterkomme und der Kleine ist glücklich außer Gefahr – dann sehen wir uns nicht wieder!«

»Nein! Aber klagen wollen wir jetzt nicht darüber. Es ist nicht die Zeit dazu, wir sind jetzt beide in der großen Lebenswende darin, in der es sich zeigen muß, wieviel an uns ist – und wollen das an dem Krankenbettchen dort oben tapfer miteinander durchkämpfen als zwei starke Menschen. Dazu haben Sie mich gemacht. Sie haben mich gestählt. Nun bin ich's und verlang' es auch von Ihnen, meinem guten Freund und Kameraden. Denn das sind und bleiben Sie, was auch kommen mag und wie ferne wir auch voneinander sind!« Sie trat zur Türe. »Nehmen Sie zusammen, was Sie brauchen. Ich eile voraus... ich halte es nicht aus vor Angst und Sorge, wieder oben zu sein... Zurückhalten wird Sie oben niemand... die Dienerschaft ist angewiesen... kommen Sie bald... bald...«

Er fühlte den heißen, verzweifelten Druck ihrer Hand, das Zittern von Leidenschaft und Angst und Not, das sie mühsam die ganze Zeit bezwungen hatte.

Dann riß sie sich los. »Kommen Sie bald!« stieß sie noch einmal, in der geöffneten Tür stehend, hervor. »Nicht wahr – es ist noch Zeit? Sie können Wulfi noch helfen? Sie können ja alles, was Sie wollen!«

»Erst muß ich ihn sehen und untersuchen!«

Sie sah ihn an und nickte ernst. Dann stieg sie ohne ein weiteres Wort des Abschieds mit dem stumm grüßenden General die Treppe hinab, auf der eben die Wirtin die Lampe auslöschen wollte. Die letzten Gäste hatten sich entfernt. Das bisher so lärmende Haus lag still und ruhig da und ebenso im Dunkel der weit vorgeschrittenen Nacht das Dorf. Nur vom Schlosse oben leuchteten in ungewohnter Zahl die hellen Fensterscheiben.

Der Doktor packte sein Gerät zusammen und nahm Hut und Mantel – ganz mechanisch, als sei es das Selbstverständlichste auf der Welt. Eine fast unbewußte Macht trieb ihn hinaus in die Nacht, um seinem Feinde die größte Wohltat und sich selbst das größte Leid zu erweisen...

Gesenkten Hauptes ging er hin durch das Dunkel, als führe ihn ein fremder Mensch an der Hand sacht aufwärts zum Schloß empor, und begriff es nicht. Er versuchte stehenzubleiben und zu überlegen. Aber es ließ ihm keine Ruhe. Vielleicht sind die Minuten da oben kostbar! – drängte etwas in ihm – vielleicht kommst du zu spät, wenn du hier unnütz stehenbleibst! Eil dich! Eil dich! Sonst ist am Ende der kleine schwache Leib da oben erstarrt, wenn du eintrittst –

und du bist ein freier Mann und Sieger, und das darf nicht sein... Du mußt ja mit eigener Hand all deine Hoffnung einschaufeln...!

Du mußt? Wer befahl es ihm denn? Sein eigener Wille doch nicht. Im Gegenteil! Aber sein Wille, der sonst so eisenharte, war wie aus ihm geschwunden. Etwas anderes war da, was ihn langsam und unerbittlich zu den hellen Fenstern da hinauf geleitete, und er merkte endlich: dies Etwas war ihm nicht fremd. Das kam aus seinem Innersten und war der Inhalt seines Daseins – die Pflicht!

Der Mond trat aus den Wolken. Da lag dicht vor ihm das Schloß. Grau und riesenhaft mit seinen zerbröckelten Türmen und Mauern von den gleitenden Silberschatten des Himmels überspielt, glotzte es als ein plumpes Gebilde der Vorwelt hinab in das arbeitsame Tal, als ein Ding von gestern, das am lichten Tage so wenig Daseinsberechtigung mehr hatte, wie ein Mammut oder ein Drache, ein vergessenes Überbleibsel versunkener Zeit. Früher, schon in seiner Kindheit hatte sich in ihm der Zorn beim Anblick all dieser alten Waldburgen geregt – das unbewußte Gefühl des Bauernsprossen gegen die Zwingherren von einst. Später hatte er es gleichgültig betrachtet, allenfalls mit kühlem Interesse, wie der Mann der Wissenschaft wohl sonst ein nutzlos und töricht gewordenes Glied in der Entwicklungskette der Dinge prüft. Er wußte ja: die Natur schafft nicht sprungweise. Alles entsteht allmählich und stirbt allmählich wieder ab, und so konnte auch dies graue Fossil da oben nur langsam, fast unmerklich, in Staub und Stein vergehen. Es war ja schon so ewig da. Solange da unten im Wiesengrund die Wasser um die Hütten sprangen, saß da oben auf dem Wodenstein die Sippe und herrschte – anfangs durch Kraft und Mut, dann, siech und alt geworden, durch den Bann von Gesetz und Recht. Die wilde Reckenschaft von einst hatte sich versteinert in starren Urkunden und Gesetzesparagraphen, und unter deren Schutz und Schatten hauste jetzt in der alten Zwingburg weltfremd, dem Kampf ums Dasein entrückt, ein unfrohes, unnützes Geschlecht – entgegen dem Gebote dieses Kampfes, der ruhig alles Greisenhafte vernichtet, um Raum für junges Leben zu gewinnen.

Und für die Bewahrung dieses zwecklosen Daseins sollte er sein eigenes Glück, das Schicksal eines ganzen Mannes opfern! Wieder stieg der Grimm in ihm empor. Er ging nicht weiter. Die buschigen Brauen furchend, sah er zu dem hochgetürmten Bollwerk des Mittelalters empor. In ihm da unten lebte die Neuzeit, das zwanzigste Jahrhundert mit jugendfrischem Trotz und Kampfesmut. Durfte das vor dem Schatten da oben sich beugen?

Seine Hand griff in die Tasche und wog ein achtkantiges, bräunliches Fläschchen, das er hervorgeholt. Das war der Inbegriff des Jahrhunderts der Wissenschaft, der Sieg des modernen Menschengeistes über die Natur. Geheime Kraft lag in diesen wenigen Tropfen, eine Waffe, die man, furchtbarer als die rostigen Schwerter und Morgensterne oben in den Ahnenschlössern, heute in den Werkstätten der Gelehrten schmiedete. Und nicht dem Tode galt sie, wie die plumpen Werkzeuge der schloßgesessenen Herren von einst – sie diente dem Leben. Sie rettet jährlich Zehntausende und Hunderttausende vom Tode.

Ein paar Tropfen des Heilserums weniger, ein paar achtlos auf den Boden verschüttete Tropfen, und das Schicksal all derer da oben in der mondscheinumspielten, efeuumrankten ewigen Burg war besiegelt. Sie gingen davon. Ihr letzter, der zarte goldlockige Sprosse aus Wodans Geschlecht, schloß, ehe die Sonne wieder sank, für immer die blauen Kinderaugen und mit ihm schwand die Hoffnung des Stammes, der seit den Tagen büffelhorngeschmückter und in Bärenfell gehüllter Germanen bis zum ersten schrillen Pfiff der Eisenbahn sich unendlich, wie die alten Eichen in jedem Frühjahr wieder sprossen, durch die Jahrhunderte erneuert hatte.

Der Tod! Leben und Sterben der tausendjährigen Eiche wog der da unten, der Mann aus dem Volke, der Abkömmling der Mühsamen und Beladenen im Tale, die bis vor kurzem noch die Eisenfaust von da oben schwer im Nacken empfunden, nachdenklich in seiner Hand. Das war die neue Kraft, die neue Kunst, das neue Wissen! Die da oben waren wehrlos geworden hinter ihren dicken Mauern, in ihren waffenstarrenden Ahnenhallen. Der Bauernsohn aus dem Tale, der Nachkomme ihrer Hörigen, mußte hinaufsteigen und ihr Leben fristen.

Er mußte! Ob ein Bettlerkind am Wege, ob ein Reis aus Wodans sagenumsponnenem Stamm – für ihn war es gleich. Seine Pflicht war, zu helfen, wo es not tat.

Er schob das Fläschchen in die Tasche und stieg mit langen Schritten hinauf zu dem unheimlich stillen hellerleuchteten Gemäuer. Der Regen hatte aufgehört. Hell stand der Mond am Himmel. Die Sterne glitzerten durch die feuchte Luft. Am Boden dampfte es von würzigem weißem Hauch, ein leises Frühlingswehen, ein Erwachen des Lebensodems ging durch die einsame, von weitgedehnten schwarzen Höhenzügen umrahmte Bergwelt, in deren Kessel silbergrau und riesig, mit seinen Schlängelmauern das Tal weithin umwindend und umstrickend, Schloß Wodenstein wie ein Drache auf der Lauer lag.

An den drei Wisentköpfen des Parkportals vorbei ging er, den lärmenden Doggen wehrend, zum Eingang. Der alte Schotte empfing ihn scheu und stumm und geleitete ihn hinauf in das Krankenzimmer.

»Gott sei Dank!« Er hörte ihre flüsternde Stimme, wie sie, ohne aufzustehen, im Halbdunkel kaum zu erkennen, neben dem Bettchen saß, und sah die Hand, die sich ihm aus der Dämmerung entgegenstreckte.

Er nahm sie. »Vor allem schaffen Sie Licht,« sagte er kurz, »sonst kann ich nichts erkennen. Noch eine Kerze! So! Und nun versprechen Sie mir, ruhig und gefaßt zu sein, wie auch die Untersuchung ausfällt, wollen Sie?«

»Ja«, sagte sie mit erstickter Stimme.

»Denn Sie müssen mir zur Hand gehen!« Er musterte bereits mit dem prüfend-ruhigen Blick und dem unbeweglichen Gesichtsausdruck des Arztes am Krankenbett die zarten, fiebergeröteten Kinderzüge. »Sonst wird unser kleiner Patient noch unruhiger, als er schon ist! Also seien Sie tapfer!«

»Ich bin tapfer! Aber sagen Sie mir um Gottes willen...«

»Ich sage gar nichts, denn ich weiß nichts! Wenn ich so weit bin, werde ich Ihnen die volle Wahrheit sagen!«

Er hatte an dem Lager Platz genommen und begann die Untersuchung. Sie stand, bereit zu helfen, den Kopf des Kindes zu stützen, ihm beruhigend mit der Hand über die Stirne zu streichen, neben ihm. Durch die tiefe Stille klangen ihre angstgepreßten, mühsam gedämpften Atemzüge. Sie zitterte, daß die Kerze in ihrer Linken zuweilen hin und her schwankte. Dann sah er mit einem mißbilligenden Stirnrunzeln zu ihr auf und vertiefte sich wieder in sein Werk. Nichts von Erregung ließ sich an ihm bemerken. Er war ganz der kaltblütige ernste Berater, den die Gewohnheit des Kampfes gegen die Feinde der Menschheit gleichgültig gegen den Ort gemacht zu haben schien, wo dieser Kampf sich abspielte.

Endlich erhob er sich. Ruhig wie bisher. Sie stand vor ihm, stumm und vor Angst bebend, und merkte doch durch das Stocken ihres Herzschlags mit einem freudigen, ungläubigen Schrecken, daß er keine Bewegung machte, um unauffällig neben sie zu treten und sie nötigenfalls zu halten, was er doch als Träger einer schlimmen Botschaft gewiß getan hätte.

»Es war unverantwortlich, das Kind so lange ohne Arzt zu lassen!« sagte er. »Ich bin sehr spät gerufen worden. Aber zum Glück nicht zu spät. Es ist noch Zeit!«

Sie schloß die Augen. Ein Lächeln wie von einem glücklichen Traum lief über ihr Gesicht.

»Ich kann noch helfen!« fuhr er fort. »Ich denke, daß Sie den Kleinen gewiß behalten werden.«

Da lachte sie auf, mit Tränen in den Augen, fassungslos zwischen Jubel und Weinen. Sie ergriff seine beiden Hände und preßte sie in krampfhaftem Dank.

»Was soll denn das?« frug er kühl. »Sie sollen mir nicht danken – dazu ist gar kein Grund – sondern so vernünftig und ruhig sein wie möglich und mir hier helfen!«

Sie kniete fügsam neben dem Bettchen. »Wie denn?« flüsterte sie, mit nassen Augen zu ihm aufschauend.

»Warten Sie einen Augenblick!« sagte er statt aller Antwort und ging aus dem Zimmer hinüber in den großen Saal.

Der war trotz der späten Nachtstunde noch hell erleuchtet, und in ihm saßen stumm und sinnend die drei alten Herren. Seit einer Stunde hatten der Kleriker und der Pariser kein Wort gesprochen, und auch als der General den Raum betreten und mit einem seltsamen Zittern in der Stimme gemurmelt hatte: »Der Doktor kommt!« – selbst da war nur ein erleichtertes Aufräuspern, ein wohlgefälliges Nicken das Zeichen ihrer gewaltigen inneren Erregung gewesen. Sie hatten in ihrem langen Leben, jeder auf seine Weise, auf dem Exerzierplatz, am Altar wie am Spieltisch, die äußerste Selbstbeherrschung gelernt. Kein Zucken der faltenreichen Gesichter verriet ihre Gedanken, wenn ihr Blick zu der langen Reihe der Vorfahren an den Wänden und dann wieder nach der Türe schweifte, nach jener Richtung, wo drüben im Kinderzimmer der letzte Lebenshauch des alten Helden- und Priestergeschlechts unsicher wie ein Licht im Winde auf und nieder flackerte.

Als der Arzt erschien, standen sie stumm auf und reichten ihm die Hand zum Gruß. Er nahm die Frage vorweg, die auf den welken Lippenpaaren schwebte.

»Ich werde ihn durchbringen!« sagte er und fuhr, den Dank der anderen abschneidend, fort: »Aber ich bitt' Sie um zweierlei, meine Herren: erstens, daß, wenn der Herr Graf zurückkommt, jede Begegnung zwischen mir und ihm vermieden wird – das ist ja wohl selbstverständlich? – und zweitens, daß Sie um sechs Uhr, sowie der Telegraphenverkehr offen ist, meinen Kollegen, den Physikus, noch einmal durch eine dringliche Depesche herüberrufen, damit er mich ablöst. Ich will keine Minute länger hier verweilen, als unbedingt nötig ist. Also abgemacht? Gut! Auf Wiedersehen!«

Er ging wieder hinüber. »So,« sagte er beim Eintreten in das Krankenzimmer, »jetzt ist alles andere erledigt. Jetzt heißt's nur noch, an den kleinen Patienten denken.«

Er zog einen Stuhl heran. »Ihr Mann«, murmelte er, seine Geräte ordnend, »denkt ja allerdings, ich sei ein Mörder. Nun muß er sich vom Gegenteil überzeugen! Wenn einer ein Mörder ist, dann ist's er! Er wird eine böse Nacht haben, wenn er jetzt dort drüben herumirrt und umsonst den Physikus sucht und sich sagen muß: ›Unterdessen stirbt dein Kind!‹ Wenn er zurückkommt, findet er, daß ich's ihm gerettet hab'! Die Welt ist eigentlich komisch, nicht? Da sind wir nun beisammen und könnten für immer beisammen bleiben und tun und hoffen doch nichts anderes, als was bestimmt ist, uns für immer zu trennen! Bei Ihnen begreift sich's! Sie sind Mutter. Aber ich...?«

»Sie sind das, wofür ich Sie gehalten habe!« sagte sie. »Gott sei Dank: ich hab' mich nicht in Ihnen getäuscht.«

Er erwiderte nichts. Stumm mühten sich die beiden Gestalten an dem Krankenlager. Stunde um Stunde. Zuweilen nur durchbrach sein gedämpftes Raunen, ihr leises »Ja«, als Zeichen, daß sie seine Weisung verstanden, das Schweigen. Es war nicht anders, als wenn ein Arzt und eine barmherzige Schwester zusammenwirkten, um dem Tode eine Beute zu entreißen, zwei Menschen, die einander innerlich ganz fremd und fern, durch die gleiche Pflicht des Berufes und der Nächstenliebe geeint, eine Nacht hindurch am Siechenbett gute Kameradschaft halten und, wenn der Morgen graut, mit flüchtigem Gruße auseinandergehen.

Und der Morgen graute allmählich durch die sich erhellenden Scheiben. Ein fahles Leuchten im Osten, ein undeutliches Nebeldampfen auf den Höhen, im Tale unten noch tiefes Dunkel. Die ersten Flimmerpunkte des erwachenden Lebens blitzten dort, hundertfach zersprenkelt, aus den Häusern im Grund. Das Kapellenglöckchen mahnte mit klagendem Wimmern zur Frühmesse, vom Bahnhof her funkelten rote und grüne Sterne, und gleich darauf flammten daneben die Scheiben der Fabrik in dem kalten, bläulichen Glanze des elektrischen Lichtes auf. Wie ein Geisterschloß stand der hochragende Bau mit seinen vielen, mondhell von innen bestrahlten Fenstern vor der schwarzen, unbestimmt rauschenden Masse des Bergwalds, in dem noch die Fledermäuse irrten und die Käuzchen jammerten und johlten, bis das Leben des hellen Tages sie vertrieb.

Das Leben war da! Unten im Tal und oben am Krankenbett. Die neue Zeit, gegen die die mittelalterliche Welt da oben sich so fremd und feindlich abschloß, hatte ihr Wunder getan und mit den paar Tropfen in dem kleinen Glasfläschchen dem Dasein erhalten, was schon der Vernichtung verfallen schien. Der Arzt sprach es nicht aus, aber sie merkte es deutlich an den ruhigeren Atemzügen, dem veränderten Gesichtsausdruck ihres Lieblings, daß das heilkräftige Elixier seine Wirkung übte und zusehends die Macht der Krankheit brach, wie sich im Laufe der Stunden der Morgen in den vollen Tag und der wieder in den Nachmittag verwandelte und aus den im Westen sich lösenden Wolken der erste helle Sonnenstrahl – der erste seit vielen grauen Regentagen – durch das Efeugeranke des Fensters das Zitterspiel seiner goldenen Flecken und Kringel auf dem Teppich, dann auf dem Bette selbst und dem von anderem Lockengold umrahmten Gesichtchen des ruhig schlafenden Kindes spielen ließ.

Der Doktor stand auf und trat zum Fenster, um den Vorhang vorzuziehen. »Es ist gut!« sprach er plötzlich mit lauterer Stimme als bisher. »Jetzt kann ich es Ihnen sagen: Er ist außer Gefahr. Die kritischen zwölf, fünfzehn Stunden liegen hinter uns. Ich seh' jetzt die Demarkationslinie im Hals und seh', daß alles gut ist.«

Sie sah ihn stumm und andächtig an und faltete die Hände. Ihre Augen wurden feucht.

»Ich verrat' es Ihnen deswegen gerade jetzt...« fuhr er fort, »...weil's jetzt heißt: ›Ablösung vor!‹ Da fährt Ihr Wagen unten in den Hof.«

Sie sprang auf. »Mit meinem Mann?«

»Nein. Gott weiß, wo der bleibt! Der Physikus sitzt allein darin. Er hat die Depesche bekommen, die die alten Herren heute morgen an ihn geschickt haben.«

Gleich darauf trat der Kreisarzt in das Zimmer. Ein ältlicher Junggeselle mit weingerötetem Gesicht, bekannt wegen seiner sonderbaren Grillen, seiner Grobheit und nicht minder wegen seiner geschickten und gewissenhaften Behandlung. Er blieb am Eingang verdutzt stehen. »Da ist ja der Kollege!« sagte er. »Warum ruft man denn mich, Frau Gräfin?«

Sie ging ihm entgegen. »Mein Mann wollte es! Haben Sie ihn denn nicht drüben getroffen?«

»Ah bah! Ich war die ganze Nacht und den halben Tag draußen, bei 'nem kranken Hofbauern, und bin wegen dem Dreckwetter auf 'nem Umweg heimgefahren. Und wie ich an der Post vorbeikomm', hebt einer die Depesche da hoch und schreit: ›Heute morgen is die für Sie gekomme! Wir suche sie überall!‹ – No – ich les' die und bin gar nicht erst nach Haus – denn da hätten mei' Schwester und all die Weibsleut' ein gottjämmerliches Geschrei gemacht, wenn sie gehört hätten, daß es heut über'n Neckar geht – sondern ich bin gleich 'runter zum Fluß, hab' vier tüchtige Fischer zusammengetrommelt – zahlen haben sie sich ordentlich lassen, die Schoten! – und nix wie 'nüwwer! Drüben war dann schon der Wagen! Da hat mir der Fährmann freilich erzählt, der Herr Graf sei heute nacht auf die andere Seit', aber gesehen hab' ich nichts von ihm!«

»Das ist ja so ganz natürlich!« sagte der Doktor. »Die Hauptsache ist, daß Sie da sind und die weitere Behandlung übernehmen, denn zu mir hat der Herr Graf kein rechtes Zutrauen! Ich hab' aber doch eingreifen müssen. Denn jetzt, wie Sie gekommen sind, wär's schon zu spät gewesen. Also hören Sie 'mal!«

Er zog ihn in eine Ecke und erläuterte ihm in einem kurzen gedämpften Gespräch den Stand der Krankheit. Dann trat der alte Physikus an das Lager des Kleinen und nickte nachdenklich. »Gut is!« sprach er zu der Gräfin. »Wenn der kleine Prinz wieder gesund 'rumläuft, soll er sich nur bei meinem Kollegen da drüben bedanken. Ich kann mir kaum mehr ein Verdienst daran zuschreiben!«

»Ich glaub' fast, der Kollege gönnt mir das bißchen Verdienst gar nicht!« Der Kassenarzt griff gleichmütig nach Hut und Stock. »Na – das nächste Mal sind Sie an der Reihe, Herr Physikus! Guten Morgen, Frau Gräfin.«

Er ging hinaus. Sie eilte ihm nach und schloß die Türe hinter sich. Draußen, auf dem einsamen Flur, erfaßte sie seine beiden Hände und schaute ihm stumm ins Gesicht.

Er nickte. »Ja – ja«, sagte er. »Jetzt haben wir beide unsere Prüfung hinter uns. Sie und ich! Sie haben recht. Wenn es an einen kommt, muß man's durchfechten, wie wir's heute nacht als zwei tapfere Kameraden getan haben, daß keiner sich vor dem anderen zu schämen braucht. Ich will jetzt auch bald ganz fort von hier. Der Ort ist mir verleidet – und gar, wenn Sie nicht mehr hier sind! Gott weiß, wann wir uns wiedersehen! Aber ich lass' nicht ab – das dürfen Sie mir glauben, und bis dahin: leben Sie wohl!«

XXIV

Es war am Abend vorher gegen zehn Uhr geworden, als der Graf und Wegmann die Fähre am Neckar erreichten. Zuweilen, wenn die Mondsichel aus den zerrissenen Wolken trat, glänzte der Schwall der lehmgelben Flußwellen, sonst war ringsum eine rauschende Finsternis, ein unsichtbares Gurgeln und Schäumen, ein leises, zitteriges Plätschern am Ufer und weiter draußen das eintönige, mächtige Brausen des erzürnten Stroms.

Da draußen hatte das Hochwasser seine volle Gewalt. Die rieselnden Schneerinnsale des Schwarzwaldes, die Frühlingsgüsse vom Himmel, die eilfertig von allen Höhen in Württemberg, Baden und Hessen niederhüpfenden Wildbäche einten sich da zu einem ungestümen, rastlos sich erneuenden Wirbel, der immer wachsend seit dreißig Stunden das schmale Bergbett des Flusses überflutete.

Alles über den Haufen schwemmend, drängte Welle auf Welle nach Westen, dem Rheine zu. Ihnen entgegen pfiff das Tal hinauf der Märzwind. Wenn sein Hauch über die schwarze Wasserfläche hinstöhnte, schwoll das Rauschen mächtig an, die Wogen stauten sich zornig zischend gegen den Sturm und drückten sich ihm, durch die nachflutenden Massen gepreßt, in weißen Gischtkämmen entgegen – weiter – weiter – nach dem Rheine, nach dem fernen Ozean....

»Sie kutschiere ja direkt ins Wasser 'nein!« Der alte Fährmann hielt die vor dem Flusse scheuenden Pferde mit seinen knochigen Fäusten am Kopfgestell, während Wegmann fluchend auf dem Bock sich zurückwerfend die Zügel an den Leib riß. »Sie wolle sich wohl umbringe und den Herrn da drinne und die Peerd'!«

»Dees is doch noch net der Necker!« schrie der Jäger und blickte mißtrauisch auf den Tümpel nieder, in dem die Vorderräder, die Hufen der Schimmel und die hohen Schmierstiefel des Fergen standen.

Der lachte: »Der Necker wird Ihne lang frage! Der hot net emol den Herrn Amtmann gefragt, ob er üwwerlaafe derf! Aber freilich, wann Sie 's em sage – do macht der Necker, daß 'r hamkummt. Uff ihne hawwe m'r grad' gewartet!«

»Da ist wirklich schon der Necker!« Graf Pius bog sich, aus seinem Brüten erwachend, über den Kutschrand.

»Jo, Herr! Deesmol is bees! 's laaft zuviel 'runner von den Berge un vum Himmel. Und er wächst alleweil noch! Mei' Haus is unner Wasser...die Straß' is unner Wasser ...m'r möcht' rein die Kränk' krieche vor Ärger. Basse Se norr uff, wann der Mond wieder 'rausschaut, was der Fluß alles mit sich hot – m'r glaabt's net!«

Also – Sie glauben, daß wir noch Mondschein, kriegen?«

»Ha – bei dem Wind bleiwe die Wolke net gern beisamme! Sehen Se net da owwe die geele Streife? Dohinner schteckt er, der Mond! Awwer 's badd' nix! Rüwwer kann doch keins!«

»Sie wollen mich nicht überfahren?«

Der vierschrötige Fährmann lachte. »Liewer Herr ... ich hab' e Fraa daheim und fünf Kinner. Ich werr' mich hüte.«

»Aber Sie sind doch dazu verpflichtet!«

»Sunst freilich! Ich du', was ich kann. Ich fahr' Ihne durchs Treibeis durch mit 'em ganze Kahn voll Marktweiwer – ich haww' Ihne schon Rinne ins Eis gehau'n – jede Morge neu – und bin hin und her gefahre mit 'em Kahn. Warum? Weil's mei' Brot is. Ich zahl' e deuri Pacht – sag' ich Ihne, die will verdient sein. Aber bei dem Hochwasser – do schaff' ich keines 'nüwwer!«

Der Graf hörte die letzten Worte nicht mehr. »Was war denn das, Wegmann?« fragte er. »Es gab hinten so einen Stoß gegen den Wagen, wie wenn jemand abspränge!«

»Ich hab's aach g'hört, Herr Graf!« Der schwarze Jäger spähte mit seinen Katzenaugen ins Dunkel. »Awwer m'r sieht ja kaum die Hand vor den Aage!«

»Alleweil!« schrie der Fährmann und wies, seinen ölgetränkten Wetterhut gegen einen Sturmstoß festhaltend, mit der freien Hand nach oben. »Sie...Herr! Alleweil guckt der Mond 'raus!«

Die beiden anderen achteten des Geräusches am Wagen nicht mehr und sahen nicht die schwarze Gestalt, die vorsichtig geduckt hinter ihnen dem Hause des Fährmanns zuschlich. Sie starrten hinaus auf die rastlos gleitende Wasserwüste, die jetzt der bläuliche Schein des Mondes enthüllte. Zwischen ihnen und den paar Lichtpunkten des Städtchens weit am anderen Ufer wälzte es sich erdfarben, dick wie weiß-schäumender Erbsenbrei in einem regellosen Schwall, hier glatt dahinschießend, da in tief ausgedrehten Wassertrichtern kreisend, dort wieder aufstarrende Felsen und Dämme mit Spritzfluten überschüttend und in breiten, vornüberstürzenden Wellenkämmen gegen den Sturm sich bäumend.

Weit draußen, mitten in den Wogen, zeigten noch krampfhaft nickende, kahle Obstbaumkronen und die spitzen, gleich mächtigen Hundehütten über den Flußspiegel aufstarrenden dreieckigen Dächer kleiner Bauernhäuser die eigentlichen Grenzen des Neckarbettes an, das jetzt in weiten Lachen und Tümpeln bis an den Waldrand hin spülte.

Allerhand Gegenstände trieben in der trüben Flut. Massenhaftes welkes Laub und Gras, Stallstreu und dürre Äste, Holzscheite, Planken, die Balkentrümmer eines Scheunenfirstes, dazwischen große dunkle Ballen, von denen man in dem unsicheren Licht nicht unterscheiden konnte, ob es ertrunkenes Vieh, weggespülte Fässer oder abgerissene Nachen waren.

Dann wieder tönte ein schrilles Kläffen. Ein Karren schwamm, sich fortwährend drehend, vorbei, Und auf ihm stand, angstvoll mit eingezogenem Schweif in die Nacht hinein jammernd, ein kleiner Schifferspitz. Hinter ihm her schoß eine ungefüge Masse. Ein großes, mit den roten Sandsteinquadern der Odenwälder Steinbrüche bis zum Rande vollbeladenes Neckarschiff wurde von den Wellen dahingerissen, mit blinder Wucht und Schnelligkeit alles vor sich her zermalmend, die Baumkronen knickend, die Ecke eines Stalldaches mitnehmend, wie eine Kanonenkugel auf ihrer Bahn jedes Hindernis zerschellt.

»Gnad' Gott, wem selles Fahrzeug begegnet!« murmelte der Jäger nachdenklich.

Sein Herr erwiderte nichts, sondern blickte auf den Fluß hinaus. Dies rastlose Strömen im Zwitterschein des Mondes auf den gelbschäumenden Wogen, dies gleichmäßige, feierliche Brausen einer entfesselten Naturgewalt, dies mahnende Stöhnen des Sturmes – ringsum die schwarzen niederen Wellenlinien der Berge und gegenüber wie trügerische Irrlichter blinkend die Lichtpunkte des Städtchens – das alles war von einem eigenen Grauen erfüllt, von dem unheimlichen Gegensatz zwischen der gewohnten lachenden Lieblichkeit des Neckartales und dieser plötzlich entstandenen finsteren Wasserwildnis.

»Herr Graf!« sagte Wegmann plötzlich, ohne ihn anzuschauen. »Ich mein', 's is besser, wenn wir bald fahre!« '

»Ja!« Der andere wandte sich der Flutgrenze zu. »Vorwärts!«

»M'r müsse e Weilche warte, Herr Graf! Alleweil schiebt sich wieder e Wolke vor den Mond. Wann die fort is, stoße m'r ab! Unnerdees hol' ich beim Fährmann den Schallbaum un die Ruder. Das Boot hot 'r gleich hinnerm Haus in dem Hohlgässel angehängt. Komme Se mit, Herr Graf, ins Zimmer!«

Außer der Frau des Fergen und ein paar in der Ecke schlafenden Kindern saßen dort noch mehrere Männer, durch das Hochwasser abgeschnitten, verdrossen beisammen in halblautem Gespräch.

»…'s schteigt als noch!« brummte der Forellenfischer. »Ich wollt' bloß, 's tät die Fawrik owwe in Grund und Boden reiße!«

»Jo – die schteht fest!« lachte der alte Schäfer, der in seinen blauen Wettermantel gewickelt, den langen Krummstab neben sich, an dem rotglühenden Ofen saß und emsig wie eine alte Frau mit seinen braunen Hornfingern an einem Wollstrumpf strickte. »Do kannscht lang warte!«

»Awwer die Fisch'!« Der andere schlug mit der Faust auf den Tisch und schob sich die blaue Schifferkappe ins Genick. »Die Fisch' – die derfe kaput gehn! Do frägt keins danach! Jetzt rührt's Hochwasser wieder den ganzen Dreck vum Bode! Die ganze Bach is voller Dreck und der Necker aach. Wann den die Fisch' in die Kieme kriege, no könne sie net mehr schnaufe! No müsse sie verschticke! Guckt norr 'naus! 's schwimmt jetzt schon alles voll doter Fisch'! O mei'! Was sinn dees für Zeite! Un wann's net der Necker is, so is es die Fawrik mit dem neumodische Giftzeug, oder der Schleppdampfer schmeißt mit seine Welle den Laich ans Ufer, daß er austrockne muß... so oder so ...hin müsse die Fisch'! Ich möcht' schon bald lieber Schteine kloppe uff der Schosseh!«

»Jo – jo!« sagte der Holzhändler neben ihm finster und versank wieder in Brüten. Die anderen sahen ihn mit bedauerndem Kopfnicken an. Das Hochwasser hatte ihm einen Posten alter, zu Schiffsmasten bestimmter Schwarzwaldtannen vom Lager weggespült, Jetzt schwammen die machtigen Stämme schon auf eigene Gefahr zerstreut nach Holland hinunter, und ihr Eigentümer hatte die größte Not, die da und dort ans Ufer getriebenen Bäume aufzusuchen und für sich mit Beschlag zu belegen. Und manchen fand er wohl überhaupt nicht mehr. Der war schon heimlich und in aller Eile irgendwo als gute Beute mit Axt und Säge zerkleinert und weggeschafft oder sonst auf unbekannte Weise verschwunden.

»Im Owwerland hot's e halbes Dorf mitgenomme...« sagte, wie um den Holzhändler zu trösten, ein Leimwandhausierer aus der Ecke. »Drei Mensche sin tot.«

Die übrigen erwiderten nichts, sondern rauchten still und gedrückt ihre Pfeifen. Aus der Scheune nebenan klang das klägliche Blöken der dort über Nacht eingesperrten Schafherde und von draußen, eintönig und endlos, das Rauschen der Flut.

Der Jäger packte inzwischen das Nötige zusammen – ein paar derbe Handruder, eine lange Hakenstange und ein Seil – und zündete die Laterne an. Erst jetzt, als deren Licht im Winkel aufflammte, wandten sich die Köpfe der um den Tisch Sitzenden nach der Gruppe in der Ecke, und unverhohlenes Erstaunen malte sich auf all den wettergebräunten Gesichtern.

Der alte Schäfer, der den Grafen erkannte, hatte seinen Strickstrumpf aus der Hand gelegt und war ehrerbietig aufgestanden. »Ha – wo wolle denn die Herre jetzt hin?« fragte er, und es zwinkerte ihm ungläubig-zweifelnd in den hundert Fältchen um die Augen und den Mund.

»O mei', halt's Maul!« sagte Wegmann unwirsch und klappte die Laterne zu. »Wammer jedem Red' schtehe wollt', do könnt ich lang bawwele!«

Auch der Forellenfischer schüttelte nachdenklich den Kopf, daß die Ohrringe blitzten. »In so 'ere Nacht?« murmelte er zweifelnd. »In so 'ere Nacht!«

»Dees is e Nacht wie e anneri! Wer von euch will mitfahre? Der Herr Graf zahlt's 'em gut!«

Auf dies höhnische Angebot des Jägers trat tiefes Schweigen ein, und der dunkeläugige Geselle lachte geringschätzig. »Schteigt mir den Buckel 'nuff!« sagte er. »Wann ihr net mitfahre wollt, so redt't auch nix! Herr Graf!« Er wandte sich zu dem totenbleich und fröstelnd in der Ecke lehnenden Schloßherrn. »Jetzt hawwe m'r bald wieder den Mond! Dann norr gleich druff, solang 's hell is.«

Einer der Männer schaute prüfend durch die Scheiben hinaus in die Nacht. »Ich möcht' norr wisse«, sagte er nach einer Weile, »was das für'n schwarzer Kerl is.«

»Wo dann?«

»Ha – da drauße tappt so 'n schwarzer Kerl 'erum – schon e ganze Weil'. M'r kann en net recht sehe!«

»Den habt ihr mitgebracht!« meinte der Fährmann mit seiner tiefen Stimme. »Mir gedenkt's ganz deutlich, wie's uff eenmol gescheppert hot – hinne uff'm Wage, wie wann da eins abschpringe tät'! Der hot hinnerm Herrn Grafe gehockt und net emol ›dank schön!‹ gesagt!«

»Wer wär' denn dees awwer?«

»E Stromer!« Der Ferge blinzelte ebenfalls durch das Fenster. »E Handwerksborsch oder e Zigeuner. Im Frühjahr hot's 'ere viel! Do hot m'r sei' Plag' mit dem Volk. Ohne 'n Hund im Hof kammer net beschtehe!«

»Do geht's wieder drauße ums Haus!« sagte der Fischer. »Alleweil so was Schwarzes! M'r meint, der hot Angst, daß er net gesehe wird!«

»Der wird schon wisse, warum er net bei geht!« lachte der Fährmann. »Vielleicht is schon a Schandarm hinter'm her. Der möcht' auch übern Neckar und kann net!«

Der Jäger machte, von einem plötzlichen Gedanken ergriffen, auf den Fußspitzen ein paar Schritte nach der Türe. »A Schandarm!« flüsterte er, als gelte es, ein Wild zu beschleichen. »Ich muß dees Bürschle da drauße doch emol anschaue!«

»Wie willst dann dees anschtelle!« Der Fährmann hielt ihn zurück. »Der schpringt doch, wann er bloß die Tür aufgehe sieht. Jo, ihr Männer ...'s is e Kreuz! Letztes Johr hat mir aaner nachts den Nache abgehenkt un is damit bis Mannem gefahre. Der hot's eilig gehott, der Schote!«

»Hawwe se'n kriegt?«

»Ah bah! Krieg du mol eins, wo erscht uff'm Rhein is! Der läßt beschtens grüße un meint, Holland war' aach e schön's Land!«

Die brausende Finsternis draußen erhellte sich mit bläulichem Schein. Der Mond trat hervor und alle standen schweigend auf.

»Adjee, ihr Leit!« sagte der schwarze Jäger. »Wann es jetzt ent...«

»Er brach ab. Das wütende Gekläff eines Hundes drang hinter dem Hause hervor, dazwischen ein undeutliches Klirren und Rumpeln.

»Was hot denn mei' Scholli!« rief der Fährmann «und stülpte sich den Wetterhut auf. »'s is hinne im Hohlgässel, wo's Boot liegt! Na wart'! Dir komm' ich!«

Er lief hinaus. Die anderen hinterher. Der mit feinem Sprühregen erfüllte Wind umbrauste sie, daß sie blinzelnd die Augen zukniffen und sich im Halbdunkel längs des Hauses hintasteten.

Der Ferge, der Schritt und Tritt kannte, war weit vor ihnen. Bis zu den Knien in dem leise plätschernden Uferwasser stehend, hielt er mit beiden Händen den Rand des Neckarbootes, das frei, einige Schritte von dem Lande entfernt, auf den Wellen trieb, und zerrte es zurück.

»Himmeldunnerwetter noch emol!« fluchte er durch das wütende Kläffen des Spitzes. »Hot der Kerl da drauße mir richtig schon den Nache losgemacht. Mit 'nem Feldstein hot er 's Vorhängschloß zerschlage! Wann der Scholli net uffgebaßt hätt'!«

Der »Joli«, ein rüder, kleiner Bauernköter, winselte noch einmal auf und kroch dann seufzend, wie im Bewußtsein erfüllter Pflicht, in seine Hütte zurück. Die Männer standen dicht beisammen an der mit lehmiger Flut erfüllten Gasse, die sonst zu dem jetzt tief unter dem Wasser befindlichen Landungsplatz der Fähre hinabführte, und sahen sich drohend nach allen Seiten um.

»Wo is er dann hin, der Kerl?« rief der Forellenfischer. Der alte Schäfer neben ihm deutete nachdenklich mit dem Krummstab irgendwohin in die Ferne, während die weißen Haarsträhnen im Wind um das faltige Antlitz flogen. »Der hot sich lang weggemacht!« meinte er. »Sobald daß e Hund laut wird, so sieht so aaner, daß 'r letz is, und laaft, was 'r kann!«

»Vorwärts!« Der schwarze Jäger stieß ihn ziemlich unsanft beiseite und sprang mit einem Satz in das Boot, daß das auf dessen Boden hin- und herspülende Regenwasser hoch aufspritzte. »Ihr schwatzt mir lang gut! Wir müsse die Zeit nutze, Herr Graf! Der Mond bleibt net ewig drauße!«

Er half seinem Herrn hinein. »Den Schallbaum bei!« schrie er. »Die Latern'! So! Die schtecke wir da vorne hin – Sie setze sich unterdes dahin, Herr Graf! Ich schtoß' den Nache, solang' ich Grund krieg'! Nachher heißt's ruddere! Alleh! Alleh!«

Die eiserne Spitze der langen, in seinen starken Armen sich biegenden Stange knirschte auf dem überschwemmten Steinpflaster. Der Hochwasserkahn, ein plumper, wohl zwanzig Fuß langer Kasten, in dessen hinterem Teil die abgehobenen Sitzbänke und Bodenbretter als eine dunkle, wirr aufgetürmte Masse durcheinanderlagen und emporstarrten, setzte sich langsam in Bewegung und schwamm durch das flache, unruhig im Schein der Laterne zitternde Wasser dem offenen Fluß zu.

»Sie sollte das Fahrzeug e End' uffwärts schtoße!« murmelte der Fischer, ihnen mit sachkundigem Blicke nachschauend. Aber der Fährmann widersprach. »Sell leid't die Schtrömung net!« meinte er. »Die hot dir e Gewalt – do muß alles mit! Alleweil sind sie drauße! Do guck norr, wie's die Latern' gleich 'nunnerzu's reißt!«

»Dees geht wie uff der Eisebahn!« Der Schäfer schüttelte den Kopf. »Awwer sie halte fescht dawedder! Wann norr der Mond bleibt!«

Er hatte es kaum gesprochen, da wurde es wieder stockfinster um sie. Eine massige Wolkenwand deckte, vom Westwind gebläht, rasch den ganzen Himmel, und stärker und stärker rauschte in schiefgewehten Güssen der Regen hernieder. Man sah nichts mehr in der tiefen

Dunkelheit, als ferne, wie in endloser Weite, eine Reihe zerstreuter Feuerpünktchen am anderen Ufer und dazwischen den unruhigen Glanz der Bootslaterne, der bald rasch nach abwärts glitt, bald wieder schaukelnd auf der Stelle sich blitzgeschwind zwei-, dreimal im Kreise drehte.

Die Männer am Flusse verfolgten den Schein stumm, mit unverwandtem Blick. Er mußte jetzt schon ziemlich in der Mitte des Stromes sein. Seine Schwingungen wurden immer ungestümer und wilder im Wirbel der Wellen.

Zuweilen verschwand der Lichtstrahl für längere oder kürzere Zeit, wenn die mit Blech verkleidete Rückseite der Laterne sich der Abfahrtrichtung zudrehte. Dann blinkte es wieder auf, ängstlich, zitterig, und verlosch abermals in der Nacht.

Jetzt war es wieder da, mitten in der unsichtbar rauschenden Wasserwüste. Und ein halblauter Ruf fuhr ans dem Mund der Zuschauer. Das Licht schwankte nicht mehr wie bisher! Es kämpfte nicht mehr mit dem Strom! Es glitt rasch mit den Wellen abwärts, als hätten die im Boote zu rudern aufgehört und überließen das Fahrzeug seinem Schicksal.

Und in der Tat stand der schwarze Jäger am hinteren Ende des Bootes aufrecht in Ruhe da und überlegte. Dann stieg er, mit katzenartigen Schritten das Gleichgewicht wahrend, durch das am Boden schaukelnde Wasser auf die Bank zu, wo sein Herr saß und mit seinen schwachen Kräften ein Ruder in die Fluten tauchte.

Graf Pius sah beklommen die dunkel und unheimlich heranplätschernde Gestalt. »Was ist denn los, Wegmann?« fragte er unsicher, »Warum hören sie denn mitten im Fluß zu rudern auf?«

»Mitten im Fluß!« wiederholte der Waldläufer, vor ihm stehenbleibend, mit einer ganz ungewohnt tiefen, rauhen Stimme. »Jo, Herr Graf – dees is der rechte Ort für das, was wir zwei mitenanner jetzt vorhawwe!«

»Was denn?« Sein Herr klammerte sich erschrocken an die Bank. »Was haben Sie denn vor? Was soll denn das?«

»Was dees soll?« klang es wieder wie ein Echo. »Dees soll heiße, daß die Zeit kumme is, wo wir abrechne – hier stört uns keiner! Hier steht uns keiner!«

»Ja – was wollen Sie denn?« Die Stimme des Schloßherrn erstarb im Schrecken.

»Was ich will? Ich will net nach Mann'em vors Schwurgericht kumme und nach Bruchsal ins Zellegefängnis! Dohin kummt m'r norr, wann Zeuge do sin. Hier sin ka Zeuge. Mitten uff'm Necker. Do kann keiner vor'm Gericht uff mich weise und schwöre: Der hot's getan!«

»Was denn? ... Mensch ... was ... was ... ist denn?«

»Hab' ich Ihne net treu gedient, Herr Graf? Wie sich's gehört? All die Jahr!?«

»Nun ja – und... ?«

»Un wie hawwe Sie mir's gelohnt? Wie e Schuft! Betroge hawwe Sie mich un beloge un um mei' Beschtes gebracht. Un gemacht, daß die Leut' hinner mir her gelacht hawwe, un ich hab' nix gemerkt – weil ich mir alles andere in der Welt gedenkt hab' – bloß nix Böses von Ihne. Awwer jetzt weiß ich's...«

»Nein. Das ist ein Irrtum ... Es ist...«

»Halte Sie's Maul! Die Elis' selwer hot's mir gesagt! Sell is jetzt sicher wie's Amen in der Kerch'! Sie sin mir in den Weg 'kumme! Wer mir in 'en Weg kummt, den mach' ich kalt! Sie sin der Erschte net!«

»Zurück, Mensch!« Die Todesangst gab dem Grafen einen plötzlichen Mut. »Unterstehen Sie sich...«

Der Waldläufer lachte wild auf. Wie zwei Stahlklammern krallten sich plötzlich seine sehnigen Fäuste in die schwächlichen Arme des anderen und hielten sie fest, während er ihn gleichzeitig mit dem Fuße hart an den Bootsrand, schon über ihn hinaus gegen den Wasserspiegel drängte. Der Mond war geschwunden. In der tiefen Dunkelheit, die die beiden ringenden und keuchenden Gestalten verhüllte, legte sich der Kahn schwer zur Seite, seinen Rand netzte schon die Flut, und über ihn bog sich der schwarze Jäger, mit stählerner Kraft sein Opfer der Tiefe zuzwängend und selbst mit dem zurückgestemmten rechten Bein sich sein Gleichgewicht in dem Verzweiflungskampfe wahrend.

Da plötzlich krachte es am Boden auf. Der Kahn war an eine Klippe gestreift und schwang sich, schwer zur Seite rollend, über sie hin. Der unvermutete Stoß warf den Büchsenspanner nach vorn, gegen das Wasser. Noch suchte er, während er den Halt verlor, mit dem Arm nach einem Stützpunkt. Aber schon packte ihn die freigewordene Rechte des anderen, der unter dem Anprall in die Wellen niederglitt, an der Brust und riß ihn mit sich in die Tiefe. Einen Augenblick strudelte und plätscherte es neben dem Kahn. Dann ertönte nur noch rings das einförmige Brausen der Wogen, und als der Mond wieder sein Silberzittern über den Wasserspiegel warf, da floß der Flutschwall glatt und leblos dahin. Nichts regte sich in dem rastlos zum Rheine rollenden Wellenzug als der Kahn, der steuerlos des Weges trieb.

Steuerlos, aber nicht leer. Hinten, wo die Bohlenbretter und Sitzbänke in wirrem Haufen aufgestapelt lagen, kauerte eine hagere, unheimliche Gestalt. Bei dem Stampfen und Keuchen des Kampfes war Bazaine aus seinem Versteck hervorgekrochen und hatte, mit dem lauernden Ausdruck eines gejagten Raubtiers das Ringen seiner Todfeinde beobachtet. Jetzt lief ein verstörtes, schadenfrohes Lachen über sein Gesicht. Er kletterte nach vorn, wo die Ruder lagen, und tauchte sie in die Flut. Der Kahn gehorchte dem Druck. Er wendete sich zur Seite und strebte langsam dem Ufer zu.

»Jetzt schaffe sie wieder!« sagte auf der anderen Seite des Flusses der greise Fährmann zu der ihn umdrängenden Gruppe von Männern. E Zeitlang hawwe sie's Boot rein treibe losse. Warum, dees mag unser Herrgott wisse!«

»Der Wegmann wird halt müd' gewese sein!« meinte der Forellenfischer. Aber der Schäfer lachte. »Jo – der und müd'! Dees gibt's bei deem net! Der hot irgend e Anstand mit dem Grafe gehabt ...daß der net recht wohl geworre is vor Angst oder so was. Für den Mann is so e beese Fahrt nix!«

»Hab' du 'mol e krankes Kind!« Der Ferge sprach das in verweisendem Ton und blinzelte in die Ferne. »Und er zwingt's ja, der Graf! Do guckt norr 'nüwwer!«

Die Männer blickten auf. Jawohl – jetzt war der Lichtpunkt auf den Wellen schon nahe am Ziel. Man sah deutlich, wie er in ruhigeres Wasser kam und endlich stehen blieb.

»Die Latern' is drüwwe!« Der Schäfer hatte unwillkürlich seinen Hut abgenommen.

»Awwer gewackelt hot's!« Der Fischer schüttelte anerkennend den Kopf. »Jo – der Wegmann!...«

Am jenseitigen Ufer suchte inzwischen Bazaine mit der Laterne die flußabwärts führende Straße. Das dunkel gewordene Boot hatte er gleich mit einem Fußstoß wieder in die Strömung hinausgeschnellt. Jetzt ließ er ihm, sowie er den festen Grund der Chaussee unter den Schuhen spürte, die ausgelöschte Laterne in weitem Bogen folgen, um alle Spuren seiner Überfahrt zu verwischen. Wenn er die Nacht durch rastlos lief, konnte er bei Morgengrauen in Mannheim sein. Dort kannte er sich aus und fand wohl einen holländischen Rheinschiffer, der ihn für Geld und gute Worte mit sich stromab und über die Grenze nach Rotterdam nahm.

Der finstere Geselle rannte, was er konnte. Er hatte Angst, vielleicht zum erstenmal in seinem Leben. Und nicht vor Menschen, sondern vor solchen, die es gewesen waren. Immer wieder glaubte er in der stillen Nacht leise Schritte zu hören, er glaubte, den Kopf umwendend, zu sehen, wie der Graf und sein schwarzer Jäger mit bleich gewordenen Gesichtern und von Wasser triefend, hinter ihm her liefen und ihm winkten. Er wußte genau: es war unmöglich, daß ein Mensch lebend in der Nacht diesen eiskalten Fluten entrann, er hatte selbst gesehen, wie die beiden, sich umschlungen haltend, für immer untergingen und nicht wieder in die Höhe kamen. Aber trotzdem warf er von Zeit zu Zeit scheue Blicke auf die pfeilschnell zu seiner Rechten im Mondglanz hinschießende Spiegelflut und verdoppelte dann, ein halb vergessenes französisches Gebet vor sich hinmurmelnd, seine Schritte.

XXV

»Was, Doktor?« sagte der Fabrikant und schaute, sich in seinem Schreibtischsessel umdrehend, dem Besucher verblüfft ins Gesicht. »Du willst von hier fort? Jetzt gleich – sowie ich einen anderen Kassenarzt für dich gefunden habe? – Womöglich schon heute an diesem schönen Märznachmittag? Wo du dich eben hier häuslich eingerichtet und dein Laboratorium begründet hast? Mensch – Freund – Doktor – was ist in dich gefahren?«

Der andere erwiderte nichts. In Hut und Mantel, wie er vom Schloß gekommen, stand er da und brannte sich stirnrunzelnd eine Zigarre an.

»Fort will er!« wiederholte der nervöse Fabrikherr. »Es ist nicht zum ... aber recht hast du! Ich tät's auch! Wenn ich nicht an diesen Kasten da drüben gekettet wäre ... Daisy!« Er wandte den Kopf nach dem Nebenzimmer und verstärkte seine Stimme. »Daisy ... Weib meines Herzens ... hast du gehört ...? Die letzten Menschen wandern aus diesem Jammertal aus und lassen uns allein in Sibirien zurück!«

»Ach – er geht ja doch nicht!« rief die hübsche Amerikanerin aus ihrem Boudoir herüber, wo sie, in einen englischen Roman vertieft, saß. »Ich weiß schon, warum!«

Ihr Mann lachte und sein Gast öffnete die Türe. »Wir werden's ja sehen!« sagte er. »Jetzt muß ich fort und Krankenbesuche machen!«

»Jetzt erst?«

»Ich war von zwei Uhr nachts bis jetzt auf dem Schloß. Der kleine Stammhalter war todkrank.«

Der Fabrikant pfiff durch die Zähne. »Sieh mal an! Und jetzt geht's besser!«

»Natürlich ist er außer Gefahr!« sagte der Doktor beinahe grob. »Glaubst du etwa auch schon, daß ich die Leute umbringe? Wegen mir kann der kleine Graf neunzig Jahre alt werden und da oben auf dem Schloß sitzen. Um das räucherige Eulennest und die Tannenwälder herum beneide ich ihn doch nicht. Die gönn' ich ihm und seinen Nachkommen gerne.«

»Dich verstehe heute der Kuckuck!« Der Fabrikbesitzer schüttelte den Kopf. »Um was beneidest du ihn denn dann?«

Aber der andere war schon wieder auf dem Flur. »Guten Morgen!« sprach er kurz und ging das Dorf hinab in der Richtung nach dem Hause Irions.

Als er sich dem niederen Gebäude näherte, sah er einen Mann am Eingang stehen und schob prüfend den Zwicker zurecht. »Wahrhaftig!« sagte er dann. » Sie sind's, Irion! Seit wann sind denn Sie wieder im Land!«

Der Monteur zuckte die Schultern. Sein hektisches Gesicht war noch bleicher wie sonst, und das resignierte, fanatische Lächeln trat noch deutlicher hervor. »Sie hawwe mich halt heute morge verhört, gleich nach der Einlieferung, und dann laafe lasse, so daß ich gerad' noch den Zug hierher hab' erwische könne! Ich hab's dem Gendarm gleich gesagt: 's is e Unfug, e Mann von seiner Arweit und seiner kranke Fraa wegzuhole! Jetzt freilich ... vor Gericht komm' ich doch!«

»Wissen Sie, Irion!« Der Arzt trat mit ihm in die Wohnung. »Ich an Ihrer Stelle tät' jetzt Ruhe geben mit Ihrem Zukunftsstaat! 's wird doch nichts draus! Glauben Sie mir!«

Da lachte der hagere Maschinenschlosser. »Ich und uffhöre!« sagte er. »Do kenne Sie den Irion noch lange net! Do wär' ich der Rechte! Hier bleib' ich und hier tu' ich weiter agitiere – und wann sich der Gendarm grün und geel ärgert! Der Gendarm lebt aach von meinem Geld als Steuerzahler.«

»Und wieviel Feinde Sie sich dabei machen, das ...«

»Feind' hin, Feind' her – sell is mir egal! Der Direktor kann mich net entlasse. Er braucht mich. Bei dem hab' ich mei' Lohn und Brot! Und wer sonst kummt, der ... ich weich' net! Ich hab' mein Ziel. An dem halt' ich fest. Lasse Sie nur noch mehr Fawrike hier 'rum gründe – für alles andere sorg' ich, der Irion! Ich lass' net locker! Ich agitier'!« Er hustete kurz auf. »Und vielleicht leb' ich noch so lange, daß mich die Männer hier in 'n Reichstag schicke! 's kummt die Zeit, Herr Doktor! 's kummt die Zeit, Herr Doktor!«

»Ach, Unsinn!« sagte der andere barsch. »Jetzt will ich mal nach Ihrer Frau sehen!«

Aber während er allein an dem Krankenbett neben der ruhig Schlafenden saß, gingen ihm die Worte des Monteurs immer wieder durch den Sinn. »Ich weich' net! Ich hab' mei Ziel! An dem halt' ich fest!« Hatte er nicht auch sein Ziel hier in dem engen Tal – seine Arbeit – das Laboratorium da drüben? Sollte er das alles im Stich lassen? Und warum? Er begriff plötzlich die Anwandlung von Schwäche nicht mehr, die ihn vorhin bei dem Fabrikanten übermannt, und ging, wieder ruhig und fest geworden, auf die Straße hinaus, wo der Irion mit dem Pilgerle und seinem Weiblein stand.

Die beiden runzeligen, alten Leutchen hatten schwere Sorgen. Nahm ihnen doch das Hochwasser ihr gewohntes Brot, die tägliche Fahrt mit dem Karren nach der Stadt. Aber sie lächelten freundlich wie immer. Denn sie wußten ja ganz genau durch den Herrn Kaplan: Alles Ungemach im Leben war eine göttliche Prüfung, die man nicht nur ertragen, nein, über die man sich noch dankbar und demütig freuen mußte! Und so verschwand, mochten auch Leidenschaft und Not ringsum im Tale nisten, eine stille, hoffnungsvolle Heiterkeit nie von den beiden welken, von weißem Haar umrahmten Kindergesichtchen.

Jetzt eben zog das Pilgerle respektvoll den Hut tief bis zur Erde. Seine beiden Freunde und Gönner im Leben kamen vorbei, sein vornehmer Umgang, auf den er so stolz war, der Herr Kaplan und zu seiner linken der Stabhalter vom Grenzhof.

Beim Anblick Irions blieb der greise Bauer stehen, ohne daß sich in seinen streng gefurchten, lederharten Zügen etwas regte. Offenbar wollte er nicht an dem verhaßten Menschen vorbei. »Jetzt kehr' ich um, Hochwürden!« sprach er gedämpft. »Sonst wird mir der Weg zurück zum Hof zu streng! Ja – lache Sie norr ... ich werd' alt und wie ich Ihnen gesagt hab': ich mag nix mehr wisse von der Welt! 's wird Zeit, daß man sich auf sei' ewiges Leben vorbereitet! Mir is als nachts, als hört' ich mei' selige Fraa, und die spricht: ›Du kummst bald zu uns! Mach' dich bereit, Mann!‹ Sell will ich jetzt! Ich will mich zur Ruh' setze und kei' weltliche Sorge mehr hawwe. Alleweil liegt mei' Sohn noch und schnarcht. Aber emol muß er doch sogar e Kriegervereinsrausch ausgeschlafe hawwe und dann geh' ich mit 'em uffs Amt und wir mache alles richtig, daß er den Grenzhof übernimmt. Do mag er dann mit seine Mann'emer Dragoner alle Tag' die Wacht am Rhein spiele losse und Hurra dazu kreische, wann's ihm Bläsier macht. Mich geht das nix mehr an. Ich versteh' das neue Wesen net!«

Der Kaplan nickte.

»Ich bin e katholischer Christ!« fuhr der alte Hofbauer fort, und der feierliche Zug, der in letzter Zeit sich in den tausend Runzeln des glattrasierten, an alte Römerköpfe erinnernden Antlitzes eingegraben hatte, verstärkte sich noch. »Und darum Hochwürden – wann Sie jetzt nach Afrika gehn wolle und den armen Heiden das göttliche Licht bringe – was ich dazu tun kann, dees geschieht. Ich bin froh, wann ich an sellem heiligen Werk mithelfe darf! Dees nutzt mir im Himmel, was ich hier noch in der letzten Stund' zur Vergebung meiner Sünden tu'! Also was dees betrifft, do könne Sie sich auf mich verlasse, Herr Kaplan!«

Er drückte ihm die Hand und wanderte mit langen Schritten, auf seinen Stock gestützt, heimwärts. Das Spiel des Windes bauschte die Schöße seines altmodischen langen Rockes und ließ seine langen Haarsträhnen flattern. Er sah nicht, wie sonst der Bauer tut, prüfend nach den Feldern rechts und links. Den müden Blick geradezu gerichtet, dem Leben im Tale schon völlig entrückt, stieg er empor zur Höhe und verschwand im Wald.

»Lauf' doch nicht so, Kaplan!« rief inzwischen der Kassenarzt dem jungen Priester zu, der, die Augen auf dem Boden und sogar ohne den schüchtern ehrerbietigen Gruß des Pilgerle zu beachten, allein seinen Weg fortsetzte. »Ich geh' mit dir!« Und zu Irion gewendet, fuhr er fort: »Ich denk', Ihre Frau kann bald wieder aufstehn! Aber in die Fabrik läuft sie mir vors erste nicht! Guten Morgen!«

Er gesellte sich zu dem Kaplan. »Also wirklich?« frug er ernst. »Du willst wirklich nach Afrika, Hochwürden?«

Der andere nickte. »Ja. Jetzt ist's entschieden. Wo's noch fehlt, hilft mir der alte Kaltschmidt aus. Du hast's ja gehört!«

»Und wenn du am Fieber stirbst da drüben?«

Der Kaplan sah wider seine Gewohnheit in die Ferne. Sein derber, junger Bauernkopf schien sich in den letzten Tagen durchgeistigt zu haben. Er war bleich geworden und in den Augen lag ein schwärmerischer, fanatischer Glanz. »Lieber Doktor!« sagte er. »Ob wir leben oder sterben ... 's is ein und dasselbe. Das begreifst du natürlich nicht. Denn deine Aufgabe ist es eben, die Menschen am Leben zu erhalten, meine aber, sie auf den Tod vorzubereiten, und am ersten natürlich mich selber! Das hab' ich jetzt getan und hab' was durchgemacht ... was Großes!«

»Ich auch!« sagte der Doktor. »Bloß daß ich deswegen nicht gleich zu den Wilden lauf' und mich vor mir selber versteck'! Ich bleib' hier in meinem Laboratorium wie der Soldat auf seinem Posten. Aber daß ich dir nicht Unrecht tu' – ich hab' auch vorhin so eine dumme Anwandlung gehabt ... Unsinn! Vorbei ist's! Geh du zu den Negern und ich zu den Bazillen! Du hast recht! 's is ein und dasselbe! Wir sind nicht zum Vergnügen auf der Welt!«

Hinter ihnen tönte rasch näherkommendes Räderrasseln. »Herr Kaplan!« rief eine rauhe Stimme. »Halten Sie doch, Kutscher, zum Donnerw ... Verzeihung, Hochwürden! Ich danke Gott, daß ich Sie treffe!«

Die altmodische Karosse hemmte ihren Lauf und aus ihr stieg die hagere Riesengestalt des Freiherrn von Froningen etwas steif geworden zu Boden. Als er den Arzt erblickte, verfinsterten sich seine ohnedies ernsten Züge. Er grüßte ihn flüchtig und hochfahrend und drückte dann dem Kaplan die Hand.

Der sah ihn betroffen an. »Was ist denn, Herr Baron? Es ist doch kein Unglück geschehen?«

Der alte Odenwälder Junker zuckte die Achseln.

»Hoffentlich nicht! Waren Sie heute schon oben im Schloß?«

»Ich nicht! Aber der Doktor! Die ganze Zeit!«

»Ihr Enkelkind ist jetzt außer Gefahr!« sagte der Kassenarzt. »Wenn Sie also das hergetrieben hat ...«

»Das auch – obwohl ich nicht ahnte, daß es so ernst war. Aber eine Frage: Ist mein Schwiegersohn oben?«

»Nein! Der Herr Graf ist mit seinem Jäger heute nacht nach der Stadt gefahren. Seitdem hat man von ihm merkwürdigerweise nichts mehr gehört. Aber der Diener und die Leute an der Fähre wollen deutlich gesehen haben, daß die Laterne ...«

»Ja ... das Boot ist freilich drüben!« Der greise Junker strich sich verstört den buschigen, grauen Schnurrbart. »Das wissen wir! Herrgott ... wenn das wirklich wahr wäre ...«

Er brach ab. »Ach was!« sagte er nach kurzer Pause energisch und mit lauter Stimme: »Ein Landstreicher! Wer kann auf das Geschwätz eines Landstreichers etwas geben! Sie haben nämlich solch einen Kerl heute in aller Gottesfrühe, fünf Stunden von hier unterhalb am Neckar auf dem anderen Ufer festgenommen, weil ein Steckbrief auf ihn paßt, und ihn, weil das Individuum vorgab, nur französisch zu verstehen, zu meinem Vetter geführt, der dort Oberförster ist, damit der aus dem Menschen klug wird ...«

»Nun, Herr Baron – und da?« drängte der Kaplan.

»Da fängt der Kerl – ein gewisser Bazaine von einem hiesigen Grenzhof, wenn mir recht ist – fängt der an, immer auf französisch, zu heulen und zu schwören: daß er Deserteur sei, wolle er zugeben! Aber köpfen dürfe man ihn nicht. Denn den Mord habe er nicht begangen! Ganz gewiß nicht. Er sei zwar versteckt mit im Boote gewesen, aber gestritten hätten sich die beiden miteinander ganz allein – weswegen, wisse er nicht, weil er kein Deutsch verstehe – und hätten miteinander gerungen und schließlich einer den anderen ins Wasser gestürzt. Und dort seien sie in der Nacht umgekommen. Aber nicht durch ihn, obwohl es seine Feinde gewesen seien, die ihn bei der Behörde angezeigt und von dem Grenzhof vertrieben hätten.«

»Also kennt er sie?« Die Stimme des Kaplans bebte vor Erregung. »Nannte er die Namen?«

»Der Graf von Wodenstein und sein Jäger!«

Die beiden anderen sahen sich an. Es war einen Augenblick tiefe Stille.

»Mein Schwiegersohn!« fuhr der alte Odenwälder fort. »Wie das mein Vetter, der Oberförster, hörte, glaubte er es nicht, aber er hielt es doch für geraten, mir Nachricht zu geben. Ich wohne ja ziemlich gerade gegenüber, und ein Fischer wagte es und fuhr auf mein Ufer herüber und brachte mir den Brief. Da dacht' ich: ›Es ist am besten, du siehst selbst nach!‹ und ließ anspannen! Na ... und da bin ich nun!«

»Aber das ist ja undenkbar!« sagte der junge Priester. »Ein so treuer Diener wie dieser Wegmann! Ich kenne ihn wohl!«

»Natürlich ist's Unsinn! Aber andererseits – wie kommt dieser Vagabund dazu, derlei zu erfinden? Er müßte doch einen Grund haben! Und es gibt nur einen Grund ... er hat die Tat doch selber begangen ... aus Rache ... und sich dann die Geschichte von dem Zweikampf zurechtgelegt ...«

»Wenn das so wäre ...« Der Kaplan schüttelte verstört das Haupt. »... ja ... aber was nun tun!«

»Wir müssen vor allem aufs Schloß, um dort Erkundigungen einzuziehen ... telegraphieren ... irgend etwas! Ich bin darum so froh, daß ich Sie treffe, Hochwürden. Ich bin ungeschickt in derlei Sachen. Ich kann mich vor meiner Tochter nicht verstellen. Sie kennt mich zu gut. Sie merkt sofort, daß was los ist! Aber Sie, Herr Kaplan ... und Sie ... Herr Doktor ... ich möchte Sie heute doch bitten, mitzukommen! Sie haben doch den meisten Einfluß auf sie!«

Der andere willigte ein. Stumm und eilig stiegen die drei, der Arzt, der Priester und der Junker, die Höhe zu der Burg empor. Als sie sich dem Park näherten, zwinkerte der päpstliche Kämmerer zweifelnd mit den Augen.

»Das ist doch meine Tochter!« murmelte er, »... die da am Eingang steht Sie muß uns gesehen haben und uns entgegengegangen sein ...«

»... und wie sie aussieht ...« fügte er nach einigen hundert Schritten hinzu, »... ganz starr im Gesicht ... gerade als ob sie schon wüßte ...«

Sie hatte seine letzten Worte gehört. »Ich weiß es auch, Papa!« sagte sie ruhig und tonlos. »Er ist tot. Wegmann hat ihn umgebracht ...«

Die drei Männer traten erschrocken zurück.

»Er hat es ihm gestern abend geschworen!« fuhr sie fort. »Nach einem Gespräch ... eben hier ... mit Elise – und ist dann gleich mit ihm hinausgefahren in die Nacht und zum Neckar. Es konnte sich nicht besser für ihn treffen. Als Elise aus dem Park kam, waren sie schon weg. Da sprang sie in ihrer Verzweiflung ins Wasser. Jetzt erst, vor einer Viertelstunde ist sie zu mir gekommen und hat es mir gestanden! Zu spät! Nicht wahr, Papa – es ist zu spät?«

»Ja«, sagte der alte Odenwälder und senkte den grauen Kopf.

Sie wendete sich von den Männern ab und ging langsam an den Rand der Parkmauer. Dort blieb sie stumm stehen, den Blick in die Ferne gerichtet, wo hinter den Bergen die unsichtbaren Wogen des Neckars schossen.

Nach einer Weile trat der Arzt neben sie. Sein Freund wollte ihm folgen, aber der Junker hielt ihn zurück und führte ihn sachte abseits. »Lassen Sie nur, Hochwürden!« sagte er. »Lassen wir die zwei! Jetzt, wenn's so von oben her in unser Leben eingreift, ist doch jedes Wort überflüssig. Selbst das Ihre!«

Und auch die beiden an der Parkmauer sprachen nichts. Sie schauten hinaus in die blaue Weite. Im Sonnenglanz, von wolkenlosem Himmel überwölbt, lag rings die Waldwelt – in jener ersten, jungfräulich herben, ahnenden Frühlingsstimmung, in der nach langer Dämmerzeit das ewige Wunder sich erneut, der Tod lebendig wird, ein neues Dasein sich stürmend, lachend und unbekümmert seiner selbst froh aus den Tiefen zum Licht des Lenzes emporringt.

Unter den Ulmen auf der anderen Seite des Parkes gingen die drei Greise ihren gewohnten Weg. Sie wußten noch von nichts. Und ebenso ahnungslos schlummerte da oben, wo der Märzwind leise mit den Fenstern des Kinderzimmers spielte, der kleine Kranke der Genesung entgegen. Als sei nichts geschehen, sproßte ringsum das Land und blühte der alte Stamm, der es seit Jahrhunderten überschattet, in jungem Grün. Ein welker Ast nur war zu Boden gefallen, ein abgestorbenes Menschenschicksal hatte sich vollendet, ohne eine Lücke hinter sich zu lassen, und weiter und und weiter rollten ruhig die Tage und rollten dort drüben die Fluten des Neckars.

Sie griff, ohne ihn anzusehen, nach seiner Hand und hielt sie fest. Er nickte ihr zu. Sie verstanden sich, ohne die Erinnerung an den, der nicht mehr war, durch Worte zu entweihen.

»Aber recht haben Sie doch gehabt!« sagte er endlich. »Keiner von uns lebt sich selber. Wir alle drei haben um das Kind da oben schwer mit uns gerungen und ihm das Beste geopfert, was wir hatten – der dort sein Leben, wir beide unser Lebensglück. Und gerade weil wir's opferten, haben wir's zurückbekommen und wissen jetzt, daß wir ein Recht haben, glücklich zu sein…«